KB181209

2000년대 시 읽기

2000년대 시 읽기

유성호 권준형
김재홍 서은송
신동옥 양진호
이은실 전철희
정보영 정애진
차성환

국학자료원

머리말

이 책은 한양대학교에서 2023년에 함께 공부한 동학들이 쓴 글을 모아 놓은 것이다. 그 점에서 지난 5년간 출간되었던 4권의 책(『김수영 시 읽기』, 『김종삼 시 읽기』, 『신동엽 시 읽기』, 『고정희 시 읽기』)의 연장선에 있다. 제목 "2000년대 시 읽기"에서 "2000년대"는 2000년부터 2010년 정도까지를 의미하지만, 몇몇 동학은 2020년 정도의 시에 대한 글을 쓰기도 했다. 어쨌든 이 시기의 문단에서는 다양한 종류의 시가 나왔고 그것에 대한 평가도 제출되었는데, 이에 대한 사후적(학문적) 연구는 아직 충분치 못한 상태였다. 이 책에 수록된 글들이 향후 논의에 기여할 수 있기를 바란다.

2000년대는 '새로운 시'가 나왔다는 풍문이 유행하던 시대였다. 당시의 문단에서 가장 자주 쓰이던 용어였던 '미래파'(혹은 '뉴웨이브')는 동세대 시인들의 작품이 새롭다는 점을 부각하고 추인하기 위한 기표였다. '미래파'라는 용어 자체가 문단 내의 인정투쟁을 위한 도구였다는 평가도 있다. 꼭 그런 음모론을 받아들이지 않는다고 하더라도 지금의 시점에서는 2000년대의 시가 유독 '새로웠다'고 특권화시키기는 어려울 것 같다. 어느 때나 예술은 이전 시대의 영향을 받으면서도 그것을 갱신하려는 경향이 있는데 당시의 문학도 그랬다고 하는 편이 온당하겠다. 그런데 어쨌든 당시의 문학인들은 '새로운 시'에 대해서 열정적으로 논의했고, 그런 열정은 문학판을 역동적으로 만들었다. 원래 하늘 아래 새로운 것은 없다지만 '새로움'을 창조하려는 사람들은 어느 시대에나 있고 그들이 세상을 조금씩은 변화시키는 것이 세상의 섭리 아니던가. 이 책에 수록된 글과 그 속에서 소개되는 작품/평론들은 '미래파'의 새로움에 대해 논하는 것도 있고 '미래파'라는 담론 속에 포괄되지 않는 부분들을 부각한 것들도 있다. 당시의 문학장에 대한 다면적 논의에 도움이 될 수 있을 것이라 생각한다.

2024년 3월, 필자를 대표하여
전철희

차례

제1부

대안 담론과 공론성 회복의 흐름 2000년대의 비평

유성호

1. 비평 지형의 변화

2000년대 우리 비평을 개관하는 일은 1990년대 이후 펼쳐진 이른바 '포스트 담론'의 극복 양상들을 살피는 일과 다르지 않다. 여기서 우리는 그 극복 양상이 비평이 사인성(私人性)을 벗어나 일종의 공론성을 회복하는 일과 관련된다고 말할 수 있다. 그 점에서 2000년대 우리 비평은 우리 사회의 변화 양상과 깊이 맞물리면서 비평의 공공 기능 성찰의 계기를 여러 차원에서 만들어낸 연대로 기록될 만하다.

1990년대 이후 우리 문학계에서 지속적으로 떠돌던 '문학의 위기'라는 풍문은, 2000년대 들어 이루어진 활발한 작품적 성취와 비평적 논의 폭증으로 거의 무색해져갔다. 물론 문학의 위기라는 진단이, 수용층 축소 혹은 문학과 상업 자본의 공고한 결속을 지적한 것이라면 사실에 어느 정도 부합하겠지만, 그럼에도 문학을 이루는 평행 레일인 '창작'과 '비평'은 2000년대 내내 유례없는 호황을 보였던 것이 사실이다. 이 가운데 우리가 가장 이색적으로 치른 경험은, '문학'이라는 현상과 행위를 둘러싼 여러 층위의 컨텍스트에 대한 비판적 점검이었다고 할 수 있다. 명작이나 고전은 씌어지는 것인가 만들어지는 것인가? 근대적 주체로서의 작가의 위상은 어떠한가? 작가는 고독한 창조자의 자리에서 내려와 매체 권력과 독자 대중을 매개하는 미적 세공사의 직능으로 강등되고 있지 않은가? 상품 미학의 현란한 후광 속에서 모든 가치가 위계화되고 서열화되는 시점에서, 문학에서만큼은 아직도 작품성이 '좋은 작품'의 규준이 되고 있는가 아니면 시장 원리 곧 광고 언어와 상업 자본의 원리에 의해 작품의 가치가 결정되고 유포되고 있지는 않은가?

이러한 질문의 연쇄는 문학이 생성되고 유통되고 소비되는 과정과 그것을 가능케 한 제도 혹은 권력에 대한 문제 제기를 문학사에서 거의 처음으로 본격화한 것들이다. 그 가운데 가장 뜨거운 감자로 부상한 것이 바로 '비평' 장르였다. 문학의 위기 담론이 강조되면서 그 위기의 본질이 '비평의 위기'에서 비롯된 게 아니냐는 진단이 제출되었고, 또 이때야말로 비평의 자기 반성이 요청되는 시기가 아니냐는 의문이 여기저기서 범람했기 때문이다. 물론 '비평의 위기'란, 비평의 질적 문제와 함께 비평을 둘러싸고 있는 여러 컨텍스트의 문제가 복합적으로 얽혀서 제기된 것이었다. 비평의 질적 저하 같은 것이 반성의 대상이 되는 것은 자연스러운 일이었지만, 상업주의와 디지털 시대의 도래로 인한 비평의 '존재 방식'에 대한 성찰은 매우 이례적인 사안이었다 할 것이다. 2000년대 비평은, 이처럼 '비평에 대한 비평'이라는 반성적 사유의 요청 속에서 시작되었다. 그것이 전대와 달라진 비평 지형의 틀이었다고 할 수 있다.

2. 생태시학과 여성시학

그동안 한국문학을 평가하는 시각은 '근대/민족'이라는 두 가지 준거에 의존해왔다. 이 두 마리 토끼는 사실 서로가 서로를 포용하고 있기도 하지만, 서로 강한 척력(斥力)을 가지고 있는 대립적 실체이기도 하였다. 왜냐하면 근대 지향의 감각이 주로 전(前)근대적 문학 양식으로부터의 탈피와 그것의 극복을 긍정하는 시선에서 나온 것인 반면에, 민족 중심의 감각은 그러한 전통적 양식과 자산을 우리의 것으로 긍정하는 시선에서 나온 경우가 허다했기 때문이다. 따라서 '근대/민족'이라는 개념적 준거와는 다른 제3의 인접 가치들 이를테면 내면, 영성, 감각, 초월, 일상 등을 그러한 거대 담론의 맥락에 끼워 넣어 비평의 다양한 무늬를 늘리고 새로운 숨을 불어넣는 것이 우리에게 필요하게 되었다. 그 점에서 2000년대는 문학의 반성적 자의식으로서의 비평의 위상을 요구받고 있었던 것이다. 그 가운데 가장 강력한 대안으로 부상한 것이 바로 근대의 타자였던 '자연/여성'을 담론의 핵심으로 복원하려는 '생태시학'과 '여성시학'이었다.

2000년대 비평에서 제일 먼저 주류 담론을 형성한 흐름은 '생태시학'과 '여성시학'이었다. 이들은 각각 '과학 문명'과 '남성(가부장 체제)'이라는 주체 권력들로부터 오래도록 소외되어왔던 '자연'과 '여성'에 대한 근원적 재인식을 통해 형성되고 전개된 흐름이다. 1970—90년대에 문단을 장식했던 리얼리즘의 성세를 연상케 할 정도의 이러한 '생태적인 것'과 '여성적인 것'들의 활황은, 우주에 가득찬 뭇 생명들에 대한 공경 의식과 주체—타자가 공존해야 한다는 감각이 반영된 일종의 탈(脫)근대적 지향으로 나타났다. 이때 '생태적 사유'는 '몸 시학' 혹은 '에코 페미니즘' 같은 것들을 통해 그 구체적 육체를 드러내었고, '여성시학'이나 '동양정신' 등과 함께 '자연/여성'에 내장되어 있던 원초적 생명력을 복원함으로써 근대주의가 남긴 폐해를 비판하고 치유하는 가능성을 제공하였다. 이처럼 이성과 계몽 혹은 성장과 개발로 특징지어지는 근대주의에 대한 전면적 반성에서 촉발된 이들 경향은 2000년대의 가장 강력한 대안 담론으로서의 위상을 보여주었다.

우주에 가득 차 있는 뭇 생명들과의 호혜적 공존 의식으로 시작된 생태시학은, 치유 불가능에 빠져버린 생태계의 위기와 맞물리면서 대두되었다. 이는 그동안 빠른 속도로 진행되어온 인간의 욕망 실현 과정에 대한 근본적 반성의 의미를 내포하였으며, '자연'을 신성이 깃들인 생명체로 인정하지 않고 인간의 욕망 실현을 위한 '자원'으로 생각해온 근대주의적 개발 논리에 대한 깊은 반성의 의미도 포함하였다. 하지만 문제는 이같이 근대의 타자로 밀려났던 자연을 문학의 핵심으로 복원하는 과정에서 생겨난 안이한 자연 친화 그리고 인간을 혐오하고 자연을 신성시하는 맹목적 경향들이었다. 이때 2000년대 내내 자기 심화를 이룬 생태시학은 이러한 안이한 주객 분리의 경향을 비판하면서 주체와 대상이 날카로운 경험적 접점을 구성하는 쪽을 옹호하게 된다. 우리가 '환경'이라는 인간 중심적 어휘를 버리고 '생태'라는 보다 일원화된 생명계 전체의 네트워크 개념을 쓴 것도 바로 이 때문인데, 그 안에는 성장 위주의 진보주의보다는 자연스러운 순환 체계 속에서 진정한 삶이 가능하다는 비평적 인식이 담겼던 것이다.

그 다음으로 활발하게 펼쳐진 경향이 바로 '여성적인 것'을 평가하는 비평적 지향이다. 특히 모성의 따뜻함이라든가 역사적 타자로서 겪은 여성적 경험을 형상화하는 데 많은 관심과 성과를 보인 작품들에 대해 호의적인 이 경향은, 오랜 역사 경험 속에서 자기 목소리를 내지 못했던 '억압받은 타자'들의 귀환 과정을 독려하는 안내자의 역할을 했다고 할 수 있다. 이처럼 근대주의에 밀려났던 타자들이 중심으로 복원되는 기획의 하나로 '여성시학'을 이해하는 것은 '자본/노동'이나 '백인종/유색인종', '이성/욕망'처럼 '남성/여성'의 관계가 일정하게 '중심(억압)/주변(피억압)'의 주종적 위계를 형성해왔다는 인식을 바탕으로 한 것이었다. 이때 '여성적인 것'은 생명의 순환 질서에 대한 자각, 오랜 억압과 차별 속에서 전개된 여성사에 대한 재인식, 수단으로 격하되어 자신의 독자적 목소리를 차단 당해왔던 여성적 '몸'의 재발견, 이성 과잉에 의해 묻혔던 감성의 계발, 역사주의적 시각에 의해 경시되었던 일상성에 대한 관심 등으로 다양하게 나타났다. 그래서 우리 사회에 촘촘하게 걸쳐져 있는 미세한 억압의 그물망을 '여성'의 눈을 통해 바라보고 치유하고 재구성하려는 비평적 구상이 바로 여성시학의 근간이 된 것이다. 그러나 여성시학이 발전할수록 하향 평준화된 유행 감각으로서의 여성적 소재들이나 오히려 반(反)여성적인 순종적 온정주의에 대한 비판도 강력하게 제기되었다. '여성' 혹은 '여성적인 것'에 대한 과도한 숭배가 불러올 상투성의 위험에 대해서 자기 비판의 날카로움을 보인 것이다.

이처럼 2000년대 우리 비평에 집중적으로 나타났던 '생태(환경)', '여성'의 대안적 범주들은, 그 반대편에서 중심 위상을 구가했던 '문명', '과학', '남성', '정신' 등에 의해 받아왔던 억압을 밀쳐내고 새로운 주제인 '일상', '욕망', '죽음' 등을 중심 영역으로 끌어들이게 된다. 이렇듯 생태시학과 여성시학은 2000년대 내내 불요불급한 대안 담론의 위상을 구축해갔다고 할 수 있다.

3. 문학권력 논쟁

2000년대에 치열한 외관을 띠면서 공론성 회복의 한 흐름으로 전개된 것은 '문학권력' 논쟁이었다고 할 수 있다. 이는 비평사 전체 맥락으로 보아도 참으로 첨예한 논쟁 형식으로 진행되었고 지금도 현재형으로 살아있는 논쟁이기도 하다. 비평가들의 현실 개입이라는 실천적 차원에서 일군의 비평가들이 보여준 이른바 '비판적 글쓰기'는, 비평이 해석의 차원에서 완성되는 것이 아니라 가치 판단 나아가서는 사회적 주체로서 현실 참여 차원에까지 나아가야 한다는 당위론적 색채를 띠면서 시작되었다. 또한 비평이 문학 행위에 대한 자의식의 표현이라고 할 때, 문학권력 논쟁은 그 자의식을 '문학'을 구성하는 미적 원리보다는 인적 조직과 행태 쪽으로 초점화하면서 진행되었다. 하지만 논쟁은 비평의 준거를 체계적으로 제시하기보다는 특정 논자의 발언의 일관성이나 그 발언 안의 자체 모순 같은 것을 적시하는 이른바 '인물 비평'의 형식을 강화해가게 되었다. 이는 이 논쟁을 한 차원 높아진 미학적 논의로 수렴하지 못하고 독백 과잉의 일방성을 띠게 만든 중요한 요인이 되었다. 그리고 그 '인물 비평'이 언론권력의 문제와 함수 관계를 형성하면서 전개된 점도, 문학 내부의 문제점을 심화시켜가는 데 일정한 한계로 작용하였다.

또 하나의 문제점은 '문학권력'이라는 용어의 개념이 명확하지 않은 데서 발생하였다. '문학 장'이라는 공적 제도의 맥락을 특정 그룹이 독점했다거나, 특정 학연이 문학 생산과 소비 시스템을 장악해왔다든가, 특정 매체나 에콜을 권력의 주요 거점으로 곧바로 환원한다든가 하는 일련의 진단들은, 대부분 개념 공유를 거치지 않은 행태론적 차원에서 이루어진 것들이었다. 특히 상업주의와 특정 매체를 곧바로 연결시킨 비판은, 그 사이에 수많은 구체적 매개항들이 설정되어야 함에도 불구하고, 곧바로 그 둘 사이를 등가로 연관지음으로써 비판의 대상이 된 매체들 간의 변별성을 드러내는 데는 취약한 구도를 드러내었다.

김정란, 남진우, 권오룡, 권성우, 신철하, 윤지관, 류보선 그리고 이들과 한두 세대 뒤인 『비평과 전망』 동인들이나 『인물과 사상』의 강준만까지 가세하여 힘겹게 주고받은 이 논쟁의 잠정적 결과는, 그 한계점과 함께 매우 중요한 비평사적 의의를 띤다고 할 수 있다. 그것은 비평 언어가 발원, 소통, 실현되는 컨텍스트에 대한 중요한 성찰의 계기를 제공하였고, '문학'이라는 것이 보수적으로 고수해온 텍스트주의를 과감하게 벗어나 문학을 살아 있는 사회적 역학의 관점에서 파악하는 관점을 제공하였고, 이념의 동질성보다는 전근대적 학연에 의해 권력이 분점되는 행태에 대한 비판적 시각을 부여하였고, 나아가 비평의 외연을 문인들의 실천 방식에까지 넓힌 성과를 거둔 것이다. 말할 것도 없이 비평이 회복해야 할 공론성의 흐름을 약여하게 보여준 것이다.

4. 친일문학 논의와 민족주의의 명암

우리 사회에서 친일 혹은 친일파는, 근대사의 특수성과 민족주의적 속성 때문에, 언젠가는 청산되어야 할 인적·역사적 범주로 인식되어왔다. 그러나 한 번도 우리는, 광범위한 사회적 합의 아래 친일 당사자는 물론 그 잔재 처리에 대한 공론화를 경험해본 적이 없다. 청산의 목소리는 언제나 때(3·1절, 광복절)만 되면 나타났다가 이내 일상 속으로 슬그머니 잠복하고 마는 한시적 징후와도 같았다. 하지만 우리 민족 내부에서는 여전히,

과거의 치욕적 흔적에 대한 반성의 차원에서, '친일파(제국주의 협력자)'를 적출하고 청산하자는 요구가 강했다. 그러나 그 반대편 목소리들 곧 '친일'을 계속 문제삼을 때 생기는 역기능들에 대한 문제 제기들 또한 끊이지 않고 계속되었다. 당시 친일로부터 자유로울 수 있었던 사람은 아무도 없다는 '만인친일론', 친일 당사자들이 대개 작고했으니 청산 대상 자체가 존재하지 않는다는 '대상부재론', 친일당사자들의 정치적·문화적 공헌도 긍정적으로 감안해야 한다는 '공과절충론', 친일을 문제삼는 것 자체가 진보 세력의 음험한 정치적 의도 아래 진행되는 것이라는 '음모론' 등이 그것이었다.

이런 외중에 작가회의와 민족문제연구소 그리고 『실천문학』 등이 20002년에 친일문학인 42명의 명단을 발표하는 취지의 문학인 선언을 하였다. 그들의 친일 작품을 공개하는 한편, 그들에 대한 선정 경위를 소상하게 설명하였다. 선언문에서는 "역사는 지난 시대의 진실을 유보하거나 우회해서 갈 수 있는 길이 아니다. 광복 57주년을 맞아 우리 문학인들은 제 아비를 고발하는 심정으로 일제 식민지 시대의 친일문학 작품 목록을 공개하고 민족과 모국어 앞에 머리 숙여 사죄코자 한다."면서 이러한 청산 작업의 필연성을 강조하였다. 말하자면 그동안 일부 연구자들 차원에서 진행되어오던 친일문학에 대한 해석과 평가를 외적으로 확대하여 그 공론화를 시도한 것이다. 이는 또한 근대사의 기형성 혹은 민족주의의 명암을 동시에 고찰해야 한다는 견해를 담고 있어서 단연 주목을 끌었다고 할 수 있다. 발표된 친일문학인은 시인 12명, 소설가·극작가·수필가 19명, 평론가 11명 등 모두 42명이었다. 중일전쟁 이후에 발표된 글을 대상으로 하였고, 식민주의 파시즘을 옹호했는가를 핵심적 기준으로 삼았고, 작품 수가 한두 편에 그친 작가는 제외하였고, 근거 자료가 명백한 경우에 한해

선정하였다고 선정 주체들은 그 기준을 밝혔다.

이 가운데 해방 후 분단 체제 남쪽에서 맹장 역할을 한 이들로는 서정주, 조연현, 곽종원, 모윤숙, 최정희 등이 있다. 문학적 가치로 보아 탁월한 근대 문인으로 기릴 만한 이광수, 김동인, 채만식, 서정주, 박태원, 함세덕 등의 이름이 우리의 마음을 무겁게 만들고 있으며, 식민지 시대 진보주의 운동의 메카였던 카프에 몸담았던 이들인 김동환, 김해강, 이찬, 송영, 김기진, 박영희, 백철 등의 이름이 각인되어 있는 것도 불편하기는 마찬가지이다. 이들은 대부분 우리 민족을 심각한 결손 민족으로 과장하면서, 하루빨리 일본에 동화되는 것만이 민족이 살 길이라는 신념을 표현하였다. 또한 내선일체와 황국신민화의 당위성을 고무하면서 전쟁 참여를 독려하는 등 당시 민족 구성원들에 대한 폭력적 담론들을 무반성적으로 양산하기도 했다. 이들에 대한 이러한 공공적 해석과 평가는 민족적 카타르시스 차원에 머무르지 않고 문학과 정치 사이의 매개들에 대해 미학적 성찰의 깊은 계기를 만들어주었고 또한 치열한 논쟁을 유도하기도 하였다. 친일문학 논의는 근대 민족주의의 명암을 공론화하면서, 연구자들과 비평가들의 치열한 후속 논의로 이어지는 충실한 매개가 되었다. 결국 우리는 이 논의를 통해 모든 문학적 실천이 인권이나 민주주의 같은 보편 가치와 매개되어야 한다는 차원에서, 우리의 근대 민족주의가 가진 기형적 이중성에 대한 반성을 치러냈다고 할 수 있다.

5. 시와 정치 논의

2000년대 내내 활발하게 이루어진 '시(혹은 서정)'의 본질적, 수행적 기능에 대한 논의는, 시의 존재 방식과 역할에 대한 메타적 담론의 진경들을 연출해냈다. 플라톤과 아리스토텔레스라는 기원으로부터 시작하여 '시'에 대한 각양의 해석적 견해들이 그야말로 백가쟁명으로 전개되었다. 그 논의 결과 '시'의 근대적 규정들 곧 독백적이고 자기 표현적이고 정서적이고 함축적인 양식이라는 생각이 지워지면서, 시가 '감각적인 것'과 '정치적인 것'을 결속하며 전개된 역사적 구성물이라는 것을 우리는 알게 되었다. 사르트르, 바디우, 랑시에르를 집중적으로 호출하면서 이루어진 이러한 시와 '정치(성)' 논의 과정에서, 우리는 자율성을 근대성의 핵심으로 보고 예술에서 정치성을 소거하려 했던 힘과 가파르게 맞선 역사를 '시'가 가지고 있다는 점에 상도한 것이다. 이 과정에서 가장 커다란 비중으로 원용된 이가 랑시에르인데, 그에 의하면 '정치'와 어원을 같이 하는 '치안(police)'은 감각적인 것을 구획하여 볼 수 있는 것과 볼 수 없는 것을 분배하는 위로부터의 힘을 말한다. 반면 '예술'은 감각을 분배하는 '치안'과 감각을 해체하고 재분배하는 '정치'가 마주치는 현장이다. 그 점에서 모든 '예술'은 본질적으로 정치적이다. 그런데 '문학'이 정치적인 것은 그것이 세계에 참여하기 때문이 아니라, 사물들에 다시 이름을 붙이고 단어들과 정체성 사이의 틈을 만듦으로써 그 안에 해방 가능성을 개입시키기 때문이다. 이는 기존의 지배 담론 안에서 특정 이데올로기를 옹호하거나 공격하는 '정치'가 아니라, 그 체계를 파열시켜 새로운 감성적 분배를 이루어내는 '정치'를 뜻한다. 랑시에르가 던진 이러한 '정치성' 화두들은 공통 세계를 재편성하는 여러 지표들을 포괄적으로 함의한다. 물론 이러한 논의의 후경에는, 2000년대 내내 제기되었던 사회의 지형 변화가 도사리고 있었다. 그런데 이렇게 어떤 정점에 올라섰던 시와 정치성 논의에는 두 가지 흥미로운 점이 있었다.

하나는 이 논의가 흔히 말하는 리얼리즘이나 현실 참여를 미학적 본령으로 삼아왔던 이들의 자기 갱신 의지에서 촉발된 것이 아니라는 것이다. 오히려 세대론적 경험이나 미학적 견지에서 볼 때, 아직 정치적 요소들을 적극 실현하거나 본령으로 삼아온 적이 없는 시인과 비평가들에 의해 논의가 진행된 것이다. 그 점에서 이 논의는 경험적 자기 반성의 요소보다는 세대론적 자기 개진의 요소가 강했다고 할 수 있다. 다른 하나는 이러한 일련의 논의들이, 구체적 시편들을 대상으로 하는 실제 비평이 아니라, 다분히 담론 비평 형식에 가까웠다는 점이다. 게다가 논자들마다 혹은 개별 아티클마다 전혀 다른 '정치성' 개념을 상정하고 논의를 이끌어간 사례도 적지 않았던 터라, 외연적 활황에 비해 작품적 논쟁은 매우 빈곤한 편이었다고 할 수 있다. 이는 1990년대 '시와 리얼리즘' 논의가 구체적 실물들을 둘러싼 첨예한 논쟁이었다는 점과는 현저하게 구별되는 것이었다.

　사실 우리 현실 속에는 수많은 정치성의 양태들이 존재한다. 국가와 국가 사이에 개재하는 권력 위계를 조정하는 정치 범주로부터, 한 나라를 이끌어가는 현실 정치에 이르기까지 그것은 다양한 양상으로 펼쳐진다. 인간의 삶에 지속적이고 전면적인 영향을 끼치는 이러한 '정치' 양상들은, 우리 시가 깊이 관심을 기울여온 문제이다. 말할 것도 없이, 시는 우리의 삶 속에 편만해 있는 현실 권력에 우회적으로 저항하고, 그 환부를 드러내고 치유의 상상력을 발휘함으로써 부당한 정치가 초래한 상처들을 폭로해왔기 때문이다. 그리고 소수자들을 옹호하고 궁극적으로는 타자성을 통해 서로 이해하고 돕는 상태의 회복을 꿈꾸어왔기 때문이다. 시의 정치성은 이러한 과정으로 발원하고 현상하고 귀결된다. 그런가 하면, 가정이나 학교 생활에서 행사되는 다양한 미시 정치 또한 만만치 않은 실재라고 할 수 있다. 근대 이후 각성된 개인들이 자기 권리를 확보하고 권력의 간섭에 저항하는 분위기가 일반화되면서, 생활 가운데 행해지는 미시 정치

문제는 시의 중요한 관심사가 되었다. 전통적으로 인정되던 가부장적 권력, 관습적으로 굳어 있던 남성 중심주의, 장애인이나 외국인 노동자 등 사회적 소수자들에게 가해지는 유형 무형의 폭력 등 많은 영역에서 이러한 미시 정치의 문제가 대두하게 된 것이다. 이렇게 한 사회에 불가피하게 발생하는 다양한 갈등과 충돌을 조정하고 통합하는 과정으로서의 '정치'가, 시의 장(場)으로 끊임없이 들어와 중요한 모티프로 작용하게 된 것이다.

하지만 2000년대 내내 펼쳐진 시의 정치 논의는, 어떤 현실 정치적 맥락을 환기하는 '정치적인 것'이 얼마나 낡은 것인가 하는 쪽으로 수행적 효과를 발휘할 위험성을 드러냈다. 말하자면 시의 외연에 정치적 기표가 등장하거나 현실 정치 속에서 어떤 특정 경험을 담은 시편 대신에, 암시적이고 상징적인 맥락을 산포한 시편들이 더 세련된 미학적 산물인 것처럼 오도될 가능성을 드러낸 것이다. 그래서 시와 정치 논의는, 정치시의 전위들이 치러내는 자기 갱신의 장면들 혹은 우리 시대의 맥락과 양상을 비판적으로 사유하고 있는 사례들도 적극 점검해야 하는 과제를 남겼다.

6. 비평의 매체적 조건 변화

우리 문학 내부에서 제기된 '문학의 위기' 담론은 일부 매체 권력들이 퍼뜨린 수상쩍은 소문 이상도 이하도 아니었다. 물론 테크놀로지의 비약적인 발달로 비롯된 언어 예술의 근본적 위기는 그동안 인류가 축적해온 형이상학과 정전의 급속한 와해를 초래했다는 점에서, 그리고 급격한 인식론적 단절을 부추기면서 모든 진지한 사유에 대한 냉소를 만연시켰다는 점에서 부인하기 어려운 사실일 수도 있다. 그 점에서 비평의 몫은, 모든 것의 상품화와 파편화 그리고 사물화에 저항하는 방식에 있을 것이다. 2000년대 비평은 이러한 과제를 부여받은 채 진행되었다. 비평의 입법 기능이 현저하게 약화된 시대에, 잊혀진 타자들을 비평의 중심에 세우면서도 그것의 타성적 복제를 엄격하게 자계(自戒)하는 이중의 작업을 치러낸 것이다.

또 하나 2000년대에 나타난 비평적 지형의 새로움은, 문학을 둘러싸고 있는 매체 환경의 변화에 즉한 인식과 방법의 변화였다. 우리 사회가 '산업화 시대'를 지나 '정보화 시대'로 진입했다는 진단은 2000년대를 감싼 존재론적 기반이었다. 양치기 소년의 마지막 거짓말처럼 무심하게 흘려 듣기만 하던 일부 지식층에서도, 이제 정보화 혹은 다매체 시대에 걸맞은 감각과 지식의 마련은 어느 정도 불가피한 것이 되어버린 것이다. 따라서 급격히 달라진 세계 앞에서, 2000년대 비평이 어떠한 좌표를 그리며 자기 진화를 했는가 하는 것은 우리의 피할 수 없는 탐색 과제이다. 분명한 것은, 기존 비평 방식 이를테면 심미성과 사회성을 결합시키는 비평, 독자들의 상상적 참여를 통해 삶의 전체성과 본질에 대해 사유하였던 인문학의 정수(精髓)로서의 비평은 그 지위를 상당 부분 내놓았다는 것이다. 아닌 게 아니라 기존의 문학 담론이 모종의 파국을 맞았으며, 동시에 문자 언어로서의 문학의 죽음이라는 다소 과장된 수사를 경험하였으며, 이어서 '저자(주체)의 죽음'으로 이어지는 진단의 가속화를 또한 겪었던 것이다.

이러한 변화를 추동한 주도적인 동인은 문학의 매체적 성격의 변화였다. 그것이 주체의 변화를 가져오고 가치 위계의 변화까지 이끌었기 때문이다. 이는 그동안 근대적 주체의 움직일 수 없는 기율 역할을 해왔던 심미적 이성과 다매체가 주는 감각 지향의 소통 구조를 결합시키는 행위를 함의한다. 자연스럽게 우리 비평은 변화된 매체 환경에 대한 성찰과 진단에 중심을 할애하였다. 한쪽에서는 달라진 매체 환경에 문학이 효율성 있게 적응해야 한다는 논리를 폈고, 다른 한쪽에서는 그럼에도 불구하고 문학의 독자적 위상과 정체성을 더욱 심화시킴으로써 문학의 위기를 극복하자는 의견을 내놓았다.

원래 매체 발전은 하나가 다른 하나를 대체하면서 앞의 것은 소멸해버리는 선형적 성격을 띠기보다는 새로운 매체가 기존의 매체들과 상호작용하면서 나선적 혹은 입체적으로 발전해가는 구조를 취한다. 기존의 창작과 독서가 상상적 의미 작용을 통한 소통 구조를 상정한 것이었다면, 2000년대 들어 보편화된 다매체 세계는 직접적 시지각(視知覺) 작용으로 무게중심을 현저히 옮겼다. 이러한 무게중심 이동은 그 자체가 매체의 기능적 변화라기보다는 문학을 둘러싼 모든 인식론적 기반의 변모를 촉진했다고 보아야 한다.

주목할 것은, 이러한 변화가 시각 기능이 더욱 극대화하는 쪽으로 진행되었다는 것인데, 그동안 '감관'에도 역사적 억압이 있었던 사실에 비춘다면, 시각 비중이 점점 더 커져간 멀티미디어 시대의 문학 또한 그 나름의 중대한 도전을 맞게 될 것이 예견된다고 할 수 있다. 따라서 새로운 '탈(脫)멀티미디어' 시대의 도래 역시 필연적일 것이다. 그렇기 때문에 우리는 멀티미디어 시대의 문학에 대한 성찰을, 피할 수 없는 재앙처럼 재난대비 식으로 신속하게 처리할 것이 아니라, 철저하게 역사적 시각에서 행해야 한다. 이러한 비평적 과제에 부응한 최유찬의 『게임이란 무엇인가』(2002)는 소설의 존재 근거와 방식을 해명하면서, 매체와 소설의 관계를 역사적 시각으로 고찰하였다. 그에 의하면, 『무정』에서 발현된 "감각, 시각의 객관성, 원근법에 기초한 대상 인식"이라는 요소는 『만세전』(원근법적 지각을 위한 거리), 『천변풍경』(모자이크 또는 병렬식 구성), 『서울, 1964년 겨울』(영화 기법), 『난장이가 쏘아올린 작은 공』(사진), 『비명을 찾아서』(가상

현실의 도래 예비) 등으로 심화, 발전하였다. 그러면서 그는 어떻게 그러한 원리가 소설미학 내부로 수용되는가 혹은 그것과 어떻게 결합되는가를 묻는다. 이러한 전통의 토양 위에서 1980년대 이른바 신세대 작가들의 영화적 상상력이 나올 "뿐만 아니라 1990년대 후반부터는 컴퓨터 게임이나 SF 영화에서 상상력을 자극 받은 신세대의 판타지 소설들이 대거 등장하고 있다"면서, 앞으로의 소설들도 이러한 역사적 추세를 더 깊이 반영할 것으로 예견한다. 특기할 것은, 그가 바라보는 매체 성격의 변화의 가장 커다란 의의는 매개 기능의 변화가 아니라 문학이라는 현상의 발생, 유통, 소비 전체에 걸쳐 발생하는 총체적 변화에 있다는 것이다. 결국 경험의 언어화가 인간 사이의 소통을 위해서는 불가피한 요구이듯이, 새로운 시대의 소설에서 멀티미디어의 직간접적 영향은 더욱 커질 것이라는 것이다. 이 작업은 변화하는 매체 성격을 역사적으로 추적하여 그 필연성을 지적함으로써, 다양한 장르적 변화를 겪는 소설적 경향들에 대해 열린 시각을 주문한 것이다. 우리 비평은 2000년대에 줄곧 이러한 존재 조건의 변화를 성찰하였다.

7. 2000년대 비평이 제기한 과제

2000년대에 이렇듯 달라진 지형 변화에 따라 대안 담론과 공론성 회복의 흐름을 만들어낸 우리 비평은 이제 어떠한 진보를 이루어갈 것인가. 사실 우리 문학사에서는 진보의 철저한 가기 수정과 보완의 의지가 매우 편재적으로 드러난 바 있다. 물론 그러한 작업이 자기 본위적 영웅주의나 값싼 계몽성의 대중화 작업에서 찾아지지는 않았다. 왜냐하면 그러한 방법은 무엇보다도 한 시대의 진보적 이상을 위해 공감하고 시간을 공유했던 이들의 그 시간을 가장 왜소하게 하는 보편주의 혹은 교양주의적 폭력이 될 것이었기 때문이다. 또한 근본적으로 진보라는 것이 개인적 사유의 확장이자 통합의 정신을 매개로 하는 한 시대 전체 구성원의 것이기도 하니까 더욱 그렇다. 20세기 벽두부터 전반기 내내 지속되었던 식민지 근대 경험과 후반기에 치러진 분단 및 가부장적 독재 경험은 우리를 심각한 결손 민족으로 규정하게 만들었고, 그 과정에서 우리의 국민국가적 이상은 부단히 그 식민지 체제와 분단 체제를 허무는 데 정향되었다. 이러한 경험들이 우리 비평에 공론성이라는 공동체적인 사유와 감각을 불어넣었던 것이다. 2000년대 비평은 이러한 지향이 극히 왜소화되었던 1990년대 비평에 대한 일정한 반작용으로 표출되었다.

또한 2000년대 비평은 비평적 주체들의 지적 풍모나 현실 인식의 예각성을 심화하면서 전개되었다. 국내적으로 일련의 민주화 과정이 성과를 거두었고 국외적으로는 냉전 종식의 영향 때문에 진보적 기율과 방법이 탄력과 영향력을 일정하게 소진하면서 탈근대론들의 줄기찬 도전에 직면하기도 하였다. 하지만 근대 안에서 진정한 근대를 완성하려는 미학적 기획으로 우리 비평은 일상과 욕망, 육체와 자기 정체성을 탐색하면서 진보적 충동을 여성·지방·자연 같은 근대의 항구적 타자들에게도 향하게 되었다. 그동안 민족과 민중에 집중적으로 할애되었던 진보적 시선을 다양하게 분산하는 결과를 가져왔던 것이다. 우리가 잘 알거니와, 인류는 아직도 핵과 전쟁, 기아와 빈곤 같은 20세기적 공적(公敵)과 힘겹게 싸우고 있다. 2000년대 이후 폭 넓게 제기된 이러한 담론적 진경들이 우리 사회에 아직도 완성하고 관철해야 할 근대적 과제가 산적해 있음을 잘 알려준다. 그 점에서 2000년대 이후 비평은 우리에게 여전히 비평의 공론성 회복 가능성과 그 과제를 시사해준다.

어디까지 흐를 수 있을까─신영배, 『물안경 달밤』(문학과지성사, 2020)

권준형

신영배는 2001년 『포에지』로 등단하여 묵묵히 자신의 세계를 구축해 나가는 시인 중 한 명이다. 그가 초기 시에서부터 보여준 사물에 대한 치밀한 시선으로부터 빚어지는 세계의 간극은 언어로 전달할 수 없는 그 불가능 앞에서 그 간극 자체를 가시화하기 위한 또 하나의 세계의 배면을 잉태할 수밖에 없었다. 그는 이후 『물속의 피아노』, 『물모자를 선물할게요』와 근작 『물안경 달밤』에 이르는 여러 권의 시집에 걸쳐 '물세계'를 이루어낸다. 물은 흐르며 접촉하는 대상에 따라 모양과 속도 등 그것의 성격을 달리한다. 참혹한 세계에서 살아가고 또 그 앞에서 무력감을 느끼며 그는 사물 및 타자에 대해 발화하기 위한 방법으로 물을 고안해낸 것은 그것이 가진 유연함과 생동성 같은 특징에서 비롯된 것이다. 물은 흐르고 언어도 흐른다. 그의 시는 언어를 질료로 쓰는 것이 아니라 물을 질료로 한다. 어떤 수식도 거부하겠다는 듯한 단문형의 문장들, 명사와 동사의 과감한 행갈이는 의미를 개진시키는 것이 아니라 언어의 운동성을 드러내며 감각적인 리듬을 형성한다. 타자와 사물과 접촉하면서 예민한 감각으로 느낀 세계는 각 시편마다

고유한 물의 성격이 다양하게 담겨 있어 그의 '물세계'를 구축하기 위한 시도가 얼마나 치열한지를 짐작하게 한다. 그는 방에서 물소리를 듣는다.

> 음악이 있었다 B, 한낮이었다 다리가 많은 벌레는 다리를 점점 떼어내며 죽어갔다 나는 내가 가진 단어들을 조금씩 떼어냈다 음악이 있었다 B, 물고기 한 마리가 지느러미를 흔들었다 죽은 한 마리를 건져냈다 물이 크게 출렁였다 남은 물고기에 나의 단어를 붙였다 음악이 있었다 B, 다시 단어를 떼어냈다 음악이 있었다 B, 남은 물고기가 크게 지느러미를 흔들었다 어항이 점점 넓어졌다 방이 점점 좁아졌다 나는 남은 사람이었다 음악이 있었다 B, 어항이 점점 환해졌다 방이 점점 환해졌다 나는 나의 단어 지느러미를 크게 흔들었다 음악이 있었다 B, 방과 어항이 같은 넓이를 가졌다
>
> ─「방과 어항」 전문1)

벌레 한 마리가 단어를 떼어 내면서 죽어가는 방, 나의 언어로 단어를 붙이는 방, 물고기가 지느러미를 흔드는 방에서 화자는 물소리를 듣는다. 물이 출렁거리는 소리는 음악이 되고 벌레의 다리가 떨어지듯이 나의 단어들이 떨어졌다가 다시 붙는 과정에서 나와 벌레는 더 이상 구분할 수가 없다. 마치 카프카의 변신을 연상케 하는 이 시는 협소한 공간에 불과한 방에서 어떻게 그의 상상과 조밀한 단어로 세계를 구축하는지를 보여준다. 그레고르가 겪은 가족으로부터의 소외는 그를 '남은 사람'으로 만들고, 가족들의 다툼과 소음은 결국 '음악'이 된다. 죽어가는 벌레의 몸부림은 어항의 물을 출렁이게 하고, 방을 변형시키며 나아가 이질적인 세계를 구축한다. 감정이 드러나 있지는 않지만 모종의 비극성이, 그럼에도 불구하고 나아갈 수밖에 없다는 결연한 의지가 이면에 깔려 있다. 이 행위를

---

1) 신영배, 『물안경 달밤』, 문학과지성사, 2020, 88쪽.(이하 작품인용에 쪽수만 병기)

추동케 하는 것은 어딘가에 있을 '물세계'를 엿보고자 하는 것이다.

방안의 사물을 이리저리 옮기듯 조금씩 단어를 붙여 가면서 어항의 물결이 출렁인다. 나의 방도 출렁인다. 그리고 내가 있는 세계 또한 넓어지고, 좁아지고 출렁이는 것을 목도하면서 나는 물속의 물고기가 되어 지느러미를 흔들며 '물세계'를 유영한다. 더 이상 방과 어항은 구분되지 않는다. 어항은 방에 속해 있는 하나의 사물에 불과한 게 아니다. 나의 단어와 상상으로 몇 안 되는 핍진한 언어를 이리 떼었다 저리 붙였다 하면서 '물세계'를 조율한다. 그럴 때마다 출렁이는 어항 속의 물, 물소리, 그리고 음악. 그것은 곧 시를 쓰는 일이다. "문장 만드는 일을 직업으로 가진 B"(「물악기」)가 비록 문장이 사라지더라도 세계를 연주하는 행위를 기어코 실행할 수밖에 없다는 의무. 그의 시는, 아니 물은 마를 수 없다. 지금도 그는 "푸른 귀"(「물안경과 푸른귀」)로 좁은 "모눈종이의 방"(「그녀는 가방을 안고 잠이 들었다」)에서 물소리를 듣는다.

이처럼 청각이라는 감각은 세계의 리듬을 조율한다. 그러나 그것은 불협화음에 가깝다. 거기엔 어떤 거시적 폭력에 저항하기 위한 미시적 움직임이 도사리고 있다. 고통스러운 개인의 기억과 소외들, 그리고 저항할 수 없는 거대한 폭력에 맞서지 못하고 방치되기까지 하는 그들의 목소리는 이 세계에 산재해 있는 저항의 목소리로는 들을 수 없다. 그의 "푸른 귀"는 이렇듯 세상에 묻혀 있는 "밤"의 소리를 듣는다. 방과 어항의 경계가 사라질 때까지 그는 '물세계'를 구축하여 지금 세계를 구획하고 분리시키는 모든 폭력의 경계를 허물어뜨리려는 시도를 보여준다. 그러기 위해 그는 끝까지 "남은 사람"이 되어야 하며 "죽은 한 마리" 물고기를 건져내야 한다. 물로 쓰인 폭력의 양상은 그로부터 유발된 현장성이나 현실성을 복권하려는 노력이 아니다. 또한 폭력에 대한 어떤 해답이나 임시적 행위를 촉구하지도 않는다. 폭력은 어떤 실재적인 것이 아니라 트라우마로 뇌리에 각인될 때 추상, 즉 사변이 된다. 그렇기에 폭력을 제거하려는 시도는 지난하다. 다음과 같은 시에서 '물세계'에서 발생하는 폭력의 구조를 살필 수 있다.

> 그녀(B, 24)는 골목에서 당겨졌다 골목이 어긋나고 어긋난 곳에 그녀는 유기됐다 쓰러진 나를 매일 집으로 데려가는 나의 길, 그 길에서 그녀는 풍겼다
> 비린내…… 어떤 물체를 강하게 밀어내는
> 그날 그녀의 몸을 당겼던 물체는 망치, 팔을 부러뜨리던 망치, 목을 꺾던 망치, 입으로 들어오던 망치, 망치……
> (중략)
> 망치1이 물송이1을 당겼다 물송이1은 달렸다 망치2가 물송이1을 뛰어넘고 물송이2를 당겼다 물송이2는 비명을 질렀다 망치3이 물송이3을 벽에 대고 내리쳤다 망치4가 물송이4를 끌고 왔다
> 물비린내…… 이미 쓰러진, 쓰러져서 멀리 가는
> B, 유기된 그녀를 매일 집으로 데려가는 나의 길, 그 길에서 나는 풍긴다
>
> ―「B, 풍기다」(36―37)

이 시는 어떤 폭력적인 서사를 함축하는 장면으로 제시된다. 그녀는 물송이 여럿으로 분열되고 그녀에게 폭력을 가하는 도구인 망치 또한 여럿으로 분열된다. 수많은 그녀와 망치가 세계에 있고 지금도 폭력에 노출되어 있다. 유기되고, 쓰러지고, 끌려가는 그녀와 그녀에게 폭력을 가하는 사물 망치, 그것은 이 세계에서 이뤄지는 수많은 폭력의 가해자와 피해자를 상징하는 듯하다. 그는 이 폭력을 구성하는 물송이들의 '물비린내……'를 맡는다. 그것은 피비린내이기도 할 것이다. 물과 피로 홍건한 길을 거치면서 그는 쓰러진 그녀를 집으로 데려간다. 그리고 그녀에게서 나는 물

비린내 또는 피비린내가 내게도 풍긴다. 이것은 상처의 공유를 통한 어떤 동일시로 환원되는 게 아니라 끊임없이 분열되며 증식되는 결코 멈추지 않는 세계의 수많은 폭력 구조 자체를 드러낸다. '나' 또한 희생당한 B라는 이름들 중 하나이며, 내게도 물비린내가 나기 때문이다. '나'가 살아 있는 한, '나'는 그녀(들)를 집으로 계속해서 데려올 것이다. 그러나 거기까지. '나'는 그들을 통해 개인 및 집단의 경험을 고무시키거나 강화하지 않는다. 오직 집으로 데려가면서, '나'는 그녀와 내게서 풍기는 물비린내, 폭력의 피비린내를 맡을 뿐이다.

그리고 그 행위는 그녀(들)의 어둡거나 환한 '악몽' 속으로 들어가는 것으로 이어진다. 의자와 모자를 당기고, 가슴을 부풀리는 등 파편적인 사물과의 관계로만 나열된 진술은 마치 악몽을 꾸는 동안 보게 되는 분절된 기억을 그린 것 같다. 그리고 그들의 악몽은 '나'가 방에서 꾸는 꿈으로 전치된다. '나'가 꾸는 악몽 속에서도 마찬가지로 "정면에 망치가 떠" 있는 모습을 보기 때문이다. 이처럼 그녀와 나 그리고 사물의 삼각관계는 작품 속에서 폭력의 사변적 실재를 다룬다. 그것을 가능케 하는 것은 이들 사이로 구불구불 흐르는 물이다. 신영배의 시가 드라이한 감정의 서술을 띄게 되는 것은 당연하다. 그는 폭력의 실상이 아니라 구조를 다루며, 직접적 대상이 아닌 수많은 B, 그녀(들)와의 관계를 진술하기 때문이다. 즉 물의 언어는 단일성, 일의성이 아니라 갈라지고 분열된 무한한 길을 모색하며 흐른다. 당연하게도, 신영배의 시에는 피비린내가 난다.

이렇게 『물안경 달밤』 시집 전체 곳곳에서 등장하는 인물 B는 그 정체가 하나만을 가리키는 것은 아니다. 대명사로밖에 지칭할 수밖에 없는 그들과의 관계는 오직 '물속에서 손을 잡'음으로써만 이뤄진다. 그녀와 '나'의 관계가 '물세계'의 사건으로 드러나는 폭력의 실태는 '물세계'를 구축하며 이뤄지는 애도 방식이라고 할 수 있다. 그러나 어떤 위안도 주지 않고, 사물화 또는 대명사로 호명되는 그들 존재는 오직 '나'에게서 풍기는 비린 내로만 감각할 수 있을 뿐이다. B의 폭력에 대한 경험은 '나'의 경험과는 아무런 상관이 없다. 오직 '악몽'을 통해서만, '물세계'에서 추체험된 것이 기 때문이다. 따라서 B는 실제 인물을 모티프로 하더라도 폭력과 마찬가 지로 그들 역시 경험의 간극으로 인해 사변이 된다. 그러나 사변에 힘이 있다. '나'의 생애 동안 계속해서 삭제하고 이어붙일 수많은 B들, 그들은 시의 이름인지도 모른다.

　　　　가위질을 할 때마다 가위에서 물송이가 떨어졌다
　　　　물송이 물송이 물송이 물송이

　　　　자, 가장 아팠던 시간으로 가볼까요?

　　　　사라진 그녀와
　　　　사라진 사물들과
　　　　새빨간 구두가
　　　　꿈속으로 들어갔다

　　　　창밖에서 내리던 비가 그녀를 찾으러 왔다
　　　　B는 비를 앉히고 가위질을 했다
　　　　물송이 물송이 물송이 물송이

　　　　이제 깨면 돌아옵니다
　　　　　　　　　　　　　　　　　—「미용사와 B와 비의 날」부분(42)
　　위 시의 가위 역시 앞서 「B, 풍기다」의 망치처럼 모종의 폭력적인 사물 을 상징한다. 그리고 나는 가위질을 할 때마다 물송이가 떨어지는 것을 본다. "물송이 물송이 물송이 물송이", 총 네 번의 반복구는 이 시집에서 허투루 넘어갈 수 있는 것이 아니다. 이는 폭력의 가해자와 피해자, 그녀와 사물이 모두 숫자 4로 짝을 이룬다는 진술로 확인할 수 있다. 앞의 시에서 물송이 "1 2 3 4"와 망치 "1 2 3 4"(「물운동화1」)의 의미심장한 관계로 말이다. "B가 비를 앉히고 가위질을" 하는 것과 같은 언어유희를 쓰자면, 4는 흔히 말하는 죽음(死)을 의미한 것일 수 있다. 그러니까 4가 死를 앉히고 가위질을 하는 것이다. '가장 아팠던 시간'은 결코 쉽게 발설되는 것이 아닌데, 그는 결국 언어유희로 자신의 고통을 유머로 전치시키는 선택을 한다. 유머란 고통을 이해하는 방법이다. 그리고 B는 이제 가위질의 주체가 된다. 그렇다면 희생자와 가해자의 위치가 전도되어 어떤 복수를 가리키는 것일까? 그렇지 않다. 그것은 '꿈'이기 때문이다. 바로 '악몽'에서 '꿈'으로의 이동, 인물 'B'에서 사물 '비'로의 이동이 가능해지는 것은 이 둘 사이로 흐르는 물 때문이다. "그날 발로 찬 거친 사물은 어디론가 사라졌다. 그 사물은 나의 발 대신 도시를 헤매고 다닐 것이다. 그러다가 내가 달빛에 반짝이는 말과 방과 밤에 빠져들 때, 그 사물은 사랑을 닮은 부드러운 모서리로 나타날 것이다. 그리고 나의 물사물이 될 것이다."[2]라고 시인은 고백한다. 그리고 깨어나면 어느새 B는 없고, 가위만 눈앞에 있다. 나와 가위. 내가 뭘 할 수 있을까. 이제 '나'는 무엇을 세야 할까. 이 시집은 신영배가 긴 시간 동안 구축해온 그녀의 '물세계'를 일단락 짓는 뉘앙스가 강하다. 물송이 "1 2 3 4"와 그녀(들)이 사라진 '물세계'에서 나는 이제 물송이5가 되어 다시 흘러야 한다. 어디까지 흐를 수 있을까.

---

2) 신영배, 『물사물 생활자』, 발견, 2019, 23—24쪽.

'10회말 투아웃'과 끝내기 만루 홈런
— 2000년대 시와 야구

김재홍

첫 번째 장면

1982년 3월 27일, 지금은 DDP(동대문디자인플라자)가 들어선 자리에 있던 서울야구장에서 '한국야구선수권대회'라는 이름으로 한국 프로야구가 공식 출범했다. 초봄 먼지 날리는 맨땅의 야구장에서 MBC청룡, 롯데자이언츠, OB베어스, 삼성라이언즈, 해태타이거즈, 삼미슈퍼스타즈 등 6개 팀으로 출발했다. 미국식 지역 연고제를 도입해 MBC는 서울, 롯데는 부산, OB는 대전, 삼성은 대구, 해태는 광주, 삼미는 인천을 각각 연고지로 삼았다.

형형색색의 깃발을 든 수백 명의 여성들과 군무를 추는 무용수들의 축하 공연에 이어 마운드에 오른 사람은 당시 대통령 전두환이었다. 그는 한국 프로야구 사상 첫 시구자였다. 전두환의 공은 타석에 선 타자가 몸을 피해야 할 정도로 몸쪽으로 바짝 붙어 들어갔고, 포수가 몸을 일으켜서야

겨우 잡을 수 있었다. 그때 중계 아나운서는 "아! 멋지게 들어옵니다. 네~ 정말 '스트라이크 볼'입니다. 역시 왕년의 스포츠 선수다운 투구였습니다."라며 호들갑을 떨었다.

개막 경기는 MBC청룡과 삼성라이언즈가 대결했다. 우승 후보로 꼽히던 두 팀을 개막 경기의 상대로 지정한 셈이었다. MBC의 선발투수는 국내 최고의 잠수함 투수로 불리던 이길환이었고, 이를 상대한 삼성의 1번 타자는 천보성이었다. 첫 투구와 첫 아웃의 주인공들이다. 삼성은 역시 강했다. 한국 프로야구 첫 안타와 첫 홈런을 쳐낸 이만수와 선발투수 황규봉의 활약에 힘입어 7대 1까지 앞서 나갔다. MBC의 선발 이길환과 구원투수 유종겸은 통타당했다.

그러나 MBC도 만만치 않았다. 5회말 유승안의 적시타와 6회말 감독 겸 선수 백인천의 홈런으로 7 대 4까지 따라붙었다. 그리고 7회말 4번 타자 유승안의 3점 홈런으로 마침내 동점을 만들었다. 그리고 두 팀은 10회말 투아웃까지 승부를 가르지 못했다. 7 대 7 동점 상황이 이어졌다. 삼성은 최동원 이전 국내 최고의 투수로 통했던 이선희를 방패로 내세웠고, 비록 만루를 허용하긴 했으나 8~9회를 실점 없이 막아냈다.

운명의 10회말 투아웃 이후, 실업야구 통산 1,000번째 홈런의 주인공이기도 한 이종도가 MBC의 창(槍)으로 타석에 섰다. 그리고 투볼 노스트라이크 상황에서 이선희의 3구째 슬라이더가 이종도의 무릎을 파고들었다. 루 상에는 이미 김용달, 유승안, 백인천이 꽉 들어차 있었고, 또 포볼을 줘서 밀어내기 패배를 당할 수 없었던 이선희는 스트라이크를 던져야만 했다. 그리고 그는 알고도 못 친다는 몸쪽 슬라이더를 던졌다.

이종도의 방망이가 세차게 돌았다. 그것으로 끝이었다. 배트 중앙에 맞은 공은 좌측 담장을 훌쩍 넘어가 버렸다. 만루 홈런이었다. 프로야구는 개막 경기부터 연장전을 펼쳤고, 가장 극적이라는 만루 홈런으로 끝나는 초대형 이벤트가 펼쳐졌다.

한국 프로야구는 지난 40여 년 동안 발전을 거듭해 왔다. 1982년 관중 143만8,768명에 선수 평균 연봉 1,215만원이던 것이, 2022년에는 관중 607만6,074명[1]에 선수 평균 연봉 1억4,648만원을 기록했다. 관중 수와 연봉 액수에서만 비약적으로 성장했을 뿐만 아니라 미국 프로야구 메이저리그(MLB) 경기장에 버금가는 잔디구장과 돔구장은 물론 관중들을 위한 각종 편의 시설이 구비된 첨단 경기장이 들어섰다. 봄바람에 마른 먼지가 날리는 꽃샘추위 속에서 투구를 하고 스윙을 하던 시대는 이제 지나간 것이다.

그런데 야구를 보고 즐기는 인구에 비해 직접 경기에 참여하는 사람은 생각보다 많지 않아 보인다. 문화체육관광부가 조사한 『2022 국민생활체육조사』에 따르면, 국민들이 참여하는 '체육 동호회 조직 가입 종목' 순위에서 야구는 10위 권 내에 들지 못했다. 등산, 축구(풋살 포함), 농구, 탁구, 배드민턴에 밀린 것은 물론 수영과 테니스, 볼링, 골프(그라운드 골프, 파크골프 포함), 게이트볼에까지 밀리며 등위 밖에 머물렀다. 그것은 '향후 가입 희망 체육 동호회' 항목에서도 마찬가지였다.[2] 전문적인 운동선수가 아닌 일반인들에게 야구는 아직 관람하고 즐기는 레저에 가까운 것인지 모른다.

그것은 야구가 다른 구기종목과는 달리 몇 가지 핸디캡을 가지고 있기 때문일 것이다. 우선 야구는 최소한 한 팀에 9명의 인원이 있어야 한다. 모

---

1) 한국야구위원회(KBO)의 집계에 따르면, 코로나－19 바이러스로 인한 팬데믹 사태 이전인 2017년 840만688명으로 관중 최고 기록을 보였다.
https://www.koreabaseball.com/History/Crowd/GraphYear.aspx
2) 문화체육관광부, 『2022 국민생활체육조사』, 121～126쪽.

든 플레이의 출발점인 투수 외에도 홈을 포함해 모두 4개의 루가 있고 거기에 각각 포수와 1루수, 2루수, 3루수 등 수비수가 있어야 한다. 그리고 유격수와 3명의 외야수까지 필요하다. 이들이 모두 공격 때 타자가 되어 경기를 펼치게 되므로 야구 경기를 하기 위해서는 모두 18명의 선수가 있어야 한다. 또 유니폼이나 헬멧, 포수용 마스크, 스파이크, 각종 보호 장비 등은 없다 하더라도 최소한 야구장갑과 공, 방망이 등은 있어야 한다. 이처럼 인원과 장비 면에서 다른 종목에 비해 진입 장벽이 높기 때문에 생활 체육의 장에서 순위 밖에 머무르게 된 게 아닌가 한다.

그러나 박규남은 "2016년 문화체육관광부에 따르면 야구 동호인(16만 명, 6위) 클럽 수가 축구, 생활체조, 배드민턴, 테니스, 게이트볼에 이어 많은 것으로 확인되었으며, 사회인야구포털인 게임원(2018)에 의하면 현재 등록되어 있는 사회인야구동호인은 약 53만 명이고 동시에 약 2만8천여 개의 클럽이 있다."[3]고 밝힌 바 있다. 그로부터 7년 뒤인 2023년 기록은 야구 동호인 63만 명에 클럽은 3만3,400여 개라고 한다.[4] 비록 다른 종목보다 상대적으로 참여자가 적기는 하지만 야구 역시 한국인의 생활체육 현장에서 결코 적지 않은 비중으로 폭넓게 수용되고 있음을 알 수 있다.

야구는 지난 1905년 미국인 P. Gillett(길례태, 吉禮泰)에 의해 한국에 도입된 이래[5] 76년 만에 프로화가 진행되었고, 103년 만인 2008년 베이징올림픽에서 금메달을 따는 등 엘리트 스포츠와 생활체육 영역에서 모두 국민들의 일상 속에 자리 잡았다.

---

3) 박규남, 「코로나19 시기에 사회인야구동호인들의 여가만족과 운동만족에 관한 연구」, 『인문사회21』(제12권 5호), 사단법인 아시아문화학술원, 860쪽.
4) 사회인 야구 기록 플랫폼 '게임원' 홈페이지(http://www.gameone.kr) 참조.
5) 김명권, 「한국 프로야구의 창립 배경과 성립 과정」, 『스포츠인류학연구』(제7권 2호), 한국스포츠인류학회, 2012, 165쪽.

두 번째 장면

2000년대 시를 읽는 데 있어 주목할 만한 양상의 하나는 바로 야구이
다. 2003년 한화 이글스 소속 야구선수로 뛰던 도미니카공화국 출신의 메
히아를 다룬 동명의 작품이 그해 《중앙일보》 중앙신인문학상 시부문
당선작으로 선정되는가 하면6), 「스윙」 등 직접적으로 야구를 다룬 작품 8
편이 실린 여태천의 시집 『스윙』이 제27회 김수영문학상을 수상하기도
했다. 또한 김요아킴은 55편의 수록작 모두 야구를 소재로 한 『왼손잡이
투수』를 발간하기도 했다.

이들은 60년대 후반에서 70년대 초반에 태어난 시인들로 1982년 프로
야구가 출범한 이후 날로 인기를 더해가던 시기에 청소년기를 보낸 시인
들이다. 글러브가 없으면 비료부대나 신문지를 접어서 사용했고, 배트가
없으면 공사장의 각목을 들고 휘둘렀다. 헬멧도 없고 징이 박힌 스파이크
도 없이 맨땅에서 고무공7)을 던지고 치고 달렸던 세대이다. 좋아하는 선
수들의 사진이 들어간 카드를 모으거나 경기 결과를 알리는 스포츠뉴스
에 일희일비하기도 했다. 야구의 규칙을 이해하고 즐기기에 너무 어리지
도 않고, 그렇다고 입시 부담에 갇히지도 않았던 이들은 그야말로 야구에
심취한 세대라고 할 수 있다.

그런데 이들과 앞선 세대의 야구팬들은 공유점과 차이점을 동시에 갖
고 있는 것으로 볼 수 있다. 꽤 많은 장비가 필요하고, 다소 복잡한 경기 규

---

6) 당선자 김재홍은 2009년 동명의 시집 『메히아』를 발간했고, 여기에는 야구를 다룬
시 9편을 포함해 축구와 권투 등 총 12편의 스포츠 시를 게재했다.
7) 가끔은 선수들이 경기에 사용하는 공인구를 쓰기도 하였으나, 동네야구에서는 주
로 그것을 흉내 낸 '딱공'(딱딱한 공) 또는 테니스공과 같은 물렁한 고무공을 사용
하는 경우가 많았다.

칙을 이해해야 즐길 수 있는 종목이라는 특성이 공유점의 하나인 것은 물론이다. 때문에 부실한 장비에다 불편한 경기장을 사용해야 했다는 사회·경제적 여건이 다음 공유점을 차지한다. 또 출신지에 따라 특정한 야구팀을 좋아하고 응원하며 그 팀의 경기 결과에 자신의 감정을 투사하는 행위 또한 다르지 않다.

그러나 프로화가 진행된 이후 야구팬들의 성향은 점진적으로 변해갔다고 할 수 있다. 가령 이전 세대가 자신의 출신 지역 고등학교를 열렬히 응원한다든가, 소속 회사에 따라 해당 실업야구팀의 팬이 되었던 것과 달리 이들은 지역 연고팀을 응원하면서도 그 팀의 실력 있는 선수나 개성적인 특정 선수를 좋아하는 일종의 팬덤을 형성하기 시작한 세대이다. 팀을 응원하기도 하지만, 특정 선수를 지지하거나 추종하는 현상이 강화된 것이다.

또한 이들은 한국 프로야구만 아니라 미국과 일본의 프로야구에도 관심을 갖기 시작했다. 박찬호 선수가 미국 프로야구 메이저리그에 데뷔해 활약하기 시작한 1996년 이후[8])에는 그의 경기가 생중계되는가 하면, 100여 년이 넘는 긴 시간 동안 축적된 미국 야구의 각종 데이터들을 숙지한 이른바 'MLB 전문가'가 방송에 등장하기 시작했다. 또한 박찬호에 이어 김병현, 김선우, 최희섭, 추신수, 류현진, 강정호, 김하성 등 30여 명에 이르는 선수들이 계속해서 메이저리거로 활약을 하면서 이들 세대 이후의 야구팬들은 이제 미국 프로야구에 대해서도 상당한 수준의 안목을 갖고 즐길 수 있게 되었다.

---

8) 1994년 1월 미국 프로야구팀 LA 다저스에 입단한 박찬호는 대런 드라이포트 (Darren Dreifort)와 함께 역대 17번째로 마이너리그를 경험하지 않고 메이저리그에 직행한 선수가 되었으나, 단 2경기에 등판하고 마이너리그로 내려갔다. 그가 본격적인 메이저리거로 활약하기 시작한 때는 1996년이다.

일본의 경우에도 한국 프로야구 초창기 MBC청룡의 백인천이 선수와 감독으로 있었을 뿐 아니라 장명부(요미우리 자이언츠) 등 일본에서 뛰던 선수들이 국내에 들어와 활약하면서 간접적으로 경험할 수 있었으나, 그 뒤 국내에서 뛰던 선동열, 이종범, 이상훈, 이승엽, 임창용, 김태균 등이 일본으로 진출해 실력을 발휘하면서 중계방송과 스포츠뉴스 등을 통해 물리적·심리적 거리를 상당히 좁힐 수 있었다.

이처럼 2000년대 시의 한 양상을 이루는 시와 야구의 만남에는 이들 세대의 환경과 경험이 배경이 되었다고 할 수 있다. 이들의 내면에 각인된 야구가 시로 표현되기 시작한 것은 자연스러운 흐름이라고 하겠다.

그날 라면은 불었다
텅 빈 집 오후의 곤로 위엔
동대문구장에 모인 관중들만큼의
끓는점이 양은냄비에 쏟아졌다
동네에서 처음 산 컬러 TV엔
늘 학교 벽 높이 걸린 그분이 길어 나왔고
요란한 팡파르에 주말은 더욱 환했다
마운드에서 첫 번째로 던진 그분의 공
비록 어색한 자세였지만
위력적인 마구에 놀라 나는
급하게 면과 스프를 뜯어 넣었다
실력으로 환전되어 갈 돈 냄새는
적당히 6등분하여 마련된 마스코트 위로
사람들의 마니아 본능을 자극했고
나도 앞으로 내 고향 팀을
열렬히 숭배키로 했다
그날 푸른 용과 사자는 그분을 위해

손에 땀을 쥐게 할 동점 상황과
이어 짜릿한 만루 홈런을 연출했고
어느새 내 라면도 퉁퉁 불어 갔다
　　　　　　　─김요아킴, 「1982년 3월 27일」 전문[9]

　한국 프로야구 개막 경기 장면을 스케치하듯 전개해 나간 이 작품은 야구 마니아의 기억의 밀도를 보여주는 듯하다. 자신 앞에 놓여 있는 라면은 퉁퉁 불어 가지만 TV 속의 경기 장면은 전혀 놓치지 않고 모니터링 하듯 보고 있다. 경기에 집중하는 만큼 라면이 불어가는 장면의 대비가 이 작품의 시적 묘미를 높여주고 있다. 곤로 위에서 끓는 양은냄비만큼 동대문구장 관중석이 들썩이는 모습의 유비도 시적이다. 또 화려한 식전 행사 이후 등장한 '학교 벽 높이 걸린 그분'의 '마구'에 주목한 것도 김요아킴 시인의 시대 인식의 소산이다.

　이 작품에서 또 주목되는 표현은 "실력으로 환전되어 갈 돈 냄새"와 "적당히 6등분하여 마련된 마스코트"이다. '돈 냄새'는 선수의 실력이 돈으로 환산되는 프로 스포츠의 특성을 반영한다. 팀의 성적이나 인기도 중요하지만, 타율·방어율·홈런·도루·실책 등 선수 개인의 능력을 가리키는 각종 지표들이 해당 선수의 인기도를 좌우하고 결국 연봉으로 계산되는 게 프로야구이다. '6등분'되었다는 것은 한국 프로야구 출범 시 팀의 개수를 표상하는 것이지만, 나아가 '적당히'라고 제한함으로써 한국 프로야구 태동에 정권의 개입이 있었음을 암시하고 있다.

　그런 점에서 "나도 앞으로 내 고향 팀을 / 열렬히 숭배하기로 했다"란 시구는 상반된 두 가지 심리를 내포한다. 하나는 미국이나 일본의 야구팬들에게서도 보이는 보편적인 것으로서 자신의 고향에 대한 애정을 연고

────────────

9) 김요아킴, 『왼손잡이 투수』, 황금알, 2012, 112쪽.

팀에 투사하는 심리이다. 다른 하나는 자연 발생적인 흐름에서 출범한 프로야구가 아니라 정권의 정치적 고려가 반영된 프로화에 대한 반발 심리이다. 따라서 김요아킴이 작품 제목을 「1982년 3월 27일」로 정한 것도 우선 자신의 내면에 각인된 '그 날'의 기억을 환기하기 위한 것으로 볼 수 있으며, 나아가 '바로 그 날'이 스포츠의 정치화에 닿아 있다는 인식의 결과라고 할 수도 있다.

모니터 위에는 새벽마다 올라오는 데이터
어젯밤에는 휴스턴과 필라델피아가 이겼다
미네소타와 디트로이트는 연패를 벗어났다

가끔씩 에러도 나지만
mlb.com은 날마다 30개 팀이 벌인
열다섯 경기의 세세한 기록을 실시간으로 전송한다

몬트리올은 선발투수가 3이닝도 못 버텼고
보스턴은 끝내기 홈런을 맞았다
배그웰의 솔로와 토미의 투런 홈런 사이에
고개를 푹 떨군 글래빈과 오티스의 사진

새벽이 되면 지구 반대편에선 경기가 끝난다
본즈는 홈런을 두 개나 쳤고
푸홀즈의 타율은 조금 올라갔고
할러데이와 가니에의 방어율은 내려갔다

담뱃불이 꺼진다
다음 게임이 벌어지기 전까지
모니터를 끄고 기다리는 시간은 너무 길다

낡은 아파트 단지 빈 골목으로
오징어 트럭이 들어와 고래고래 소리친다
경기는 계속 되어야 한다
　　─김재홍, 『나는 날마다 야구경기를 모니터 한다』 전문10)

　이 작품은 미국 프로야구 메이저리그를 다루고 있다. 박찬호와 김병현
이 대성공을 거두면서 야구를 좋아하는 한국인들은 이제 태평양 건너 미
국의 경기를 보고 즐기기 시작했다. 이러한 인기를 배경으로 국내 방송사
들은 정규편성을 통해 정기적으로 중계방송을 하는가 하면, 한국인 선수
가 출전하는 날에는 특집편성을 통해 실시간으로 방송하기도 했다. 야구
팬들은 평일 저녁과 주말 낮에는 한국 야구를 즐기고, 새벽이나 오전에는
미국 야구를 즐기게 되었다.

　미국 야구는 내셔널리그(NL)와 아메리칸리그(AL)로 나눠 모두 30개 팀
이 연간 160게임 이상 펼치고, 경기마다 각 팀에서 대략 15명 이상이 출전
하니 매일 엄청난 양의 기록들이 쏟아져 나온다. 투수를 평가하는 평균자
책점(ERA, Earned Run Average), 피안타율(BAA, Batting Average Against)
과 같은 지표들11) 말고도, 타자들의 실력을 가늠케 하는 타율(AVG 또는
BA, Batting Average), 홈런(HR, Homerun), 타점(RBI, Run batted in) 등12)
이 있으니 메이저리그 야구를 깊이 있게 즐기는 데에는 실로 많은 노력이

---

10) 김재홍, 『메히아』, 천년의시작, 2008, 28~29쪽.
11) 이밖에도 투수들을 평가하는 지표들에는 이닝당 출루허용률(WHIP, Walks plus
　　Hits per Innings Pitched), 9이닝당 탈삼진(K/9), 스트라이크 대 볼넷 비율(K/BB),
　　대체선수 대비 승리기여도(WAR, Wins Above Replacement), 수비 무관 평균자책
　　점(FIP, Fielding Independent Pitching) 등 다양한 것들이 있다.
12) 타자들의 능력을 평가하는 지표로는 이밖에도 출루율(OBP, On Base Percentage),
　　장타율 (SLG, Slugging Percentage), 이를 합산한 OPS(On Base Plus Slugging), 도루
　　(SB, Stolen Bases), 볼넷과 삼진비율, 대체선수 대비 승리기여도(WAR) 등 다양한
　　지표들이 있다.

필요해졌다.

이 작품의 도입부가 보여주는 바와 같이 팀의 승패와 같은 경기 결과 말고도 수많은 정보들이 생성되기 때문에 마니아 수준의 팬이라면 골방에 앉아 하루 종일 각종 수치들 사이를 비집고 돌아다니게 된다. 그리고 '새벽이 되면' 공허감이 몰려온다. 더 이상 찾아다닐 데이터가 없어지고, 집계된 정보들의 관리를 모두 끝내고 나면 야구 마니아는 갑자기 허전함에 빠진다. 오징어 트럭이 아파트 단지에 들어와 오징어를 사라고 소리치듯, 마니아는 마음속으로 어서 빨리 '다음 경기'가 펼쳐지기를 바라며 소리치게 된다.

커피 물이 끓는 동안에 홈런은 나온다.
그는 왼발을 크게 내디디며 배트를 휘둘렀다.
좌익수 키를 훌쩍 넘어가는 마음.
제기랄, 뭐하자는 거야.
마음을 읽힌 자들이 이 말을 즐겨 쓴다고
이유 없이 생각한다.
살아남은 자의 고집 같은,

커피 물이 다시 끓는 동안의 시간.
식탁 위에 놓인 찻잔을 잠시 잊고 돌아오는 시간.
오후 2시 26분 37초,
몸이고 마음이고 새까맣다.
20년 넘게 믿어 온 기정사실.
내 오후의 어디쯤에는 불이 났고 구멍이 뚫렸던 것이다.
방금 전 먹었던 너그러운 마음을
다시 붙들어 매는 데 걸리는
시간은 고작 17초.

애가 타고 꿈은 그렇게 식는다.

오후 2시 26분 54초,
커피 물이 다시 품지 않는 시간.
식탁 위로 찻잔을 찾으러 오는 시간,
커피는 아주 조금 식었고
향이 깊어지는
바로 그때
도무지 아무 생각이 나지 않을 때
국자를 들고 우아하게 스윙을 한다.

— 여태천, 「스윙」 전문[13]

　「스윙」은 일상의 어느 특정한 국면에서 우연히 마주한 홈런 장면을 담담히 그리고 있다. 여기에 두 가지 스윙이 있다. 하나는 관중석을 일거에 광란의 도가니로 만드는 스윙이고, 다른 하나는 식탁 옆의 허공을 가르는 빈 스윙이다. 두 스윙은 같기도 하고 다르기도 하다. 야구 배트를 들고 홈런을 쳐낸 스윙과 국자로 식탁 공기를 가른 스윙은 물리적으로 같은 것이고, 타자의 마음에 들어찬 희열과 시적 화자의 내면에 고인 쓸쓸함은 다르다. 이러한 일치와 불일치 사이의 극단적인 거리차가 이 작품에 시적 깊이를 더해주고 있다.

　"여태천의 야구는 타자에게도 투수에게도 속해 있지 않다."[14] 권혁웅은 물론 서로 상대를 이겨내야만 하는 타자와 투수의 영원한 불일치를 말한 것이지만, 실제로 『스윙』에 수록된 8편의 야구 시는 모두 야구를 통해 '야구'와 '야구 너머'를 잇는 어떤 중층적 서정의 세계를 보여주고 있다. 이 작품이

---

13) 여태천, 『스윙』, 민음사, 2008, 12~13쪽.
14) 권혁웅, 「떠올라(fly), 사라지다(out)」, 여태천, 앞의 책, 95쪽.

보여주는 대로 "커피 물이 다시 끓는 동안의 시간"을 계산하는 시적 화자의 섬세하고 예민한 감각이 절대 고요 속에 빠진 어느 선승의 득도 순간처럼 강렬하다. 야구는 그 자체로 인생의 축도로 비유될 수 있는 것이지만, 여태천은 그것을 더욱 예각화 함으로써 생의 비애를 심도 있게 다루고 있다.

여태천의 그와 같은 시적 태도는 "아무도 모르게 옷을 갈아입고 / 꿈의 구장으로 가자 / 버스를 타고 지하철을 타고 / 꿈의 구장으로"(「꿈의 구장」) 가자고 하는 간절한 구원의 메시지에 닿아 있다고 할 수 있다. 만일 야구가 노히트노런을 기록하는 투수나 만루 홈런을 때려내는 타자를 통해 일상을 살아가는 개개인의 신산고초를 달래는 위안이 되는 것이라면, 영화 《꿈의 구장》 15)에서 "옥수수 밭에 야구장을 만들면 그가 온다"(If you build it, he will come.)는 대사는 얼마든지 현실이 될 수 있는 것이다.

그런 점에서 2000년대 시단의 한 양상 가운데 야구를 소재로 한 시가 등장한 것은 앞선 세대 선배 시인들이 보여준 자기 시대와의 감응과 특별히 다를 것 없는 자연스런 귀결이라고 할 수 있다. 그것은 "선수들 간의 호흡과 배려는 마치 파편화된 우리 삶에 꼭 필요한 공동체로서의 연대의식"에 다름 아니라며 "홈에서 출발하여 다양한 이야기들의 변수를 겪으며 다시 홈으로 돌아와야 하는"16) 야구의 룰과 인생의 룰을 연결한 김요아킴의 태도에서도 확인할 수 있는 일이다.

---

15) 캐나다 작가 W. P. 킨셀러(W. P. Kinsella)가 1982년에 출간한 소설 『맨발의 조 (Shoeless Joe』를 원작으로 한 미국 영화로 캐빈 코스트너, 에이미 매디건, 버트 랭카스터 등이 출연했다. 한국에는 1991년 개봉됐다.
16) 김요아킴, 『야구, 21개의 생을 말하다』, 도서출판 전망, 2015, 164쪽.

세 번째 장면

한국 프로야구 출범은 전두환 정권의 체제 유지와 사회 안정을 목적으로 정부 차원에서 추진된 결과였다. 1981년 5월부터 7개월 동안 기초조사와 자료수집, 기관 의견 청취 및 협의, 구단주와 기업체 물색 등을 거쳐 완성된 문교부의 <한국프로야구창립계획>에 대통령 전두환이 서명함으로써 그해 12월 11일 공식 창립되었다.[17]

그런데 김명권의 보고에 따르면, 한국 야구 프로화를 최초로 제안한 곳은 당시 유일한 민영방송사로 전국 네트워크를 구축하고 있던 문화방송(MBC)이다. "문화방송은 1981년 초, 신년도사업 및 20주년 기념사업으로 한국야구의 프로화 방안 ①문화방송의 구상, 문화방송의 프로야구단 창단구상, ②배경과 명분이라는 표제로 프로야구 창설계획안 7쪽 분량을 중역회의에서 제안"[18]했다. 그러나 아무리 전국 규모의 네트워크를 갖춘 방송사라지만 문화방송 단독으로 사회 전반에 큰 영향을 주는 한국 야구의 프로화를 추진할 수 없었다.

그렇다면 문화방송 창사 20주년 기념사업의 한 아이디어가 전두환 정권의 어떤 수요와 맞닿아 추진된 것으로 생각해 볼 수 있다. 전두환은 그해 5월 수석비서관 회의에서 "우리 국민들은 여가선용의 기회가 별로 없고 또 한국인들은 스포츠를 좋아하니 야구와 축구의 프로화를 추진해 보라."고 지시했다고 한다.[19] 이에 따라 정부는 6월부터 문화방송의 프로야구 창립안을 보고받고, 한국야구위원회(KBO)와 접촉하는 등 구체적인 작업을 거쳐 <한국프로야구창립계획>을 청와대에 보고했다(8월). 이를 전

---

17) 김명권, 앞의 글, 163쪽.
18) 김명권, 앞의 글, 169쪽.
19) 김명권, 앞의 글, 167쪽에서 재인용.

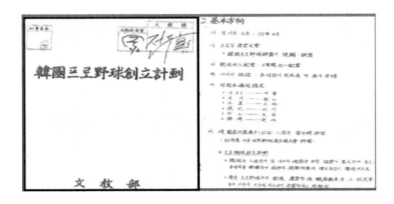

두환이 최종 승인함으로써 한국 프로야구가 출범하게 되었던 것이다.

대통령이 수석비서관 회의에서 야구와 축구의 프로화를 추진하라고 지시한 시점은 광주에서 민주화를 요구하는 시민들의 목소리가 강렬하게 퍼져 나오던 때이다. 이와 같은 엄중한 시기에 정권에 대한 반발과 정치권에 대한 회의적 시각을 스포츠를 통해 희석해 보려는 시도로 해석할 수 있다. 실제로 5공화국 청와대 교육문화수석을 지내며 프로야구 출범에 관여했던 이상주[20]는 "국민들이 무슨 국회의원은, 장관은 누가되느냐 해서 정치적 관심이 많았어요. 그래서 일종의 정치적 관심이 과잉됐다고 볼 수 있고, 나는 그러면 스포츠 같은 것을 프로화하면 앞으로 국민들 관심도 건실해 지고 건전하게 바뀔 거 아니냐. 그런 생각으로 한 거"[21]라고 증언함으로써 간접적으로 그 의도를 인정하기도 했다.

김요아킴의 작품에서도 보았듯이 1982년 3월 27일은 '스포츠를 통한 탈정치화'라는 정권의 전략 아래 추진된 초대형 이벤트의 서막이라고 할

---

20) 5공화국 청와대 교육문화수석을 지낸 이상주는 김대중 정부 후기인 2001년 9월부터 2002년 1월까지 청와대 비서실장, 2002년 1월부터 이듬해 2월까지는 교육인적자원부장관 겸 부총리를 지내기도 했다.
21) 김명권, 앞의 글, 168쪽에서 재인용.

수 있다. 그로부터 5년 뒤 거대한 민주화 운동의 열기가 '6월 항쟁'으로 표출되었다는 점에서 전두환 정권의 목적이 성공적으로 달성되었는지는 알수 없지만, 한국 프로야구는 그간 수많은 스타 선수를 탄생시키면서 국민생활의 곳곳에 스며들었다. 어쩌면 야구는 다시 스포츠의 본질로 돌아가 혹독한 인간 삶을 위무하고 위로하는 본연의 역할을 다하고 있는지 모른다.

그런 점에서 김재홍과 김요아킴, 여태천의 야구 시가 등장한 것은 탈정치화라는 정권의 의도를 넘어선 보편적 인간애의 표현이라고 할 수 있다. 그것은 엄혹한 권위주의 정권의 압력 속에서도 끝내기 만루 홈런 때려낸 야구의 승리이기도 하다. 그렇다면 앞으로도 시는 야구를 더 주목해야 하고, 스포츠에 더욱 예민해져야 한다.

신용목 시 연구[*]
— 신서정과 연대 의식의 변화를 중심으로 —

서은송

1. 들어가며

서정의 양태는 현대 시사 속에서 다양한 논의로 변용됐다. 1920년대 계몽주의적인 전근대성을 벗어나 개인을 발견한 자유시 형태로 대표적인 소월과 만해의 서정 계승이 시작되었다. 1930년대 시문학파가 보여준 자기의 시어와 운율과 사상 감정이 조화되는 형태의 순수한 서정시가 발표되기 시작했다. 1950년대 전후에는 모더니스트들이 서정의 현대화를 일으켰다. 나아가 1970년대에는 공동체적 정서가 민요적 형식과 장시에 담기게 되었다. 이에 1980년대 서정의 다양화가 담론으로 구성되기 시작하며 계승과 변용이 이루어졌다.

서정은 주로 순수와 전통의 차원에서 논의되며, '순수 서정시', '전통 서

* 서은송, 「신용목 시 연구 −신서정과 연대 의식의 변화를 중심으로−」, 『한국언어문화』82권, 한국언어문화학회, 2023. 12.

정시'처럼 늘 서정시 앞에는 '순수'와 '전통'이라는 수식어가 따라붙었다. 서정 혹은 서정시의 개념을 '순수'와 '전통'의 차원으로 범주화하며 하나의 보편타당한 논리로 인식하게 하는 양식의 인습화 내지 관례화를 초래해 왔다. 세계의 자아화라는 동일성의 사유를 전제로 통용되어 온 개념이지 만 이때의 자아화는 불순하고 불온한 것이 제거된 순수 결정체의 의미를 내포한다.1) 이처럼 서정시의 배타적 양식 규정의 오래된 본질론은 '주체 (자아)'와 '대상(세계)' 간의 화해로운 통합과 일체감의 '서정'이다. 이러한 서정시의 가장 근원적인 형상화 원리는 대상과의 상호 작용을 통한 주체 의 정서 발현 과정에 있으며 주체와 대상의 상호 융합을 토대로 한 동일성 의 원리2)로 명명됐다. 그러나 1990년대 이후 등장한 시인들의 미래파3) 논 쟁을 계기로 서정의 문제는 화두로 떠오르며 전통적 서정의 의미를 계승하 여 확대하는 담론4)과 기존의 서정 의미를 해체하는 담론5)으로 구분되었다.

신용목 시에 대한 기존 논의는 전통적 서정성에 주목한 논의와 은유를 중점으로 다룬 논의, 신서정으로 명명하는 논의로 구분된다. 먼저 신용목 의 시 세계를 전통적 서정성에 주목한 경우, 하상일6)은 신용목의 첫 시집

---

1) 이재복, 「한국 현대시는 진화하고 있는가? 미래파와 신서정을 중심으로」, 『계간 시작』제12권, 천년의 시작, 2013, 27~42쪽.
2) 유성호, 「서정 논의의 동향과 쟁점」, 『한국근대문학연구』제18권, 한국근대문학 회, 2017, 235~258쪽.
3) 권혁웅, 「미래파—2005년, 젊은 시인들」, 『문예중앙』, 2005.
4) 유성호, 『한국 시의 과잉과 결핍』, 역락, 2005; 고봉준, 「개인이라는 척도, 혹은 '나' 라는 자폐적 이기성」, 『실천문학』제82권, 2006, 146~166쪽.
5) 이장욱, 「꽃들은 세상을 버리고—다른 서정들」, 『창작과 비평』128호, 2005, pp.70 ─88; 신형철, 「문제는 서정이 아니다」, 『문학동네』제12권, 2005, 1~16쪽; 김수 이, 『서정은 진화한다』, 창비, 2006; 권혁웅, 「행복한 서정시, 불행한 서정시」, 『문 예중앙』, 2006, 45쪽.
6) 하상일, 「시평: 서정시와 시간의식(문태준의 『맨발』, 창비, 신용목의 『그 바람을 다 걸어야 한다』, 문학과지성사, 이재무의 『푸른 고집』, 천년의시작, 김석환의 「어 느 클라리넷 주자의 오후』, 문학과경계사, 강희안의 『거미는 몸에 산다』, 문학과경

『그 바람을 다 걸어야 한다』에서 '순간'을 포착하는 시선에 주목하여 서정성의 세계를 지향한다고 하였다. 특히 시적 대상에 대한 인식이 단순히 정물을 사실적으로 묘사하는 데 그치는 것이 아니라, 화자와의 일치를 통해 관계 맺기를 시도하고 있다는 점에 주목했다. 박정석[7]은 신용목의 시는 삶의 구체와 그것이 거느리고 있는 본질적인 의미망을 촘촘하게 탐구하는 집중의 산물이라 명명하며 인간의 삶과 자연의 풍경을 끈질기게 바라보고 있다고 하였다. 전철희[8]의 경우, 신용목은 시에서 인간과 자연을 바라보는 자상하고 따뜻한 시각뿐만 아니라 세상을 엄정하게 직시하려는 시각도 공존한다고 명명했다.

다음으로 은유를 중점으로 논의하는 담론의 경우가 있다. 노철[9]은 신용목의 은유가 삶의 리얼리티를 담고 있으면서도 상상력의 유희를 통해 삶의 진실을 새로운 각도에서 구상화한다고 말했다. 이러한 신용목의 낯선 풍경은 끊임없이 떠도는 주체가 겪는 삶과 죽음의 드라마에 뿌리를 두고 있다. 시인은 하늘과 땅, 겉과 속, 삶과 죽음을 뒤바꾸어 바라보거나 대립항에서 대립을 지워 두 항이 뒤섞이게 하며 낯선 풍경을 만들어 낸다고 하였다. 고광식[10]의 경우, 신용목은 일찍이 타자화된 욕망의 허위의식을 깨닫고 자연 상태에서 자유로웠던 열자처럼 바람 위에 앉아 바람이 만드는 지층의 시어들로 진리의 순간을 기록하는 중이라고 보았다. 신철규[11]

계사)」,『문학과경계』겨울호, 문학과경계, 2004, 354~367쪽.
7) 박정석,「신용목『바람의 백만번째 어금니』」,『계간 서정시학』제17권, 계간 서정시학, 2007, 346~347쪽.
8) 전철희,「무력한 인간과 시의 역동성―손진은 시집,『그 눈들을 밤의 창이라 부른다』, 걷는사람, 2021―신용목 시집,『비에 도착하는 사람들은 모두 제시간에 온다』」,『계간 시작』제20권, 천년의 시작, 2021, 206~213쪽.
9) 노철,「문명의 고원을 걷는 순례자들」,『계간 시작』제6권, 계간 시작, 2007, 254~261쪽.
10) 고광식,「바람이 만드는 지층의 시어들 ― 신용목의 시세계」,『작가들』제61호, 인천작가회의, 2017, 194―210쪽.

는 신용목 시에 나타난 무형의 바람은 정처 없이 떠돌아야 하는 유랑의 운명과 따뜻한 거처에서 정주하지 못하는 생활의 힘겨움을 상징하는 것으로 바라보았다. 신용목의 시들은 그러한 운명과 현실에서 한 발짝 물러서지 않는다. 오히려 온몸과 마음으로 거스르면서 껴안으려는 강인한 의지와 따뜻한 감성을 동시에 내장하고 있다고 규정했다. 더불어, 과거를 향한 그리움은 회한과 애도로, 현재를 향한 그리움은 이번 생의 바깥으로 나아갈 수 없다는 절망과 함께 그것을 전복하려는 의지로 명명했다. 또한 미래를 향한 그리움은 새로운 삶에 대한 전망으로 실현된다고 결론을 내린다.

신용목의 시를 신서정으로 명명하는 논의의 경우, 박상수[12]는 그는 모두가 버린 '은유'를 갈고 다듬어 은유를 연속하거나 포개고, 그럼으로써 기존의 관습적인 서정시를 극복한다고 규명한다. 주체와 감정이 비교적 선행하며 사물을 배치하는 것이 아니라, 역으로 수사를 향한 몰입이 중첩된 비유를 만들고 이상하고 불투명한 풍경을 생성시킨다고 보았다. 나아가 섬세한 세공을 따라 감정도 촘촘하게 축적되면서 폐허 의식은 더욱 강화된다고 결론짓는다.

유성호[13]는 신용목이 보여주는 세계는 일종의 성장사를 결합한 전통적 시 세계에 가까운데, 과거에 대한 기억이나 현재의 현실 인식에 중점을 두는 경향과는 달리, 우리 시대의 과거—현재에는 존재하지 않았던 새로운 시 세계를 보여주고 있다고 보았다. 낙관과 부정, 고백과 시치미, 서정과 아이러니, 자아와 타자, 기억과 희망 사이의 심연을 시적으로 충분히 오가

---

11) 신철규, 「사랑에는 정해진 길이 없다—신용목시인」, 『모:든시』봄호, 계간 모:든시, 2018. 211~217쪽.
12) 박상수, 「서정시의 혁신_신용목 시집『아무 날의 도시』」, 『창작과비평』제41권, 창작과비평, 2013, 341~343쪽.
13) 유성호, 『서정의 건축술』, 창비, 2019, 19—343쪽.

면서 어느 한쪽으로 편향되지 않게 하는 원초적 힘이 있음을 제시한다.

미래파 담론의 대안 담론으로써 신서정 담론이 출현되며, 서정에 관한 개념은 탈서정, 비서정, 반서정, 다른 서정 등 다양한 서정으로 분류되었다. 그럼에도 불구하고 서정은 소멸할 수 없으며, 끊임없이 반복, 재생산되며 이 속에서 차이를 인식할 수 있는 감각이 가장 중요한 지점[14]으로 보여진다. 이에 본고는 신용목의 시 세계를 중심으로 신서정에 자리매김한 그의 시에 나타난 공동체 양상을 연구하고자 한다. 농촌 공동체와 도시 공동체 속에 드러나는 주체와 대상 간의 관계성을 살펴보고, 대안적 방향의 형태로 연민, 염려와 같은 감정을 통해 공존하는 공동체 연대의 가능성을 제시한다. 신용목 시에 나타난 주체는 기존의 서정시와는 다른 양상으로 드러난다. 고전적 서정에서 시적 주체는 대상과 동질성의 형태를 지녔다면, 신용목의 시에서 드러나는 주체는 대상과 비동일성인 관계로 불화한다. 하지만, 공동체적 연대를 상상하는 힘을 드러내며, 느슨한 연대로서 조화하는 방식의 공동체 가능성을 지니고 있음을 밝혀보고자 한다.

2. 농촌 공동체를 통해 드러나는 촘촘한 연대의 흔적

2000년 작가세계를 통해 '미래파' 논쟁과 함께 등단한 신용목의 경우 주체의 성장사가 서사[15]적인 속성으로 전개되어 있어 전통적 시 세계에

---

14) 이재복, 「한국 현대시는 진화하고 있는가?—미래파와 신서정을 중심으로」, 『계간 시작』제12권, 계간 시작, 2013, 41쪽.

15) '서사'가 시간의 흐름에 의해 규정되는 존재의 연속성에 관심을 둔다면, '서정'은 주체가 사물을 통해 겪는 순간적 경험에 관심을 가지며 주체가 생의 순간적 파악을 통해 세계에 참여하는 가정을 중시한다는 점도 널리 참조되었다. 그만큼 '순간성'과 '현재형'을 근간으로 하는 '서정' 원리는 '시간'형식과 구체적으로 결속될 수밖에

가까운 형태를 띠고 있다. 그러나 시인은 기존 전통 서정시가 지닌 "과거에 대한 기억이나 현재의 현실 인식에 중점을 두는 경향과는 달리, 우리 시대의 과거—현재에는 존재하지 않았던 새로운 시 세계를 보여"[16]줌으로써 새로운 서정시의 토대를 제공한다. 이와 같이 등단 당시 심사평에는 "참신한 이미지를 빚어내는 시적 상상력이 뛰어났다"라는 점에서 좋은 평가를 받으며 등단했다. 그는 "낙관과 부정, 고백과 시치미, 서정과 아이러니, 자아와 타자, 기억과 희망 사이의 심연을 시적으로 충분히 오가면서 어느 한쪽으로 편향되지 않게 하는 원초적 힘"[17]을 지닌 시인으로서 새로운 서정의 기수로 위임시키는 것을 파악할 수 있다.

시인의 등단작[18]과 함께 수록된 「갈대 등본」에서는 염전이 있는 마을을 공간적 배경으로 상정한다. 그의 실제 고향은 경상남도 거창이지만, 문학지리학[19] 관점에서 바라보았을 때, 심상지리[20]로 작용된다. 이에 시적

없는 속성을 지닌다. 따라서 미래적 전망을 형상화한 것이거나 시간 자체를 초월하는 '영원성'에 관한 것이라 할지라도, 그것은 그 자체가 '시간' 자체에 대한 가치 판단일 수밖에 없다. 결국 '서정'은 '시간'에 대한 경험과 '기억'의 재구성이라는 양식적 특성으로 발현되게 마련인 것이다. 보다 자세한 논의는 유성호, 위의 책, p.37 참조.

16) 유성호, 위의 책, 19쪽.

17) 유성호, 위의 책, 343쪽.

18) 2000년 '작가세계' 신인상에 「성내동 옷수선 집 유리문 안쪽」 외 4편이 당선되어 등단했다.

19) "문학지리학은 인간을 지리적 존재로 보고 작중 인물과 공간의 관계를 통해 그의 정체성을 설명하고 이해하는 것이다. 한 인간에 대한 실존적 이해는 시간의 보편성에 입각한 큰 이야기가 아니라 장소의 특수성에 입각한 작은 이야기에서 시작된다고 할 때, 작품에 대한 문학지리학적 접근은 장소에 따른 인간의 개별적 삶을 이해하는 효과적 관점이 된다. 또한, 문학지리학은 지리학의 인간주의적 전통에 입각하여 장소에 대한 주관적 평가의 가치를 인정하고, 공간적 환경을 연구하는 데에 지리학의 비재현적 한계를 문학의 지리적 재현성을 통해 보완할 수 있다고 본다. (이은숙, 「문학지리학 서설—지리학과 문학의 만남」, 『문화역사지리』4, 1992, 147~166쪽)

20) '심상지리'는 '상상의 지리'라는 뜻으로 주체의 상상과 인식에 의한 지리라는 의미를 지니고 있다. 상상의 시공간은 자아의 타자인식에 있어 결정적인 역할을 수행한다. 이러한 상상의 공간을 '심상지리'로 명명하였다. 보다 자세한 논의는 김태준,

주체의 심상적 고향은 경기도 시흥으로 유추된다. "예전에 염전이 있던 마을에서 아홉 번째 계절을 맞았"[21]던 그에게 염전이란 지금은 폐염전이 된 시흥시 월곶동의 지역으로 실제 1999년 시인이 살았던 공간이다. 이 시를 통해 시인이 작품 초기에 사회적으로 바라보는 소외되고 버려진 존재에 대한 고민과 연민을 살펴보고자 한다.

> 무너진 그늘이 건너가는 염부 너머 바람이 부리는 노복들이 있다 /언젠가는 소금이 雪山(설산)처럼 일어서던 들//누추를 입고 저무는 갈대가 있다//어느 가을 빈 둑을 걷다 나는 그들이 통증처럼 뻗어내는 새떼를 보았다 먼 허공에 부러진 축 끝처럼 박혀있었다//휘어진 몸에 다 화살을 걸고 싶은 날은 갔다 모든 謀議(모의)가 한 잎 석양빛을 거느렸으니//바람에도 지층이 있다면 그들의 화석에는 저녁만이 남을 것이다//내 가오는 세월의 추를 끄는 흔들림이 아니었다 초승의 낮달이 그리는 흉터처럼/바람의 목청으로 울다 허리 꺾인 家長(가장)//아버지의 뼈 속에는 바람이 있다 나는 그 바람을 다 걸어야 한다
>
> ─「갈대 등본」전문[22]

이 시는 갈대 '등본'이라는 제목에서 드러나듯 심상적 지향으로의 고향

『문학지리 한국인의 심상공간』, 논형, 2005 참조.

21) "예전에 염전이 있던 마을에서 아홉 번째 계절을 맞았다. 뭍을 핥으러 들어온 서해, 그 혓바닥 위로 소금 대신 갈대가 일어서고 뒤로 구름이 노을을 안는다. 바람이 저렇게 몰아치는데 갈대는 어떻게 미치지 않는지, 구름은 왜 하늘을 벗어나지 못하는지, 그 앞에 설 때마다 바람의 잔뼈 같은 새떼를 보았다. 폐염전을 끼고 오가는 동안 나는 망한 자의 눈으로 세상을 보는 버릇을 얻었다. 흐린 능선 위에서 모든 기억은 뒷모습을 하고 있었다…한때 가당찮은 사랑에 마음을 세웠으므로 등 뒤에 깎아놓은 캄캄한 절벽, 갈대의 발이 펄 속에 잠겨 있는 것처럼, 애당초 뒷모습이란 무너짐 위에 간신히 쌓아놓은 것인지도 모른다. 그러나 버려진 펄 속에도 반작임으로 들어와 있던 세상의 먼 빛들. 오래전 구례 산동의 봄처럼, 긴 낮잠에서 깬 기분이다."(신용목, 『그 바람을 다 걸어야 한다』, 문학과 지성사, 2004, 표사글)

22) 신용목, 위의 책, 11~12쪽.

인 본적을 내포한다. 시인의 과거 염전 모습과 현재 갈대밭의 이미지가 중첩되어 서술된다. 과거에 "소금이 雪山(설산)처럼 일어서던 들"은 현재 누추함을 지니고 저물어가는 '갈대'만이 있는 곳으로 변화된다. 과거 마을에서 염전은 농촌 공동체의 생계를 위한 공간으로 생존의 근간이 되었다. 그러나 1970년대 이래 천일염 사업은 도시 개발과 산업화가 가속되면서 바다 오염으로 사양길에 접어들며 1980년대 후반과 1990년대 후반에 걸쳐 많은 염전이 문을 닫게 된다. 1974년에 출생한 시인은 도시로부터 배제된 농촌 약자의 스러져 가는 모습을 지켜본 목격자이다. 이러한 목격자의 시각은 '바람'에도 투영된다. 비가시적인 '바람'에 "지층"이라는 가시적인 측면을 도입시킴으로써, 지역의 역사를 품은 바람의 형상을 통해 곧 자신의 역사를 바라보는 시각으로 반영시킨다. 갈대밭의 풍경을 전면에 드러내며 바람에 허리가 꺾인 '갈대'와 삶의 무게를 지닌 家長(가장)인 '아버지'가 동일시된다.

이를 통해 폐염전은 폐허와 속이 비어있는 갈대의 형상을 통해 "아버지의 뼈속에는 바람이 있"음을 보여준다. 시적 주체는 세월의 고통을 지닌 아버지의 "바람을 다 걸어야 한다"라고 다짐하며 삶의 무게와 가난이 자신에게 세습되는 것에 불가피성을 드러낸다. 여기서 시적 주체의 태도는 "휘어진 몸에다 화살을 걸"거나 "謀議(모의)"를 통해 변화를 위한 도약을 해내려 하기보다, 아버지라는 존재를 이어 받고자 하는 수용적인 태도로 자기 삶의 근본적인 조건을 받아들이며 집안을 계승하려는 의지를 보여준다. 이러한 아버지와 아들의 세대 계승의 양상을 통해 국가사회공동체이자 가족 공동체인 고향의 세대적 연대를 밝혔다는 점에서 시사하는 바가 크다.

이 시에서 드러난 휘어져 가는 아버지의 형상은 곧 소멸해 가는 기성세대의 지점을 내포한다. 노동에서 소외되어 가는 기성 세대의 모습은 「쉴 때」에서도 발견된다.

붉은 모자를 쓴 공공 근로자들/짚으로 밑동을 싸고/노인은 갈색 스웨터를 여민다/노동은 끝났다 지나온 계절/멍들도록 하늘을 받치고 있던/나무의 손바닥들도/이제는 쉴 때,/…/노인의 손이 나무의 손을 잡는다/마른 손끼리 힘을 주며/빠진 이로 웃는다 떨어지는 잎처럼/입술이 바삭거린다

—「쉴 때」부분23)

이 시는 노동에서 소외된 기성세대의 모습이 명증하게 드러난다. "붉은 모자를 쓴 공공 근로자들"은 다가온 겨울에 짚으로 나무의 밑동을 싸고 이러한 모습은 "갈색 스웨터를 여미"는 '노인'과 동일시된다. 더 이상의 노동을 하지 못하는 '노인'에게 "지나온 계절"은 봄, 여름처럼 다채로웠던 청춘을 의미하며 이제는 '노동'에서조차 소외되어버린 스러져가는 노년 세대를 뜻한다. 「갈대 등본」에서 시적 주체가 '아버지'의 역사를 세습함으로써 부자간의 연대를 상징했다면, 이 시에서는 '노인'의 손과 겨울을 앞둔 메마른 '나무'의 손이 결합하는 지점을 통해 소외된 약자끼리의 연대를 구현시킨다. 이러한 연대 지점에서 「갈대 등본」의 시적 주체는 당위성을 드러내는 반면, 「쉴 때」에서는 "마른 손끼리 힘을 주며" 웃는 노인의 모습을 통해 소외된 주체끼리의 연대 의식을 강조한다. 이러한 소외된 약자 간의 연대 의식은 「세상을 뒤집는 여자」에서도 살펴볼 수 있다.

아침마다 세상을 뒤집는/여자가 있다 목장갑에 기름보다/콧물 더 많이 묻고/…/마을버스가 닿지 않는 동네 엄마/…/여자의 가난으로 구운/손바닥만 한 세상을 받아든 사람들은/기름방울처럼 길 위로 스며들었다/지하철 공사가 시작되고/버스 노선이 바뀔 즈음/겨울과 함께 그녀는 사라졌다/…/아침마다 그녀가 보았던 세상이/이삿짐처럼

23) 신용목, 위의 책, .84~85쪽.

눈앞에 부려지고 잠시/붉은 포장이 잡힐 듯/펄럭였다 뒤집어도 익지
않는/겨울을 뒤집느라 아침마다 혼자/뒤집히던 그녀/기름방울 속에
누렇게 떠 있었다

—「세상을 뒤집는 여자」부분24)

이 시에서 "아침마다 세상을 뒤집는 여자"는 말하고자 하는 바와 다르
게 앞서 謀議(모의)를 펼치거나 세상을 뒤집는 행위를 진행하지 않는다.
그녀는 전을 뒤집는 행위를 통해 생계를 이어 나가는 주체로 삶을 유지해
나가는 존재이다. 시적 주체가 거주하는 지역은 "지하철 공사가 시작"되
는 도심으로 유추된다. 도시에 위치하나 "마을버스가 닿지 않는" 지역으
로 소외된 도심에 속해 있다. 시적 주체의 "가난으로 구운" 도심은 개발과
재편을 위해 "지하철 공사가 시작"되지만 이는 곧 시적 주체의 소멸을 일
으키는 원인이 된다. "버스 노선이 바뀔 즈음 겨울과 함께 그녀는 사라"짐
으로써 도시개발의 환경 속에서 소외된 약자의 정주하지 못하는 삶을 의
미한다. 그녀의 삶은 '가난과 함께 떠도는 생으로 도시에 속해 있으나 배
제된 도시 빈민의 형상을 지니고 있다. 평생을 살아온 "그녀가 보았던 세
상"은 전이 익어가는 행위처럼 점점 변화해 가지 않고 그저 시리고 추운
"겨울을 뒤집"는 시적 주체만이 그 자리에 그대로 있을 뿐이다.

신용목의 등단작 「성내동 옷수선집 유리문 안쪽」의 서울 성내동 형상
처럼 도시의 중심에 위치하나 권력에서 배제된 자로 낙후된 지역성을 보
여준다. 그의 시 속에서 도시에서 낙후되어 소외된 인간상의 경우 "잉어의
등뼈처럼 휘어(「성내동 옷수선집 유리문 안쪽」)"지거나 "성내동 사람들
은 모두 종이처럼 얇아(「성내동 옷수선집 유리문 안쪽」)"질 뿐이다. 하지
만 이러한 시적 주체의 유년이 모두 소외된 인간상의 형식을 띠고 있는 것

---

24) 신용목, 위의 책, 70~71쪽.

은 아니다. 시인의 두 번째 시집에 수록된 「그 봄, 아무 일 없었던 듯」에서
는 마을 공동체의 촘촘한 연대가 드러나는 지점을 포착할 수 있다.

여섯 살 봄이던가 동무 몇 어울려 참꽃 따다 돌아온 아슴한 기억
의 저 어린 봄 삽짝부터 수선스런 우리 집 북적이는 마당에 드는 나
를 새미걸 아지매가 붙들어 세웠네 영문도 모르게 남정들 버텨선 아
버지 오른손에 조선낫 퍼런 날이 서서 내 지길 끼다 뻘건 핏발 목을
타고 확 지길 끼다 내치는 고함 아픈 말미에 감겨 어머니 뒤안을 지
나 이래는 몬 산다 건넛집 싸리울 지나 내 몬 산다 물 젖은 가마처럼
아낙들 손에 어디론가 이끌리고/검게 탄 재무덤 겹겹이 덧칠된 밤
잠 많은 나 웬일로 십촉 전구 흔들리는 마루에 횅한 달빛 보고 앉았
는데 스르르 안방문이 열리고 아버지 암말 말고 드가 자거라 어깨에
검은 가방을 메고 드가 자거라 마루 밑 깊이 가죽구둘 꺼내시며 아
부지 아부지 암것도 모르는 내가 다시 못 볼 일을 미리 알고 울먹울
먹 불러보지만 소리는 되어 나오지 않고 넓은 등 달빛에 섞으며 삽
짝 너머 어둠 너머 아득한 봄밤 너머 덩그런 달빛에 물만 차올라/잠
든 기억도 없이 아침 문살볕에 부은 눈 떠 부스스 울먹한 가슴으로
방문을 밀쳤을 때 어느 때처럼 형들은 책보를 챙기고 연기 뿌연 정
지문 사이로 어머니 뚝딱뚝딱 끼니를 장만하고 장딴지 묻은 흙으로
논문 잡고 오는 아버지 괭이를 메고 아무 일 없었다는 듯 어제가 꿈
만 같이 평화로운 그 아침, 마치 아무 일도 없었던 듯한 풍경이 갑자
기 혹 무서움으로 밀어닥쳤다 볕 드는 문앞에 물끄러미 나는 처음으
로 뭔지도 모르는 삶을 끔찍하게 바라보았다
— 「그 봄, 아무 일 없었던 듯」 전문[25]

이 시는 신용목 시인의 유년 세계가 드러난 시편이다. 그의 "여섯 살
봄" 마을 공동체 친구들인 "동무 몇 어울려" 살아온 마을 사람들의 형상을

---

25) 신용목, 『바람의 백만번째 어금니』, 창비, 2007, 96~97쪽.

엿볼 수 있다. 때는 1980년대 초반으로 유추된다. 1970년대 새마을 운동이 시작되며 농촌의 모습이 크게 변화되었고, 중반에 이르러서는 다수확 품종의 개발로 쌀의 자급자족이 가능해지며 농민은 영농의 다각화를 시작하였다.26) 하지만 농촌과 도시와의 소득 격차는 좁혀지지 않았다. 이에 교육과 일자리 등을 찾아 젊은 층은 도시로 나가기 시작했고,27) 더불어 1980년대에 시작된 대외 경제 개방 정책을 통해 대부분의 농산물 수입이 개방되며 농촌 경제는 커다란 타격을 받게 되었다. 이에 경제적 궁핍에 의한 가정의 불화가 잦았다.

이 시에서 나타난 아버지의 "조선낫 퍼런 날"을 세운 위협적인 행위와 "이래는 몬 산다"의 어머니의 대사를 통해 시적 주체의 부모의 가정사가 드러난다. 한 가정의 개인적인 싸움 속 어린 시적 주체를 보호하기 위한 "아낙들 손"과 같은 존재는 마을 사람들의 관심으로 유추되어 진다. 한 마

---

26) "새마을운동은 기존의 생활환경을 타파하고 새로운 것을 받아들일 것을 요구했다. 신품종 작물, 생활환경개선사업, 생활태도의 변화 등 기존에 익숙했던 것을 대체하면서 새로운 것을 받아들이는 것이 중요했다. 이를 위해 정부는 새마을지도자를 중심으로 주민들과 일선 관료들 간의 소통의 필요성을 인식하고 면대면 접촉을 증대시키기 위하여 마을 단위 현장 전담공무원을 지정하여 민－관의 유대감을 강화하려고 노력하였다. 공무원－주민 간 면대면 접촉의 증가는 정부와 마을 간의 신뢰를 확보할 수 있는 수단이며, 새로운 정보의 이해와 외부와의 소통을 통해서 자율성이 강화되는 수단이 될 수 있었다. 이는 정책집행의 순조로운 추진은 물론 정책의 이해를 통해서 정책의 성과의 목표 달성에도 도움이 될 수 있다. 결론적으로 미시적 수준의 자율성은 개인의 이익이 지역공동체의 이익이라는 집단내부의 공통의 이익을 내면화하면서 마을을 통합성을 높이는 과정으로 이해할 수 있다." (이양수, 「산업화시대 발전국가에서 정부의 역할－1970년대 한국농촌발전정책을 중심으로－」, 『대한정치학회보』27권, 대한정치학회, 2019, 43~66쪽.

27) 농촌인구 비율은 전 인구 대비 1960년 약 57%였다가 1970년에는56.7%, 1980년에는 29%로 급격히 감소하는 추세를 보인다. 농촌인구가 급격히 감소하는 시기는 한국의 산업화 및 공업화가 가장 극렬하게 이루어진 시기와 맞닿아있다. (통계청, 「인구총조사」, 1960, 1970, 1980,; 통계청, 「농림어업총조사」, 2020, KOSIS 국가통계포털(https://kosis.kr).

을의 공동체 구성원으로 서로의 삶에 관여하며 서로를 지켜주고 어린 시절의 시적 주체가 다치지 않기를 바라는 공동 육아의 형상을 띄고 있다. 시 속에서 뚜렷한 모습으로 마을 공동체에 대한 이미지가 드러나 있는 것은 아니다. 그러나 1970년부터 시작된 범국민적 지역사회 개발 운동인 새마을운동이 일어난 시점이라는 것을 고려했을 때, 산업화 사회의 도시 이미지에서는 살펴볼 수 없는 서로의 가정사에 관여하거나 아이를 지키려 하는 등 마을 공동체 협동의 모습을 포착할 수 있다.

시적 주체는 언뜻 느껴지는 부모의 논쟁에 "어둠 너머 아득한 봄밤"처럼 두려움의 감정을 드러낸다. 다음 날 "마치 아무 일 없었다는 듯" 책보를 챙기는 형들과 "끼니를 장만하"는 어머니, "괭이를 메고"나가는 아버지를 보며 지난밤, 저녁 사건에 대한 두려움은 불현듯 일상에 대한 두려움으로 확장된다. 이러한 화자의 시각은 '삶'으로 전이되며 "모르는 삶"이라 칭해지는 곧 주체에게 다가올 삶에 대한 무서움으로 들어선다.

이와 같이 1970년대 새마을 운동은 개인의 이익을 우선시하기보다는 마을 전체의 공동 이익을 강조하며 농촌사회 전체의 발전을 목표로 이루어졌다. 이러한 사회적 상황 속에서 신용목 시에 나타난 농촌 공동체의 모습은 기존의 혈족 중심의 농경사회라는 형태에서 벗어나 허물없이 살아가는 근대적인 농촌 마을을 보여준다. 이를 통해 촘촘한 연대의 양상은 농촌 공동체를 구성하는 핵심 중 하나임을 드러내고 있다.

3. 농촌 공동체와 도시 공동체의 경계성

신용목 시 세계에서 주체는 온전하지 않은 주체성을 지니고 있다. 본고는 불온성이 도저한 도시 속에서 소급적[28]으로 고향을 돌아보는 주체에 주목한다. 그의 시에서 '도시'는 불온성과 공존할 수밖에 없는 상황을 내포한다. 시적 주체는 농촌을 떠나 도시에 존재하며 고향을 떠올리지만, 이는 실존하지 않은 장소로 이상적인 고향의 형태를 띠고 있다. 과거에 대한 단순한 회상을 넘어 소급적으로 고향의 모습을 바라보는 시적 주체의 모습을 발견할 수 있다.

식당 간판에는 배고픔이 걸려 있다 저 암호는 너무 쉬워 신호등이 바뀌자/어스름이 내렸다 거리는 환하게 불을 켰다/빈 내장처럼//환하게 불 켜진 여관에서 잠들었다/뒷문으로 나오는 저녁//내 머리 위로도 모락모락한 김이 나는지 궁금하다 더운 밥이었을 때처럼/방에 감긴 구불구불한 미로를 다 돌아/한 무더기 암호로 남는 몸//동숭동 벤치에서 가방을 열며 나는 내가 가지지 못한 내과술에 대해 생각한다/꺼낼 때마다 낡아 있는 노트와 가방의 소화기관에 대해//불빛의 내벽에서 분비되는 어둠의 위액들 그 속에 웅크리고 앉아 나는/너를 잊었다 너를 잊고 따뜻한 한 무더기/다른 이야기가 될 것 같다//한 바닥씩 누운 배고픈 자들이 아득히 별과 별을 이어 그렸을 별자리들 저 암호는/너무 쉬워 신호등이 바뀌자/거리는 환하게 어둠을 켰다 빈 내장처럼//약국 간판에는 절망이 걸려 있다

—「아무 날의 도시」 전문[29]

---

28) 소급성이란 어떠한 상황이 끝난 후 소급적으로 사태에 대해 정리를 할 수 있다는 개념을 의미한다. 인과론적으로 무엇이 선행하여 원인이 되어 결과를 일으키는 방식이 아닌, 현재의 시점에서 과거의 잠재되어 있던 행위는 달라지며 상황이 끝나고 나서야 사후적으로 재구성 되는 사태에 대한 정립이다. 이러한 개념은 지젝의 핵심적 주장 가운데 하나이다. 보다 자세한 논의는 슬라보예 지젝, 『헤겔 레스토랑』, 조형준 옮김, 새물결, 2013, 4장 참조.
29) 신용목, 『아무 날의 도시』, 문학과 지성사, 2012, pp.88—89.

이 시는 신용목의 세 번째 시집 『아무 날의 도시』의 표제작이다. 시간을 구체적으로 지정하지 않은 '아무 날'로 명칭되며 시간을 특정하지 않는다. 전문을 살펴보면 모든 날로 확대하는 하나의 수사법으로 장치하며, 실상은 도시에서의 모든 날임을 유추해 볼 수 있다. 도심의 '식당 간판'에는 사람들의 신체적 허기를 충족시키지 못한 '배고픔'이 걸려 있다. 도심의 거리는 숙면을 취하는 여관마저 어두운 밤 "환하게 불"이 켜진 채 존재한다. 그가 위치한 방은 쉽사리 나올 수 없는 '구불구불한 미로' 같은 방이다. 이러한 답답한 방에서 시적 주체는 과거 시제를 사용하여 "더운 밥이었을 때"를 떠올린다. 현재의 그는 '빈 내장'을 지닌 허기진 주체로서 그가 떠올리는 "더운 밥이었을 때"는 그에게 있어 따뜻한 과거임을 유추해 볼 수 있다.

무기력한 주체는 서울의 중심인 혜화에서 가방을 열며 시적 주체가 알 수 없는 '내과술'에 대해 떠올린다. 그의 속을 채우고 있는 것은 '낡아 있는 노트' 뿐이다. 스스로 아픔의 원인을 알 수 없는 시적 주체의 신체는 '가방'으로 투영되어 진다. 그의 소화기관에서 분비되는 어둠의 위액들은 현재 그를 아프게 하는 물질로써 시적 주체를 웅크리게 만든다. 시적 주체는 웅크리고 앉아 "너를 잊었다"고 말하지만, 결국 과거를 잊지 못해 언어로 잊어보려 할 뿐이다. 환한 거리와 상반된 어둠이 커지고 시적 주체는 충만함을 상실한 채 원인을 알 수 없는 낯선 질병[30]을 안고 '빈 내장처럼' 도시에 존재한다. "약국 간판에는 절망"만이 걸려 시적 주체는 영원히 아픔을 치유할 수 없음을 추측할 수 있다. 허기진 도시에 시적 주체는 과거로 돌아갈 수 없다는 것을 인지하면

---

30) "질병이 질병 그 자체가 아니라 은유적으로 활용되는 것, 혹은 과장된 공포심의 유발로 연결되는 것은 질병에 대한 원인을 제대로 모르거나, 그것을 쉽게 극복할 수 없을 때 자연스럽게 나타나는 현상이다. 사실 질병은 기본적으로 낯선 것이다." 보다 자세한 논의는 최성민, 「질병의 낭만과 공포─은유로서의 질병─」, 『문학치료연구』, 한국문학치료학회, 2020, 참조.

서도 따듯했던 때를 떠올리며 과거를 지향하고 있음을 나타낸다. 이러한 과거의 소멸성에 대해 「늙은 산들의 마을」에서도 명증하게 드러난다.

> 플랫폼을 떠나는 기차를 따라/긴 머리카락,/붉은 잇몸을 드러내고 뛰어가는 소녀의 목 늘어난 티셔츠 속에서 동그랗게 부푸는/미래를/막아서서 흔들리는 아카시아//옛 운동장, 하늘을 도는 까마귀 떼//멸치를 우린 된장국에 스페인산 시금치와 중국에서 난/마늘을 썰어 넣으며//그리워,/이국의 화단에서 자라는 옛 마을 화초들을 하나하나 손가락으로 가리키며//모두,/이름을 불러주었다 어디든/거기가 고향이므로//…/아침 식탁에 오른 고향의 국물이거나/꽃들이 지피는 향기처럼 알 수 없는 곳으로/흘러가며//…//플랫폼 저편으로 멀어지는 미래처럼//…//밀밭에서 한꺼번에 사라질 밀들처럼
>
> ― 「늙은 산들의 마을」 부분31)

플랫폼을 떠나가는 기차를 따라 "붉은 잇몸을 드러내고 뛰어가는 소녀"가 등장한다. 달리는 기차를 따라 함께 뛰어가는 소녀의 모습을 통해 동심이 가득한 어린아이의 모습을 보여준다. 이러한 소녀의 미래를 아카시아는 막아선다. "미래를 막아서서 흔들리는 아카시아"의 구절은 두 가지로 해석될 수 있다. 첫째로 떠나가는 어린 소녀를 공간에 붙잡아 둠으로써 미래가 다가오지 않기를 바라는 아카시아의 마음으로 해석할 수 있다. 둘째로는 어린 소녀가 자라 맞이한 미래에서 아카시아의 향을 통해 과거를 회상하게 만드는 매개체로 작용하는 것으로 볼 수 있다. 이러한 해석을 바탕으로 뒤이어 등장하는 '옛 운동장'에는 불길한 징조를 상징하는 '까마귀 떼'가 하늘을 돈다. 이를 통해 시적 주체는 과거로 돌아갈 수 없다는 불가능성을 예감한다.

---

31) 신용목, 위의 책, pp.130―133.

미래를 맞이한 소녀는 이국에서 '옛 마을 화초'들을 키우며 고향을 그리워한다. 고향의 맛을 그리워하며 된장국을 끓여보지만, '스페인산 시금치'와 '중국에서 난 마늘'은 완벽한 과거를 실현시킬 수는 없다. 이에 소녀는 호명의 행위를 통해 고향에 대한 그리움을 충족시키고자 한다. "아침 식탁에 오른 고향의 국물"과 옛 마을 화초에서 피어난 향기는 소녀가 고향의 것이라 호명해 보지만, 이는 완전한 고향을 상징할 수 없다. 이러한 흘러가는 과거에 대해 소녀는 "플랫폼 저편으로 멀어지는 미래처럼", "밀밭에서 한꺼번에 사라질 밀들처럼" 과거의 소멸성에 대해 인지하고 있음을 알 수 있다. 플랫폼은 기억의 거저로 장치하며 떠나거나 떠나올 수는 있으나 과거의 의미로의 공간으로 가는 것은 불가능하다. 이처럼 그의 시 속에서 소급적으로 돌아보는 고향의 모습은 과거에만 존재하는 공간으로 더는 돌아갈 수 없는 지점임을 내포한다.

무지개가 사라지는 것을 끝까지 지켜보았다.//…//노모 홀로 사는 김천동 가는 길/경재 형 하던 전통찻집 다살림은 미용실이 되었다. 제대하고/여섯 달쯤/그곳에서 먹고 자며 새벽엔 한겨레신문을 돌렸는데, 경재 형은 신부전증 꼬박꼬박 투석하는 사람이 되었고,/…/엄마, 무지개 봤어요? 금방 갈게요. 아니, 이제 없어요, 내다보지 마세요/주공아파트 꼭대기 층에서 내다보면, 자라고 자라서 이제는 너무 커버린 아들의 정수리가 다 저녁 어둠으로 비 고인 바닥에 홍건할 테지.//…//나는 알아서/정말 돌아오고 싶지 않았습니다.//…////이 새끼, 쉬운 말 참 어렵게 한다! 툭 치는/학도 형도 없다.
　　　　　　　　　　　　　　　　　　　　　　　—「나의 끝 거창」부분[32]

이 시에서는 농촌을 떠나 도시 생활을 한 시적 주체가 소급적으로 고향을 상기시킨다. 실제 신용목의 고향인 거창은 시인에게 있어 지리적 고향

32) 신용목,『나의 끝 거창』, 현대문학, 2019, 11~16쪽.

이지만 시인은 해당 지역을 '시작'이 아닌 '끝'으로 명명한다. 이는 소급적으로 고향을 돌아보는 것을 강조하기 위함으로 시적 주체가 기억하는 고향은 실체 하는 고향이 아닌, 추상적으로 관념화된 과거의 고향으로 상정된다. 여기에서 '무지개'는 이상화된 고향으로 시적 주체는 이를 "사라지는 것을 끝까지 지켜"본다. 도시에서 고향으로 돌아간 시적 주체에게 상상했던 고향은 소멸하여 있다. 지리적인 고향의 위치는 변하지 않았지만, 그곳에 있던 가게와 지인 모두 변한 고향을 마주한다.[33) 시적 주체는 어머니에게 더 이상 '무지개'가 없으니 "내다보지 마세요"라고 전한다. 이는 이상화된 고향이 이제는 존재하지 않음을 직접적으로 드러내는 구절이다.

현재 시적 주체는 과거 아들의 모습이 아니다. "이제는 너무 커버린 아들"로서 이미 그는 더 이상 과거의 고향이 존재하지 않음을 예견하고 있었다. 이에 그는 사라질 것을 알았기에 "돌아오고 싶지 않았"다 말한다. 실재하는 고향의 모습은 공간과 사람, 마을 공동체의 모든 형태가 변해 있었고 시적 주체는 이를 예견하고 직접적으로 마주한다. 고향의 소멸성을 인지한 시적 주체의 애달픔은 「여기로 와」에서 구체적으로 드러난다.

　　…/첫 시집 책거리로 수육을 썰던 효우 형, 상우 형, 웃으면 눈물

---

33) "산업화는 공업화를 의미하며, 우리나라의 경우는 자본주의적이고 자유민주주의적인 사회조직원리에 따른 공업화라는 구체적인 형태를 취하고 있다. 산업화과정에서 도시화는 공업화와 불가분의 관계를 맺고 나타난다. 공업에 기반을 둔 자본가, 기업가와 노동자들의 집단적인 거주가 시작되면서 도시가 형성되기 때문이다. 우리나라의 경우 도시화는 공업화를 위한 수단으로까지 인식되어 왔으며, 특히 규모의 경제, 집적의 경제에 따른 성장거점개발전략은 공업화를 위한 전략으로 선택되어 있다.(崔洋夫, 1983b ; 1985e). 이상과 같은 관점에서 보았을 때 한국에 있어서 산업화란 농업, 농민(농가), 농촌중심의 경제사회조직의 공업, 기업가, 자본가, 노동자, 도시중심으로의 재편성과정으로 이해할 수 있다."(崔洋夫, 申幸澈, 崔在律, 「한국사회의 산업화와 전통농촌의 해체 : 한국농촌에 대한 인식의 틀을 위한 하나의 시론」, 『한국사회학』 제19집, 한국사회학회, 1986, 130−131쪽).

이 난다던 임숙의 저녁은 없지만/수정 누나 경남 누나 귀숙 누나,/왜 그날의 이야기들은 미리 뜯어버린 선물 상자 같아서 모든 밤을 포장 지처럼 구겨놓을까?/죽림정사에서/정상 형 운동화와 원준의 뿔테 안경, 겨울 끝 눈발 같던 해정과 덕희는 없지만/여기로 와./그러나 여기는 사라진 우체통을 찾아 우편 가방으로 떠다니는/바다, 우리가 잠든 대에만/해와 달의 바퀴를 굴리며/바다는 바다를 건너가 하늘의 봉투를 연다./…/여기로 와./나 등단도하기 전 가장 먼저 결혼 축시를 청탁하고는/20년 뒤 내가 읽은 마지막 축시의 주인공이 된 사람 그리고 1년 뒤 내가 읽은 첫 번째 조시의 주인공이 된 사람,/봉규 형은 없지만/네가 여기 없다는/것./그것 말고 어떤 이유도 없이/여기로 와.

—「여기로 와」부분34)

　「여기로 와」에서는 고향으로 돌아온 시적 주체가 마주할 수 없는 과거의 고향 사람들의 이야기가 나열되어 있다. 그리운 인물들은 더 이상 고향에 존재하지 않지만, 시적 주체는 반복적으로 "여기로 와"라고 말한다. "여기로 와"는 명령과 부탁의 중의적인 측면으로 두 가지 해석이 가능하다. 첫째로 마을을 떠난 사람들인 타자에게 전하는 고향으로 돌아오라는 메시지가 담긴 "여기로 와"가 있다. 메시지의 수신자인 고향 사람들 중에는 위치적으로 고향을 떠난 사람과 과거의 인물과는 다른 형태를 사람도 있지만, 더 이상 고향에 돌아올 수 없는 '조시의 주인공이 된 사람'도 있다. 그렇기에 시적 주체의 돌아오라는 마음이 담긴 편지는 누구에게도 수신될 수 없는 편지이다. 그렇기에 편지를 전하는 '우체통' 실존할 수 없는 '사라진 우체통'이 되는 것이다. 이에 시적 주체의 메시지가 담긴 편지는 "바다를 건너가 하늘의 봉투"를 띄운다.

　"여기로 와"의 두 번째 해석은 그들이 없는 것을 알면서도 자꾸만 고향

---

34) 신용목, 위의 책, 50—53쪽.

을 떠올리며 자기도 모르게 고향을 돌아오게 된다는 편지의 발신인35)인 시적 주체를 향한 "여기로 와"가 있다. 실질적으로는 현실에 위치한 주체 자신이지만, 이는 곧 과거와 현실에 대한 공존이 존재하는 주체의 내면적 타자임을 드러낸다. 현실에 위치한 시적 주체가 과거의 공동체 구성원들을 불러일으킴으로써 함께 공존하고, 이는 내면적 타자로 전이된다.

이 시를 통해 신용목이 그리워하는 고향이 소멸한 근원적인 이유는 그 역사를 이어 나가는 인물들의 죽음임을 알 수 있다. 그의 시를 통해 바라본 과거 농촌의 모습은 친족을 떠나 마을 사람들 모두가 촘촘한 연대로 고향을 유지시키는 대상이었다. 그러나 그들이 실제, 혹은 정서적으로 소멸됨으로써 실존했던 고향의 모습은 더 이상 실체 할 수 없는 것이다. 위와 관련하여 하단의 시편을 참조해 볼 수 있다.

> …/가끔 고향에 가고/노모에게 거짓말을 하고/밤길을 달려 돌아 오지만 아무것도 남지 않는 백미러처럼, 누구도 만난 것 같지가 않다.//…//텅 빈 바다의 이미지.//편지를 쓸 수는 있다.//…//사람들?//그 들은 보이지 않습니다.
> —「화요일의 생일은 화요일」 부분36)

---

35) 이와 관련하여 라캉의 <도둑맞은 편지>에 관한 세미나에는 "편지는 언제나 수신 자에게 도착한다"라는 문장을 참고해볼 수 있다. 슬라보예 지젝은 이 문장을 분석 하면서 "실질적으로 수신자에게 온전히 도달하는 유일한 편지는 부치지 않는 편지 라고까지 말할 수 있다. 이때 편지의 진정한 수신인은 피와 살로 이루어진 타인이 아니라 바로 대타자다"라고 말한다. 라캉이 도둑맞은 편지에 대한 세미나 말미에 서 편지는 언제나 수신자에게 도착한다고 말하면서 지적하고자 한 것이 바로 대타 자의 가상적 성격이다. 실질적으로 수신자에게 온전히 도달하는 유일한 편지는 부 치지 않은 편지라고 할 때, 이 편지의 진정한 수신인은 피와 살로 이루어진 타인이 아니라 바로 대타자를 가리킨다. 이것은 증상을 설명하는 것과 동일하다. 주체에게 어떤 증상이 형성될 때 자신의 가장 은밀한 비밀, 자신의 무의식적 욕망과 외상 (trauma)에 관한 암호화된 메시지를 형성한다. 이때 증상은 수신자는 실제적인 타 인이 아니라 바로 가상적 대타자이다

시적 주체는 실질적으로 고향의 인물들을 만났지만, 심정적으로 "누구도 만난 것 같지가 않다"고 말한다. 이는 희미하게 지리적으로 연결되어 있을 뿐이다. 연대할 수 있는 농촌 공동체의 구성원은 더 이상 존재하지 않는다. 이에 시적 주체에게 고향은 관념화된 고향으로 과거의 기억만이 존재하는 공간임을 내포한다. 그럼에도 불구하고 시적 주체는 자신의 고향이 사라지는 것은 아니라는 것을 인지하며 인식 물리적인 고향이 아닌, 심상적 지향으로의 고향을 그리워한다. 이제는 더 이상 볼 수 없는 사라진 인식 물리적인 고향으로 '나의 끝 거창'이 상정됨을 유추해 볼 수 있다. 이는 인식 물리적인 고향이 끝이자, 심상적 지향으로 고향의 시작으로 바라볼 수 있다.

도시에 사는 시적 주체가 "가끔 고향에 가"는 행위는 고향에 대한 그리움도 크게 작용하지만, 도시에서 제대로 소속되지 못하는 것으로도 유추해 볼 수 있다. 「눈과 생각의 금붕어」[37]에는 "집에서 도서관 혹은 놀러 가는 홍대나 가끔 찾는 광화문쯤 거기에 내가 건널 수 없는 투명한 막이 있다고 해도 나는 모를 테지"라는 구절이 있다. '투명한 막'은 불가시적인 장벽으로써 시적 주체는 도시에서조차 소외되고 배제된 상황임을 드러낸다. 이로 인해, 자꾸만 따뜻했던 고향을 그리워하게 되는 것이다. 그러나 떠남과 죽음을 통해 고향은 소멸되어 있다. 이러한 사라진 고향의 공동체를 극복해 나가고자 하는 시적 주체의 태도를 「공동체」에서 엿볼 수 있다.

> 내가 죽은 자의 이름을 써도 되겠습니까? 그가 죽었으니/내가 그의 이름을 가져도 되겠습니까? 오늘 또 하나의 이름을 얻었으니/나의 이름은 갈수록 늘어나서, 머잖아 죽음의 장부를 다 가지고//…//마침내 죽음의 수집가,/슬픔이/젖은 마을을 다 돌고도 주인을 찾지

---

36) 신용목, 『누군가가 누군가를 부르면 내가 돌아보았다』, 창비, 2017, 152~153쪽.
37) 신용목, 위의 책, .84~86쪽.

못해 나에게 와 잠을 청하면,//…//망각의 맥을 짚으며/또,/보고 싶다고…… 보고 싶다고……/울까봐,/그러면 나는 멀리 불 꺼진 시간을 가리켜 그의 이름을 등불처럼 건네주고,//…//죽은 자에게 나의 이름을 주어도 되겠습니까? 그가 죽었으니 그를 내 이름으로 불러도 되겠습니까?

─「공동체」 부분38)

앞서 『나의 끝 거창』에서 실존하지 않는 과거의 공간에 대한 그리움이 뚜렷하게 드러났다면, 「공동체」에서는 죽은 인물을 그리워하고 애도하는 모습이 선명하게 나타난다. 죽음의 대상에게 "내가 죽은 자의 이름을 써도 되겠습니까?"라고 물으며 떠나간 사람들의 이름을 얻고자 하는 태도를 보인다. 죽은 자의 이름이 나의 이름이 되며 정체성이 중첩된다. 이러한 호명의 태도는 그리움을 바탕으로 한 애도의 행위이자, 죽은 자와의 연대를 위한 행동이다. 시적 주체에게 '죽은 자'는 육신은 떠났지만 이름을 부르는 행위를 통해 역할을 위임하며 다시금 시적 주체에게 영혼으로 돌아오며 계승시킨다. 이를 통해 고향의 인물은 실질적인 사회 공동체이기보다는 마음의 공동체로 연결되어 있음을 파악할 수 있다.

시적 주체는 "망각의 맥을 짚으며" 대상을 그리워한다. 사전적 정의에 의하면 '망각'에는 두 가지 뜻이 존재한다. 첫 번째는 외부 세계의 자극을 잘못 지각하거나 없는 자극을 있는 것처럼 생각하거나 그런 병적 현상을 뜻한다. 이를 착각과 환각으로 나눈다. 이러한 맥락에서 이미 '죽은 자'를 잊지 않기 위해 '망각의 맥'을 짚으며 호명하는 행위를 하는 것으로 해석할 수도 있다. 두 번째로는 어떤 사실을 잊어버린다는 뜻을 지니고 있다. 호명의 행위를 통해 다시금 '죽은 자'를 불러일으키는 일종의 환각을 위한

---

38) 신용목, 위의 책, 22~25쪽.

'망각의 맥' 짚기로도 유추해 볼 수 있다. 이렇듯 신용목 시에서 '망각'은 이 두 가지 뜻을 모두 내포하는 양가성의 형태를 띠고 있다. 더 이상 흐르지 못하는 '불 꺼진 시간'에 시적 주체는 "그의 이름을 등불처럼 건네" 주며 자신의 이름마저 주겠다고 한다. 서로 이름을 주고받으며 정체성을 위임함으로써 서로의 경계는 허물어지고 산 자와 죽은 자가 연대한다. 이를 통해, 시적 주체가 이름을 받은 것처럼 주체 역시 다른 세대 혹은 주체에게 이름을 넘겨주는 계승의 차원으로 해석해 볼 수 있다.

4. 도시 공동체에서 나타난 느슨한 연대의 가능성

신용목 시 속에 나타난 도시의 모습은 도저한 불온성이 드러난다. 그러나 완전히 파편화된 개인만 존재하는 도시의 형태가 아니다. 때론 조화하기도 하고 불화하기도 하는 주체로 이뤄진 도시로 인식된다. 이를 통해 느슨한 연대로서의 가능성을 제시한다. 신용목은 "우리는 개념화된 정의가 아니라 하나의 실체로서 '인간'과 '삶'을 인지할 수 있을 뿐이다. 그 실체가 현현되는 과정은, 곧 인간의 삶 자체는 나와 타자, 개인과 사회의 끝없는 길항관계 속에 놓여 있다. 이때 문학은 그 당위성에 의해서뿐만 아니라 그 존재 형식을 통해 자신을 증명하는 유일한 구조이면서 때문에 새로운 세계를 개척하는 수단이 될 수 있다"[39]고 말한 바 있다. 신용목은 '우리'를 길항관계로 위치시키며 문학이 세계를 개척하는 수단임을 직접적으로 드러낸다. 나와 타자, 개인과 사회는 서로 버티고 대항하여 새로운 세계를

---

39) 신용목, 「서울 3백 킬로미터 바깥에서 '문예창작학 하기'」, 『한국문예창작』제2호, 한국문예창작학회, 2022, 31쪽.

개척해야 한다는 의미를 내포한다. 도시의 일상성에 새로운 인식적 가치[40]를 찾아야 한다는 것이다.

지금 여기서 사라지는 것이 있다 물 끓는 소리에서 피어나는 물 방울처럼//창문 너머 공터에는 단독주택이 들어서고 있다//책장으로 가 시집을 펼치고 '라일락'이라는 글자 속에서 라일락 향기를 찾는다/지금 사라지는 것이 있다/텔레비전을 켜면/사랑해요, 지금쯤 저 배우는 퇴근했겠지/고백으로부터//여기서 사라지는 것이 있다 수 없이 지나간 일요일이 덩그렇게 남겨놓은 오후/아파트에 살면서 갖다놓은 화분/17층 공중의 작은 땅//달/나는 먹구름으로 다가가 비를 뿌린다 나의 블랙홀, 아파트가 끝나는 자리/대출 상환이 끝나는 자리//생활이 끝나는 자리//지금 여기서 사라지는 것이 있다 010번 마을버스는 어떻게 읽어야 하나/0으로 시작하는 것에는 지워지는 말이 있다/"동식이 기억나?"/사진을 들이밀며/"얘잖아!"/왜 모두들 동그란 얼굴을 가졌을까//어느 날 다 잊겠다는 메일을 받았다 달이 밤을 끓이고 있었다 얼마나 휘저었으면 그 많은 집들이 저 어둠/곤죽 속으로 사라졌을까,/네 목소리가/내 얕은 머릿속에 어둠을 한 사발 덜어서는 후후 불며 밤새 퍼먹고 있다

— 「생활사」 전문[41]

거시적 관점에서 이 시의 제목을 보았을 때, 이는 일상적 차원을 거쳐 구성원들의 인식 변화가 드러나는 거대 담론의 측면으로 해석해 볼 수 있

---

40) "조직은 오늘날 우리에게 일종의 강박관념이 되고 있는 이데올로기의 문제를 정면으로 제기한다. 왜냐하면 조직은 이데올로기의 산물이기 때문이다. 도시시의 일상성은 이 이데올로기와 관련해서 새로운 의의(현대성)를 획득한다. 여기서 일상성은 더 이상 부정되어야 할 그 무엇이 아니다. 일상성이 새로운 인식적 가치를 획득하면서 도시시의 가능성을 부여하는 근거는 바로 이 예민한 부분에 놓여 있는 것이다.", (김준오, 『도시시와 해체시』, 문학과 비평사, 1988, 37쪽.)

41) 신용목, 『비에 도착하는 사람들은 모두 제 시간에 온다』, 문학동네, 2021, 20~21쪽.

다. 17층 아파트와 단독주택, 재개발이라는 시적 상황을 통해 공간적 배경은 도시로 유추된다. 시적 주체는 도시의 공간에서 존재하다 소멸해 가는 것에 대해 나열한다. 아무것도 존재하지 않던 "공터에는 단독주택이 들어서고 있"음으로 확장되어 가는 도시의 모습이 발견된다. 꽃이 피어나던 '공터'가 개발이 되면서 시적 주체는 '라일락'의 향기를 책 속 글자를 통해서만 느낄 수 있다고 말한다. 텔레비전 속 배우의 고백하는 말은 타자로서 상정되는 배우가 퇴근하고 나면 사라지는 언어로 작용한다. 곧 시적 주체는 소멸한 것이 아닌 소멸하고 있는 것을 응시하고 있다.

이 시의 시적 상황은 17층 아파트에 시적 주체가 화분을 가져다 키우고 있다. 화분에 물을 주는 시적 주체의 그림자는 '먹구름'으로 표상되며 그조차도 사라져가고 있다고 묘사한다. 자신이 거주하는 공간이지만, 대출 상환으로 끝없이 이어지는 부채로 시적 주체의 경제적 궁핍을 드러낸다. 이러한 모습을 통해 도시인의 애환이 드러난다. 생활의 주체이면서 사라지는 것을 기억하는 시적 주체의 태도는, 곧 사라지는 것을 주시하면서 완전히 사라지지 않도록 만드는 형태를 취한다. 그 지역에서 같은 학교에 다녔던 동창을 떠올려 소환시키고, 누군가 잊겠다는 메일을 받았다고 기록한다. 시적 주체는 사라지고 있는 것을 응시하고 소환하며 곧 과거의 유산과 기억을 잊지 않는 모습을 보여준다. 이러한 시적 주체의 태도는 「다인실 다인꿈」을 통해, 도시 공동체에서 느슨하게 서로 연대되어 있음을 뚜렷하게 드러낸다.

밤의 창가에서는 허공과 사람이 하나의 창문을 사이에 두고 서로를 열고 있다는 것을 알게 된다./건너편을 바라보며 불을 끄거나 켜고 있다는 것을 알게 된다./누가 문길래.//그는 착한 사람이라고 말해주었는데, 꼭 그는 슬픈 사람이라고 말한 것 같다.//…//무심한 밤

하늘 한쪽 귀퉁이를 천천히 지나가고 있어야 한다. 검고 푸른 바다
를 건너가는 그림자. 오로지 자신만을 가로지르며//나를 잊은 채 먼
나라로 떠나는/사람.//…//

— 「다인실 다인꿈」 부분42)

이 시의 다인실에는 각각의 꿈이 존재하고 있다. 창문을 사이에 둔 채
서로의 간격을 유지하고 있지만 곧 "서로를 열고" 느슨하게 연결되어 있
음을 내포한다. 아파트가 빼곡하게 들어선 도시의 모습은 창문을 사이에
둔 채, 떨어져 있는 듯 연결되어 있다. 이는 완전히 분리된 것은 아닌 형태
로 "건너편을 바라보며 불을 끄거나 켜고 있다는 것"을 알 수 있는 느슨한
공존의 모습을 보여준다. 물리적 거리를 넘어 심적 거리로 관계성이 확장
되며, 누군가 이웃에 관해 묻는 말에 대해 시적 주체는 타자의 슬픔을 감
지하고 있음을 드러낸다.

이는 타인과 시적 주체가 완전히 존립한 형상으로 살아가는 것이 아닌,
느슨하게 연결되어 있는 형식을 통해 느슨한 연대의 가능성을 드러낸다.
각 구성원들이 다른 구성원들에게 느끼는 감정으로 연대를 의식적으로
지향하기보다는 연대의 감정을 인지하는 행위로 해석이 가능하다. 이러
한 형태를 통해 '무심'함과 "오로지 자신만을 가로지르"는 개인주의가 만연
한 도시에서도 시적 주체는 자신을 "잊은 채 먼 나라로 떠나는 사람"을 기
억하는 기록자의 모습을 보여준다. 서로 다른 타자가 느슨하게 연결되어 각
각의 세계가 연대되어 있는 부분은 「삼색볼펜」에서 뚜렷하게 드러난다.

내 필통 속에 삼색볼펜이 들어 있다는 것을 알았다. 내 가방 속에
필통이 있고 필통 속에 여러 개 볼펜이 있다는 것과/하나의 볼펜 속
에 세 개의 심이 있다는 것은 무엇이 다른가//하나의 가방 속에 세

---

42) 신용목, 위의 책, 40~41쪽.

개의 필통을 집어넣는 사람의 마음과 어떻게 다른가//처음 삼색볼펜
을 만든 사람도 내게 삼색볼펜을 건넨 사람도/모르겠지만//길게 줄
을 긋는다//세 개의 색깔은 서로를 알아보는가,//빨간 돌 다음에 파
란 돌을 올려놓는 것처럼 파란 실 끝에 빨간 실을 묶는 것처럼/하나
의 이야기 끝에 다른 이야기가 이어지는 것이라면 차례차례 등장하
는 것이/마음이라면//하필 비 그친 하늘, 무지개는 어떻게 저 많은
색깔을 한꺼번에 피워내는가//파란색 볼펜으로 쓴 말들은 아득하게
펼쳐진다 한 번도 본 적 없는 혹등고래의 길이 이어지고/파랗게 어
두워지는 깊이쯤 가라앉은 배,/부드럽게 죽어가는 수초들 사이에서
녹슨 갑판이 혹등고래의 눈을 뜬다//번갈아 똑딱이는 소리처럼 별들
이 바다 위를 빙빙 돌며 길을 잃게 만든다//빨간색 볼펜으로부터 타
오르는 이야기, 모든 불꽃이 하나의 작고 둥근 점에서 시작되었다는
것을 믿는다/성냥 머리처럼 붉게 묻은 생각에 하얀 종이를 구름으로
펼쳐놓고 기다린다/부딪쳐라, 바람에게//하늘을 다 태우는 저녁을
주고 싶다//나는 내 몸속에 쓰인 붉은 글자들을 안다 사막이 많은 나
라의 문자처럼/바다를 잃어버린 내 몸의 해본을 돌고 도는 핏줄들,//
매번 새롭게 쓰여지고 매번 까맣게 지워지는 내 몸의 파도를 아무
도 읽지 않아서/생각의 저녁을 붉은 화농으로 키우는/가로등,/불빛
으로 휘감기며//검은색 볼펜으로 쓴 죽음들/밤,//그 속에 무언가 갇
혀 있다 어둠의 캄캄한 벽을 조금씩 밀어내며 오직 머리로만 남아
있는 그것들이//세 개의 눈동자를 갈아끼우는 소리가 들린다

—「삼색볼펜」 전문43)

　　시적 주체는 "필통 속에 여러 개 볼펜"과 "하나의 볼펜 속에 세 개의 심
이 있다는 것"을 동일시한다. 한 몸에 들어있는 여러 심은 마치 하나의 세
계에 연결되어 존재하는 각각의 타자를 연상시킨다. 이러한 다양성의 형
태는 시적 주체가 "사람의 마음과 어떻게 다른"지에 대해 의문을 품게 한

---

43) 신용목, 위의 책, 30~32쪽.

다. 자신이 소유하고 있는 '삼색볼펜'의 창작자와 공급자는 누구인지 알 수 없지만, 시적 주체는 이를 파헤치려 하거나 알아보려 하지 않는다. "빨간 돌 다음에 파란 돌", "파란 실 끝에 빨간 실", "하나의 이야기 끝에 다른 이야기"처럼 "차례차례 등장하는" 인간의 마음으로 전이된다. 고난과 역경을 상징하는 '비'가 그친 하늘에는 여러 색깔이 "한꺼번에 피워"난 무지개가 떠오른다. 이와 삼색볼펜이 교차하여 다양한 색깔의 조화를 보여준다.

삼색볼펜의 첫 번째 색깔인 "파란색 볼펜으로 쓴 말들"은 '혹등고래의 길'을 불러온다. 혹등고래는 위험한 상황에서 어린 동물과 사람을 지킨 사례44)가 있어 바다의 수호자로 불린다. 이러한 이타적인 행동을 하는 '혹등고래의 길'은 인간을 지키고, 나아가 인간과 인간이 서로를 지키는 이상적인 연대 모습의 시작으로 추론해 볼 수 있다. 두 번째 색깔인 "빨간색 볼펜으로부터 타오르는 이야기"를 통해 "모든 불꽃이 하나의 작고 둥근 점에서 시작"된다는 믿음을 드러낸다. 여기서 "다 태우는 저녁"은 앞의 구절을 참고해 보면 사람들의 모든 이야기가 타오르는 저녁으로 해석해 볼 수 있다. 그렇기에 시적 주체의 몸속에 '붉은 글자들'이 내포된 것이다.

---

44) '바다의 수호천사'라는 별명처럼 대부분의 고래들과 같이 매우 온순하며 친절하다. 스쿠버다이빙을 하다가 혹등고래가 바닷속 깊은 곳에서 몸을 뒤집고 지느러미를 흔들며 다가오는 몸짓은 "나는 괜찮지만 너는 이 밑으로 내려가면 위험해."라는 신호로, 이 행위를 마주친다면 가능한 한 빨리 배 위로 올라가는 것이 좋다고 한다. 사람이 이를 알아차리고 돌아가면 몸을 뒤집어 양지느러미로 박수를 치는 행위를 하기도 한다. 인터뷰에 따르면 당시 과학자 낸 하우저(Nan Hauser)가 고래 연구를 위해 잠수하던 도중, 혹등고래가 저 행동을 하면서 계속 그에게 다가왔다고 한다. 또한 범고래의 공격을 받는 새끼 고래의 주위를 지키면서 범고래를 내쫓은 사례가 있다. 조지아 주 에모리 대학(Empry University)의 신경 과학자 롤리 마리노(Lori Marino) 박사는 "이것은 명백히 다른 고래류 종의 구성원을 도우려는 혹등고래의 사례로써 이는 그들이 엄청난 행동 유연성을 갖고 있음을 보여주며, 고래류가 인간을 도우러 온다는 보고에 더욱 신빙성을 부여한다"고 이야기하며, 다른 종의 구성원과 공감하고 도움을 주려는 동기를 갖고 있음을 드러낸다고 했다.

하지만, 시적 주체가 말하고자 하는 바는 "아무도 읽지 않아서", "매번 까맣게 지워지"고 만다. 이는 연대의 가능성과 불가능성을 모두 함의하고 있다. 시적 주체의 의식적 지향과 감정적 교류는 결국 사회적 협의를 통한 실질적인 노력에 따라 연대의 (불)가능성의 여부가 구분될 수 있음을 내포한다. 그럼에도 불구하고 이 시에서 드러나는 시적 주체의 태도는 느슨한 연대일지라도 이를 통해 사회 공동체가 구성되고 강력해질 것이라는 지향점을 드러내고 있다.[45]

이어서 세 번째 색깔인 '검은색 볼펜'으로 작성된 '죽음들'이 등장한다. 이것은 시적 주체의 죽음을 뜻하기도 하지만, 복수의 접미사 '—들'이 작성된 것으로 보아 시적 주체를 포함한 공동체 구성원이라 짐작된다. 타자의 슬픔에 대한 시적 주체의 서술은 기록되는 행위를 통해 잊히지 않는 애도의 가능성으로 전환된다. 기록이란 향후 결과를 통해 소급적으로 규정되는 의미로 이 작품에서 현실적인 실패에 대한 재 의미 부여 행위로 바라볼 수 있다. 이는 '더 나은 실패'[46]로 규정될 수 있기 때문에 연대의 불가능성을 의미하는 것은 아니다. 자각과 인식의 구성적 필요성과 대안을 마련

---

45) 소영현의 경우, 어떠한 상황을 둘러싼 서로 다른 입장들을 종교적, 과학적 논리에 기반한 대결이나 적대적 대결 구도 속에서 윤리적 판정의 문제로 추상화하지 않고 개별 개인의 경험과 고민을 통한 개별인의 목소리로 가시화하며, 개인의 입장과 의견의 차이를 확인하는 방식으로 연대의 가능성을 보았다. 서로 다름을 인정하는 것이 연대의 불가능성을 전환할 수 있는 계기가 될 수 있음을 드러낸다. 보다 자세한 논의는 소영현, 「광장 이후, 연대 (불)가능성―느슨한 연대를 위한 서사적 상상력」, 『구보학보』34집, 구보학회, 2023, 355~380쪽. 참조.

46) 지젝은 베케트의 『최악을 향하여』에 나오는 구절인 "다시 시도하라. 또 실패하라. 더 낫게 실패하라."를 인용하며 혁명을 반복해야하는 필요성을 이야기한다. "사건에 무관심한 비―존재보다는 사건에 충실한 재앙"이 나으며, 오히려 "무관심은 우리를 아둔한 존재의 늪에 빠뜨리는 반면, 과감히 실패함으로써 우리는 앞으로 나아갈 수 있고, 그럼으로써 더 잘 실패할 것이다."라고 말했다. (슬라보예 지젝, 박정수 옮김, 『잃어버린 대의를 옹호하며』, 그린비, 2009, 16~17쪽. 참조.

하자는 형태로 점진적으로 사회적 성장을 도모하고 있음을 드러낸다.

타자와 시적 주체는 직접적이지 않지만 같은 세계, 사회의 공동체로서 슬픔을 연대한다. 이 시에 등장한 각각의 색상은 하나의 수렴을 거부하지만, 서로가 담당하는 역할이 조화롭게 세계를 이루고 있음을 제시한다. 이러한 태도는 절대적 지향보다는 상대성 존중의 모습으로 곧 느슨한 연결고리로 유지되는 공동체의 모습을 띠고 있다. 이렇듯 신용목이 바라본 도시에는 완전히 파편화된 개인만 존재하지 않는다. 누군가는 슬픔을 공유하기도 하고, 누군가는 타자의 상처를 보듬기도 한다. 주체와 타자는 이러한 비동일성47)의 상태로 공존과 조화와 불화를 반복하여 관계 맺기를 시도하는 것을 엿볼 수 있다.

사물들 사이의 인과적 계기나 일정한 시간적 경과를 중시하는 '서사'와는 달리 '서정'은 사물의 이치를 순간적으로 포착·표현하는 원리이다. 이때의 '순간'은 일회적 시간성의 개념이 아니라 과거—현재—미래를 하나로 통합한 '충만한 현재형'으로 강렬하고 집중된 시간의 형식이다.48) 신용목이 포착하는 도시 속 자본주의의 계급 문제나 사회적 적대 문제는 모두 제거할 수 없다는 불가능성을 함의한다. 나아가 도시라는 공동체에서 과거의 촘촘한 연결고리를 요구할 수는 없지만, 한 도시에 공존하는 공간 또는 연민과 감정의 공유로 느슨한 연결고리로 연대 될 수 있음을 언표화한다. 소급적으로 돌아보았을 때, 신용목은 이러한 지점을 예민한 촉수로 희

---

47) 김준오는 동일성에 대한 열망은 질서와 안정에 대한 인간의 본능으로 동일성과 비동일성의 원리가 시학에서 같이 구축되고 있다고 보았다. 이별의 정한, 고향상실감, 어둠의 인식, 궁핍 의식, 자아상실감, 세계 상실감 등은 비록 동일성 상실의 여러 가지 양상이지만 이것은 동시에 동일성의 회복을 지향하는 태도라고 바라보았다. (김준오, 『시론』, 삼지원, 2009, 399~418쪽.)

48) 유성호, 「서정 논의의 동향과 쟁점」, 『한국근대문학연구』제18권, 한국근대문학회, 2017, 244쪽.

미하게 감각하며 미래를 예견하고 있다. 더 나아가 불화하는 것들을 동시에 안으면서 서로의 감정을 인정하고 공존하는 형태로 조화하는 느슨한 연대의 가능성을 시를 통해 제시하고 있다.

5. 나오며

신용목의 시 세계를 중심으로 작가의 작품 세계에서 연대 의식이 어떠한 방식으로 나타나는지 살펴보았다. 신용목은 1990년대부터 2000년대 초반까지 걸쳐 있는 시인으로, 가교 역할을 하며 시를 통해 공동체적 연대를 상상하게 하는 힘을 지니고 있다는 사실을 이끌어내고자 했다. 서정과 신서정의 경계성 또한 바로 이런 경계성에서 발생했다. 서정이 과거에 합일이나 동질성을 가지고 있었다면, 신서정은 비동일성을 원리로 한 다양성에 대한 이야기이다. 이것이 바로 서정과 신서정을 가르는 것으로 작용한다. 서정과 신서정은 개념이 달라진 것이 아니라, 의식이 달라진 것이다. 서정은 인간의 내면을 이야기하므로, 따라서 내면 의식의 변화로 바라볼 수밖에 없다. 신용목은 이러한 흔적을 가지고 시 세계 전반에서 드러내고 있다.

2장에서는 신용목의 초기 시에 남아 있는 농촌 공동체를 통해 드러나는 촘촘한 연대의 흔적을 살펴보았다. 아버지와 아들의 세대 계승의 형태에서 나타나는 국가사회공동체이자 가족공동체인 고향의 세대적 연대의 방식은 기성세대의 촘촘한 연대의 근간을 이루고 있음을 확인할 수 있었다. 하지만, 산업화 시기를 기점으로 도시개발의 환경 속에서 농촌 공동체의 양상은 소외된 약자의 형태로 해체되기 시작하였다. 이를 해결하고자 1970년대 새마을 운동이 시작되었고, 이는 개인의 이익을 우선시하기보다는 마을 전체의 공동 이익을 강조하며 농촌사회 전체의 발전을 목표로 이루어졌다. 이러한 사회적 상황 속에서 신용목 시에 나타난 농촌 공동체의 모습은 기존의 혈족 중심의 농경사회라는 형태에서 벗어나 근대적인 농촌 마을을 보여주고 있다.

3장에서는 불온성이 도저한 도시 속에서 소급적으로 고향을 돌아보는 주체에 주목했다. 신용목의 시에 나타난 시적 주체는 농촌을 떠나 도시에 존재하며 고향을 떠올리지만, 이는 실존하지 않는 장소로 이상적인 고향의 형태를 띠고 있다. 흘러가는 과거에 대해 시인은 과거의 소멸성을 인지하고 있음을 알 수 있다. 그러나 시인은 사라진 고향의 공동체를 호명의 행위를 통해 극복해 나가고자 하는 시적 주체의 태도를 드러낸다. 이러한 농촌의 모습과 도시의 경계성을 통해 느슨한 연대의 방식으로 연결 고리의 양상이 변화되어 가는 지점을 발견할 수 있었다. 과거의 방식으로는 공동체가 유지되기 어려움을 시적 주체는 인지하고 있기에, 이에 대한 해결점으로 제시되는 지점이 바로 느슨한 연대이다. 이는 공동체주의의 하나의 태도로 작용됨을 발견할 수 있었다.

4장에서는 촘촘한 연대에서 느슨한 연대로 연결 고리의 양상이 변화된 도시 공동체의 모습을 모색해 볼 수 있었다. 신용목 시 속에 나타난 시적 주체는 농촌과 도시 경계성의 이행 과정을 간접경험으로 인지한 세대이다. 이러한 세대가 포착하는 도시 속 자본주의의 계급 문제나 사회적 적대 문제는 모두 제거할 수 없다는 불가능성을 함의하고 있다. 도시라는 공동체에서 과거의 촘촘한 연결고리를 요구할 수는 없지만, 한 도시에 공존하는 공간 또는 연민과 감정의 공유로 느슨한 연결고리로 연대 될 수 있음을 언표화한다. 시인의 시 세계를 통해 민족과 대중들이 대중의 차원에서 보편적 차원으로 이행하고 있는 지점을 발견할 수 있었다. 그는 불화하는 것들을 안으면서 타자의 감정을 인정하고 공존하는 형태로 조화하는 모습을 통해 느슨한 연대의 가능성을 시를 통해 제시하고 있다.

이로써 느슨한 연대는 연대 의식을 부정하는 방향이 아닌, 공동체주의의 하나의 태도로 작용한다. 이는 연대 의식의 연결 고리 양상이 변한 부분으로 본고는 '우리'라는 구성원이 개인을 보장하면서 공동체주의로 나아가는 지점을 느슨한 연대로 정의했다. 시인의 초기 시에는 공동체주의자로서의 면모와 흔적이 뚜렷하게 드러났지만, 중기로 넘어가면서 사회화 현상이 일어나며 도시 이야기가 등장한다. 신용목은 이 두 세계를 모두 걸치고 가교 역할을 하고 있음을 드러낸다. 초기 시에 남아 있는 농촌의 흔적을 전제로 도시 이야기는 구성된다. 이러한 구성 방식에 있어 농촌 생활의 체험 여부에 따른 전기적인 사실은 중요하지 않다. 이미 현세대는 과거의 이야기로써 농촌 공동체 세대의 간접 경험된 부분들이 많기에 이행의 논리 세대로서 작용한다. 오늘날 새롭게 등장하는 많은 구성원의 형태는 조건상 과거와 같은 공동체의 형태를 유지하기는 어렵다.[49] 이러한 부분에서 느슨한 연대는 이 시대의 사회 환경과 조건을 반영하여 대안적으로 실현된 공동체 삶의 형태라는 점을 상기할 필요가 있다.

---

49) "이런 끈끈함이 불편하게 여겨진 사람들이 증가하게 된 건 시대적 변화 때문이다. 집단주의적 문화가 퇴조하고 개인주의적 문화가 부상했다. 이런 시대 우리가 느슨한 연대를 얘기하는 것은 변화된 욕망 때문이다. 혼자 사는 시대라서 오히려 새로운 연대가 필요해진 것이다. 고립되고 외롭고 싶은 게 아니라, 혼자 사는 것을 기본으로 두고 필요시 사람들과 적당히 어울리고 싶은 것이다. 혼자와 함께의 중간지점, 즉 혼자지만 가끔 함께가 되는, 서로 연결되긴 했지만 끈끈하지 않은 느슨한 연대인 것이다. 이런 욕망을 받아들인 사람들에게 사람과의 관계는 과거와 같을 수 없다."(김용섭, 『언컨택트: 더 많은 연결을 위한 새로운 시대 진화 코드』, 퍼블리온, 2020, 240쪽.)

2000년대 시의 이미지 체제[*]

신동옥

1. 문제제기

디디―위베르만은 20세기 초반의 카프카, 조이스, 프루스트 류의 모더니즘적 실험이 당대의 시각 매체의 논리와 무관하지 않다는 점을 지적한 바 있다. 20세기 후반을 거쳐 21세기로 접어들면서 매체의 분화 과정과 동시에 '이미지 그 자체가 산문화되고 영화화'되는 양상을 보인다.[1] 문학 텍스트의 생산과 수용 양상에도 변화가 일어난다. 텍스트의 생산과 소비 과정은 인식의 확장을 동반하기 때문이다. 이러한 시대에 이미지의 중첩, 전이, 전복, 반복과 대조 등은 수사학적이거나 방법적인 장치가 아니라 예기한/폐기한 담론 효과와 관련된 현상으로 해석할 수 있다.

[*] 신동옥, 「2000년대 시의 이미지 체제」, 『현대문학의 연구』 82집, 한국문학연구학회, 2024.2.
[1] 이정하, 『몽타주』, 문학과지성사, 2022, 341쪽.

매체 교섭과 장르 해체는 1980년대 이후 한국 현대시의 특징적 양상 가운데 하나다. '영화가 이미지의 한 유형이다'라는 선언은 매체로서의 영화가 아니라 '이미지와 기호에 대한 실천'으로서의 텍스트에 대한 가독 기호 분석으로 이어진다. 이러한 관점의 변화는 '개념적 실천으로서의 이미지 사유'를 추동한다.[2] 종래의 모더니즘 시문학사에서는 아방가르디스트들의 작업을 시 개념의 해체적 장이라는 견지에서 주목했다면, 2000년대 등장한 시인들의 작업에서는 시적 발화의 무제약적 자유에 대한 자기 확신에 근거한 원심적인 확장에 강세가 놓인다. 이들의 시편은 문화적, 매체적 요인들을 시의 자장으로 끌어들이면서도 방법적인 인용이 아닌 시적 주체의 인식론적인 틀을 투과한 장치로 취택하는 경향을 선보인다. 이들의 작업은 "해체를 긍정적으로 이해하고, 사물의 내적 불일치, 불화, 혼돈, 불연속, 균열을 새로운 생성의 기회로 포착한다." 벤야민은 이를 경계를 넘나드는 반—유기적 실천으로 명명했다.[3]

이미지에 대한 인식의 변화와 더불어 일련의 시적인 실험들을 방법적인 전략의 소여(所與)가 아니라 '시'라는 제도에 대한 해체적인 재승인과 관련시키는 논의로 옮아간다. 파편화된 서사, 쇼트, 프레임, 시공간은 물론 거리와 주체 등등의 개념에 대한 시각의 변화는 기존 시론에 대한 발본적인 재검토를 동반한다. 권혁웅과 정끝별의 논의가 시작되는 지점이다.

권혁웅의 논의는 이미지 현상학, 존재론에 근거한 분석이다. 전통적인 시가 단일한 쇼트 안에서 형성되는 대상과 주체 사이의 관계를 조정하면서 의미를 산출한다면, 1970년대 이후의 현대시는 쇼트와 쇼트 사이의 관계를 조정하면서 전언을 생산하는 경향을 보인다. 하나의 단일한 시점을

---

2) 질 들뢰즈, 『시간 이미지』, 이정하 옮김, 시각과 언어, 2005. 544쪽; 질 들뢰즈, 『대담』, 신지영 옮김, 갈무리, 2023, 124쪽 참조.
3) 이정하, 『몽타주』, 문학과지성사, 2022, 352쪽.

조율하는 주체의 동일성이 시의 축을 결정하는 데서 벗어나 전체의 구성에 관여하는 복수 주체가 이질적인 대상들과 함께 배열되며 새로운 미적 자장을 산출한다. 반복과 변주, 대상의 병렬, 급격한 어조 변화, 무작위의 시행 걸침이 동시에 나타나는 김수영의 시세계는 이러한 변화를 선취한 사례로 눈여겨 볼 수 있다.4)

권혁웅이 논의의 중심에 이미지 체제의 존재론을 두었다면, 정끝별의 논의는 들뢰즈의 '이미지 체제론'을 경유하며 시학과 미학의 교유 양상에 대한 성찰로 이어진다. 정끝별은 들뢰즈의 '운동—이미지'론에 기대어 논의를 이어간다. 연속체로서의 이미지는 '시간적인 단면들의 지속적인 운동의 총합'이다. 한편 시에서의 이미지는 언어라는 매개를 통한 간접화된 '이미지 재현'이기도 하다. 언어라는 매개를 경유하기에 시는 재현의 한계로 마주하는 실재의 압력에서 자유로울 수 있는 잠재적인 가능성을 낳는다. 시에서 이미지 제시는 언어의 편집에 의해 구조화된다. 이미지 결합은 지속적인 운동을 통해 작용하는 창조 과정에 가깝다.5) 조강석은 기존의 시학에서 이미지 연구는 지각이나 감각적 자장 아래서 분류되는 이미지론의 시야에서 전개되며 연구의 방편을 협소화해왔다는 한계를 지적한 다음, 시 연구의 방법론으로 이미지 사유의 위상을 끌어올린다. 조강석은 텍스트 내부적 요청과 외부적 요청 및 텍스트의 맥락과 역사적 사회문화적 체제의 변화를 두루 고려한 연구 방법론을 제안한 것이다.6)

미첼의 아이코놀로지, 들뢰즈의 반재현적 입론, 랑시에르의 미학적 체

---

4) 권혁웅, 「1970년대 이후 한국 현대시에서 전위의 맥락」, 『한국시학연구』 20호, 한국시학회, 2007.12, 87-113쪽. 논의 부분은 90~94쪽.
5) 정끝별, 「21세기 이미지 시론 연구」, 『구보학보』 26호, 구보학회, 2020, 569~606쪽.
6) 조강석, 「시 이미지 연구 방법론: 시 텍스트의 '내부로부터 외부로의 전개'를 위하여」, 『한국시학연구』 42호, 한국시학회, 2015, 265~306쪽.

제론 등을 원용한 이상의 연구는 기존의 방법론으로는 더 이상 '가독기호'로서 시 작품을 들여다볼 수 없는 한계에 대한 반성적 사유를 전제로 한다.7) 이미지의 작용은 "다양한 것(the multiple), 여러 가지의 것(the diverse), 비동일자(the nonidentical)를 수용함으로써"8) 시공간에 대한 지각의 변화를 불러온다. 현대시에서 이미지 연구는 주체의 역능을 드러내고 대상을 미적·정치적으로 포획하는 재현 작용이 그 자체 한계에 봉착한 상황에서 제출된 한국시의 다기한 변화와 더불어 고찰된다. 중첩, 전이, 전복에 기댄 다성적인 구조화 양상은 2000년대 한국시에 나타나는 특징적인 국면 가운데 하나다.9) 통일된 전체성이 아니라 불연속적인 현실을 분열증적으로 현시하는 목소리는 1990년대 환상시와 변별되는 2000년대 시의 고유 자질이다.10) 해석의 알레고리적 불가능성에 이르도록 무제약적 발화를 선보인 일련의 시편들에 대해 '미래파'11) '뉴웨이브'12) '진화하는 서정'13)이라는 비평적인 헌사가 주어졌다. 시 그 자체가 아니라 시적인 것의 확장에 경사된 작법에 주목한 명명이다.

---

7) 고봉준은 2010년대 후반 제출된 권혁웅과 조강석의 논의를 정치하게 분석하며, 시각적 이미지와 문자적 이미지의 구별을 간과한다는 점에서 이미지 규정의 사적인 연속성을 폐기한 전제일 수 있다는 우려를 제기한 바 있다. 자세한 논의는; 고봉준, 「시 이미지 연구의 확산과 심화를 위한 제언: 최근의 시 이미지 연구에 대하여」, 『상허학보』 49호, 상허학회, 2017, 7-38쪽 참조.
8) 데이비드 노먼 로도윅, 『질 들뢰즈의 시간기계』, 김지훈 옮김, 그린비, 2005, 53쪽.
9) 대표적인 견해로; 김홍중, 심보선, 「실재에의 열정에 대한 열정: 미래파의 시와 시학」, 『문화와 사회』 1권 4호, 한국문화사회학회, 2008, 114-116쪽 참조.
10) 대표적인 견해로; 박상수, 「2000년대 한국시에 나타난 환상의 의미와 전망」, 『한국문예창작』 11호, 한국문예창작학회, 2007, 185-208쪽 참조.
11) 권혁웅, 『미래파』, 문학과지성사, 2005.
12) 신형철, 「문제는 서정이 아니다: 웰컴 뉴웨이브 포-에티카」, 『문학동네』 12권 3호, 문학동네, 2005.9, 1-16쪽.
13) 김수이, 「시, 서정이 진화(進化/鎭火)하는 현장: 강정, 박상수를 통해 본 서정시의 새로운 사치들」, 『문예중앙』 114호, 문예중앙, 2006.6, 12-25쪽.

2000년대의 선보인 일련의 실험적인 경향에 붙여진 '미래'라는 어사는 영원한 동시대에 가닿으려는 현대예술의 '새로움'과 '현행성'에 대한 열망과 맥을 같이한다. 이때의 미래는 끝없이 미끄러져 달아나는 현재 속에서 사유되는 최첨단의 현재, 과거와 극단적으로 절연하며 그것을 비판할 필요조차도 소거한 현재, 그리하여 전통[convention]과의 연결고리 바깥에 정위되며 그 자신이 정초(定礎)가 되는 사건으로서의 현재, 소박한 정의는 불가능하고 '즉각적으로 전문적이고 지적인 관점'에서만 언급될 수 있는 사건으로서의 현재에서 촉발되는 현행성을 함의한다. 변하지 않는 것이 있다면 새로움 그 자체라는 믿음에 기반한 미래에 대한 인식이라는 면에서 이러한 시─공간적인 범주론은 종래의 모더니즘이 내장한 자기성찰성과 자율성의 논리와 극적으로 배리된다. 일군의 2000년대 시인들에게 주어진 '미래'라는 에피세트는 "반시대적인 것이 되길 두려워하지 않은 발명"으로서의 새로움에 대한 열정이라는 면에서 폭력적인 탈구성 사례로 읽힐 여지마저 함축한다.14)

본고에서는 그간 심도 있게 진행되어 온 이미지 연구 방법론을 수용 확장하며 이를 '이미지 체제'로 명명하고 비재현적, 결정체적, 미분적 체제로 구분하여 정리하며 2000년대 시에 나타난 특징적인 양상을 추적한다.15) 먼저, 대위적이고 화성적인 유기성이 강조되던 양상에서 각기─자

---

14) 자크 오몽, 『영화와 모더니티』, 이정하 옮김, 열화당, 2010, 84쪽, 105쪽.
15) 2010년대가 되며 2000년대 시에 대한 정리 작업이 진행된다. 그 가운데 '소통불능의 난해성'을 보여준 실험시에 대한 평가는 다음과 같다. 조재룡은 이들이 이전의 시와 절대적인 단절을 선언하며, 그 균열을 심화한다고 진단한다. 2000년대 시의 난해성은 시학에 있어 '화자─주체', '정동', '리듬'에 대한 논의를 촉발시킨다.(조재룡, 「2000년대의 시, 그리고 비평: 주체─정치─리듬」, 『문학과사회』 121호, 문학과지성사, 2018.2, 123─139쪽.) 2000년대에 극단화된 실험시에서 혼종성에 주목한 논자는 이경수다. 2000년대 실험시는 황지우, 박남철 등 이전의 모더니스트들이 국가, 정체성 담론에 가한 타격의 기반을 제공한 분명한 이항대립의 논리가 없

율적인 작용으로의 변화를 통해 드러나는 비재현 체제의 특징을 살핀다. 다음으로 "대상을 대체하고 창조함과 동시에 지우며, 이미 나타났던 것을 반박하고 전치시키거나 변경시키는 또 다른 묘사들에 끊임없이 대체되는"16) 결정체적 체제 속에서 도드라지는 자유간접 스타일에 주목한다. 이때 분신(分身, the Double, Alter—ego) 주체가 특징적인 국면을 차지한다. 마지막으로, 이야기를 꾸며대며 스스로 타자가 되는 주체를 등장시키며 탈접속된 공간과 탈—연대기적인 순간들 속에서 차이를 생산하는 미분적 체제에 주목한다.

다. 탈국가적인 이들의 언술은 시적인 언어의 경계마저도 부정하는 것으로 여겨진다.(이경수, 「우리는 무엇을 뒤섞고 싶었을까: 2000년대 시와 혼종성에 관한 단상」, 『서정시학』 20권 2호, 서정시학사, 2010, 94—106쪽.) 탈경계화, 탈영토화 현상은 1990년대 이후의 실험시에서도 드러난 특징이었다. 2000년대에 들어 독백의 근거였던 '에고'마저 부정하는 듯 보이는 실험적 시들이 등장한다. 이재복은 이들을 '21세기 아방가르드'로 명명한다. 이들은 언어의 비선조성을 극단화하고 기존의 시의 형식을 변형한다. 종국에는, 문학과 문화와 일상의 경계를 다르게 변형하는 '미학화 전략'을 선보인다.(이재복, 「[2000년대의 실험시] 아이덴티티는 너무 20세기적이야: 박상순, 이수명, 황병승, 김경주를 중심으로」, 『열린시학』 50호, 고요아침, 2009.3, 63—93쪽.) 본고는 이상의 비평에서 반복적으로 호명된 '난해한 실험시인' 가운데 김경주, 김민정, 김행숙, 이장욱, 장석원, 황병승의 작업을 논의의 대상으로 한다.

테리 이글턴은 이른바 '이론 이후'의 세기에 접어들며 문학은 철학, 영화, 문화론의 경계 안으로 해소되며 자기 정체정을 구축한다고 정리한 바 있다. 본고는 시학과 영상학, 철학의 경계를 아우르며 '이미지'에 대한 정의를 '이미지 시스템, 체제'로 간주하고 분석한 질 들뢰즈의 『시간 이미지』에 제시된 이미지론을 방법으로 삼는다. 정태적이고 총체적인 이미지 평면을 전제한 분석이 아니라, 이미지들 사이의 연쇄와 재연쇄에 주목한 들뢰즈의 입론이 2000년대 시에서 '공약 불가능한 틈'의 형상으로 드러난다는 것이 본고의 전제다. 개념적 세부와 적용은 편목, 키워드와 분석을 통해 상술한다.

16) 질 들뢰즈, 『시간 이미지』, 이정하 옮김, 시각과 언어, 2005, 255쪽.

2. 비재현 체제, 각기―자율적 이미지

2000년대 시의 발화에 나타난 다성적 발화의 연원을 환유적인 인접성의 회로 안에서 작동하는 인식론으로 지목할 수도 있다. 야콥슨은 영화를 인접성 내의 병치 질서를 구성하는 매체 장르로 연극의 은유성과 대비했다. 상사성과 인접성을 통한 이행은 이미지의 법칙으로 규정되어 왔다. 이미지는 늘 복수적인 이미저리의 형상으로 사유된다는 이글턴의 주장 그대로 이미지에 대한 분류 및 정의는 그것의 관계 형상을 포함하는 규정적 모순 속에서 작동한다. 내적 독백은 "내부에서 산포되는 도취된 파토스"라는 의미에서 숭고의 미학으로 수렴된다. 내밀한 화자의 독백은 항용 "하나의 랑그, 혹은 시원적 사유, 혹은 무엇보다도, 형상, 환유, 제유, 은유, 도치, 견인… 등에 의해 작동하는" 도취한 자기 발화에 가깝다. 이미지의 형상은 사전에 전제된 총체성이 구현되는 열린 장에서 펼쳐지는 진리에 대한 재인(reminiscence)을 통해 변증법적으로 작동한다.17) 이러한 시각에는 유기적인 전체를 가정하며 사유와 이미지의 길항 속에서 지적 총체성이 작동한다는 전제가 가로놓인다. 숭고의 지점까지 상상력을 동원하여 자신을 내면으로 몰아가며 상상력을 통해 열리는 국면을 넘어서는 사유의 충격 속에서 새롭고 낯선 이미지의 질서가 발견된다.

그러나 이미지의 연쇄는 "문자 그대로 이미지의 재연쇄"에 가깝다. 이미지의 '연합적인 질서를 동반한 연쇄'가 아니라 "독립적인 이미지들의 재연쇄"라는 측면에서 "한 이미지에서 다른 이미지가 뒤따르는 대신, '한 이미지 더하기 다른 이미지'의 관계가 존재한다."18) 이미지 사이의 간격과

---

17) 질 들뢰즈, 『시간 이미지』, 이정하 옮김, 시각과 언어, 2005, 411쪽.
18) Gilles Deleuze, *Cinema 2: The Time―Image*, p.214; 데이비드 노먼 로도윅, 『질 들뢰즈의 시간기계』, 김지훈 옮김, 그린비, 2005, 50쪽 재인용.

단절, 파열에 부여하는 연속성은 애초에 사후적인 것일 수 있기 때문이다. 이미지 사이의 연쇄는 본질적으로 재연쇄이며 그것은 '거짓 연결'이다.[19] 잇따르는 이미지 기호는 공약 불가능한 간격을 통해 사유가 무력해지는 물질적인 간극을 열어 밝히며, 기호의 불가능성 안에서 생성된 공약 불가능한 틈을 통해 자신을 반성하는 이미지들의 본원적인 한계가 장르를 구성한다.[20] 은유화 과정은 폐기된다. 이미지들의 재연쇄를 그대로 현시하며 구성되는 계열들이 문제가 되며, "이것은 더 이상 은유가 아니라 증명"에 가깝다.[21]

어둠이 몰려서 온다. 녀석들. 녀석들.

검은 비닐봉지 같은 얼굴을 하고 걸어오면서 찢어지는 얼굴을. 툭, 하고 떨어지는 물체. 죽은 건 줄 알았는데 개의 죽음은 또 아주 멀었다는 듯이 발을 모아 높이 뛰어오르고. 착지와 비약으로 이루어지는 선상에서 음표처럼

빵, 하고 택시가 지나가고 빵, 하고 택시가 지나가고 빵, 하고 택시 아닌 바퀴들이 지나가고

오른쪽 어깨 위에 어둠, 왼쪽 어깨 위에 어둠, 나는 어깨인지 어둠인지 녀석들인지 나는 나에 한정 없이 가까워

나는 거의 끝까지 멀어지고. 어둠에는 초점이 없으리. 녀석들의 노래. 잔치를 위해 돼지가 돼지라고 부를 수 없을 때까지 분할되고. 환하게. 남녀노소 고기를 씹는다. 이빨 사이에 고기가 끼고.

19) 데이비드 노먼 로도윅, 『질 들뢰즈의 시간기계』, 김지훈 옮김, 그린비, 2005, 116쪽.
20) 질 들뢰즈, 『시간 이미지』, 이정하 옮김, 시각과 언어, 2005, 359쪽.
21) 질 들뢰즈, 『시간 이미지』, 이정하 옮김, 시각과 언어, 2005, 357쪽.

그러나 고기라고 부를 수 없을 때까지

　나는 코만 남아서 정신없이 냄새를 맡는다. 냄새의 세계에는 비
밀이 없으리. 녀석들의 노래. 녀석들의 코. 돌출적인. 뭉툭한. 냄
새는 약 기운처럼 퍼져 여기 오래 있으면 냄새를 잃게 돼. 우리들은
장소를 옮겨 코를 지키자. 어둠이 우리를 벗겨내는 곳으로

　툭, 다른 곳에 떨어지는 물체처럼 죽은 건 줄 알았는데. 녀석들
어둠 속에서 얼굴을. 얼굴을. 나라고 부를 수 없을 때까지
　　　　　　　　　　　　　　　　― 김행숙, <얼굴의 탄생>,
　　　　　　　　　　『이별의 능력』, 문학과지성사, 2007, 전문.

　이미지의 전이와 변화의 협화음적인 유기적인 구성을 전제로 하는 종
래의 문법을 비켜가며 시행은 이어진다. "검은 비닐봉지 같은 얼굴"이라
는 상사성의 비유를 읽어내는 순간 이 구절은 단항 기표로 작동하면서
'(그러한 얼굴을 하고)' "걸어오면서 찢어지는 얼굴"과 재연쇄된다. '찢어
지다'는 파열의 기표가 전경화된다. 시적 화자 '나'의 어법은 스스로 구축
한 이미지의 연쇄를 통해 추정되는 통일된 프레임을 벗어나며 확장하는
양상으로 이어진다. 어둠은 죽음에 대한 사유와 중첩되고, 죽음은 지나감
과 사육제에 대한 감각적인 운동의 계열로 손쉽게 이월한다. <얼굴의 탄
생>이라는 제목에 결정적인 모티브로 작동한 것으로 보이는 지배적 이미
지가 등장하는 부분은 6연이다. "나는 코만 남아서 정신없이 냄새를 맡는
다"는 구절은 1936년 2월 『카톨릭 청년』에 발표된 이상의 '역단 연작' 가
운데 <아침>의 종구(終句) "영원히 그 코없는 밤은 오지 않을 듯이"를 떠
올리게 한다. 그러나 이 작품은 1990년대 환상시에 이르도록 이어져 온
모더니즘 시 계보에서 전경화되는 신체의 목소리가 아니라 신체 바깥의

목소리를 따라가며 구조화된다.

1990년대 환상시의 문법 속에서 꿈의 논리를 통해 추동된 '황홀경적 강렬함'이 주조를 이룬다. "감각을 전략적으로 폭발시키면서 이를 통해 몸을 변용"하는 발생의 작용이 환상을 통어하며 이미지의 전체적인 장을 협화음적으로 편성한다. 환상은 분열된 내면에 도사리는 '무의식적 주체'를 대타자로 거느린다. 환상은 신체의 변주를 동반한다. 이미지에서 사유로 이행하는 과정을 정치하게 추적한 정재학, 함기석 등의 문법을 떠올릴 수 있는 지점이다. 꿈의 질서를 통해서 잠재태와 현실태를 봉합하는 양상은 감각─운동적인 통일성이라는 면에서 대위적인 구조를 품는다. 요컨대 1990년대 환상시에서 이미지는 "몸을 통해 정신을 변용하고 한층 높은 의식으로 고양하는 전체의 이미지"에 가깝다. 분열된 주체의 내적 발화를 통해 기표와 랑그, 개념과 이미지 간의 동일성이라는 '작용─사유'가 가로놓이기 때문이다. 환상시에서 '환상, 몽상, 백일몽, 꿈'은 사유하고 꿈꾸는 자아의 변증법적인 과정을 톺아 읽는다.[22)]

김행숙의 「얼굴의 탄생」에서 읽을 수 있는 것은 현실태와 잠재태의 경계가 모호한 지점에서 신체보다 빠르게 움직이는 감각─운동의 제스처다. 이것을 이미지 사슬을 엮어놓은 '서사은유'의 일종으로 본다고 해도 그 "은유조차 재빠른 감각─운동적인 제스처"의 리토르넬로에 함몰된다.[23)] 차이를 만들어내는 반복 속에서 '얼굴'이라는 새로운 신체가 탄생하는 과정을 추적하고 있기 때문이다.

김행숙의 어법에서 특징적인 국면은 이미지의 대체와 전이를 통한 화

---

22) 데이비드 노먼 로도윅, 『질 들뢰즈의 시간기계』, 김지훈 옮김, 그린비, 2005, 348─350쪽.
23) "은유는 감정적 본성을 갖는 특별한 체계에 속한다. 그러나 이것이 바로 판에 박힌 것, 클리셰이다. 판에 박힌 것, 이것이야말로 사물의 감각─운동적 이미지이다." ─ 질 들뢰즈, 『시간 이미지』, 이정하 옮김, 시각과 언어, 2005, 45쪽.

성적 배음의 구성이 아니라 탈연쇄화에 있다. '자아=자아'의 동일성을 통해 해석학적으로 구현되는 동일성이 아니라, 내적 독백이 와해되며 이미지의 사슬을 빠져나가는 '비사유'의 국면이 생성된다. 이미지들의 연합이 아니라 이미지들 사이로 열리는 틈새에서 미리 전제된 전체를 교란하는 틈새, 간격이 시를 이끌어가기 때문이다. 이러한 양상은 이미지 주체의 측면에서도 주목을 요한다.

대상 세계의 가능성과 주체의 역량에 실재적인 가능성을 부여한다는 의미에서 기존의 이미지론에서 시적 발화는 등가적인 재현 행위로 간주되었다. 반대로 이미지를 "가시적인 것과 비가시적인 것, 가시적인 것과 말, 말해진 것과 말해지지 않은 것 사이의 관계가 벌이는 복잡한 게임"인 동시에, 그 결과로 산출된 이미지를 변주하는 이미지들의 연쇄 안에서 정위되는 변이로 정의할 수 있다. 이때 중요한 것은 사건을 변화시키는 '신체의 목소리'다.[24] 공통감각을 통한 새로운 실재를 창조하는 역능(랑시에르)이거나 사물 그 자체의 첨점과 시트에서 이질발생하는 차이와 간극의 생성(들뢰즈)이거나 문학과 영화는 매체 구분이 아니라 이미지의 연쇄와 절단의 시간성에 근거한다.[25] 들뢰즈는 이미지를 보편적인 표상 기능이라는 면에서 재현과 연관되는 작용이 아니라 '내적인 특성'이자 그것이 '연결하는 특이점'에 의해 발현하는 형상 기호로 간주한다.[26] 대상과 주체의 분별이 아니라 대상의 물질적 층위에서 사물을 절단하며 분별하는 생성 작용으로 이미지를 정의한 베르그송의 논의를 전제로 받아들인 결과다. 이미지가 물질적 국면에서 정의된다면 주체 또한 마찬가지다. 주체성은 '특수한 이미지' 또는 '임의의 공간 또는 이미지의 물질적 중심'과 상통

---

24) 자크 랑시에르, 『해방된 관객』, 양창렬 옮김, 현실문화, 2016, 134쪽.
25) 자크 랑시에르, 『해방된 관객』, 양창렬 옮김, 현실문화, 2016, 179쪽.
26) 질 들뢰즈, 『대담』, 신지영 옮김, 갈무리, 2023, 126쪽.

한다. 주체는 이미지 지각, 행동, 감정적 배치와 같으며, 이미지를 통해 "생성, 변화, 탈영토화, 차이가 되는 반복, 다양성이 되는 특이성" 그 자체다.27)

나는 유체이탈하여 천장에 붙어 있다 이럴 때마다
내 몸에서 얇은 막 하나 하나가 양파 표피세포처럼
핀셋으로 집혀 나가고 건조한 살비듬만이 남아
내 발가락을 지탱한다 가렵다 가려워 긁을수록
노래하고 싶어진다 목이 마르다
주위에 아무도 없나 새벽 세 시지만 가끔
미친 척하고 달려주는 열차가 있다

1.
남자가 손에 쥔 것은 손잡이가 아니었다
배의 속 씨방처럼 까만 두 눈알을 감춘 제
性器였다 숨 가쁜 속력으로 열차가 휘청거릴 때마다
갈고리를 닮은 손잡이들,
공중제비하듯 허공마저 걷어 올리지만
푹 젖은 바지 앞섶, 불룩하게 벌어진 지퍼 사이로
덜렁덜렁, 어디에도 걸려들지 못한 남자는
손에 쥔 제 것을 함뿍 움켜쥘 뿐이었다

2.
活魚의 막 절개한 아가미 같은 눈으로
여자는 울었다 느낌표를 따라 담 밑에 숨었다가
야구공엘 얻어맞고도 히죽거리던 때가 있었어
물음표가 와도 따라갈래? 아냐아니으응…… 웅!

27) 데이비드 노먼 로도윅, 『질 들뢰즈의 시간기계』, 김지훈 옮김, 그린비, 2005, 87쪽, 277쪽.

김 서린 열차의 창문을 노트 삼아
볼이 굵은 우윳빛 심지를 가진
두 개의 젖꼭지로 여자가 글씨를 새겼다
음부 속의 음핵이 드디어 눈을 떴다……

3.
텅 빈 열차 안
인원 초과로 삐 소리를 내는 엘리베이터처럼
경보음 울리고 문이 열려도
아무도 올라타지 못한다 이미
너무 많은 사람들이
우리 곁에 있었다
　　　　　― 김민정, <검은 나나의 꿈>, 『날으는 고슴도치 아가씨』,
　　　　　　　　　　　　　　　　　　　　열림원, 2005, 전문.

　　제목을 염두에 두자면 3개의 프레임으로 구성된 작품은 '검은 나나의
꿈'을 현시한다. 지시문처럼 던져둔 1연은 시적 프레임화를 총칭적인 의
미에서 규정하는 '나'의 발화 상황을 제시하고 있다. "유체이탈"한 채로 발
화 욕구를 배반하는 감각―운동으로 격발된 충동을 고스란히 제시하는
목소리가 드러난다. 연번을 매겨서 각각 독립적인 쇼트로 읽히는 3개의
연이 잇따른다. 각각 노출증이 있는 남자와 그를 바라보는 임의의 공간에
배치된 시선, 담장 밑에 선 남녀와 그들을 바라보는 임의의 공간에 가로
놓인 스크린(열차 창, 어항 유리) 사이의 거리를 봉합하는 시선, '텅 빈' 동
시에 꽉 찬 열차 내부에 감금된 복수 주체 '우리'로 시행은 이어진다. 일견
피카레스크적 서사를 연상시키는 구조다.
　　제목에 암시된 대로 단절된 채로 봉합된 '검은 나나의 꿈'은 꿈의 논리
를 배반한다. 재배치가 없이 시선의 시간과 재현의 시간을 포개놓았다는

것이 첫 번째 이유다. 같은 시집에 실린 김민정의 여타의 작품들과 마찬가지로 성적 금기들을 여과 없이 누설(漏泄)한다는 측면에서 검열에서 자유로운 발화가 도드라진다. 요는 재배치와 검열이 존재하지 않으며, 이미지의 압축과 전치가 아니라 연쇄에 의존한다는 면에서 이 작품은 꿈 작업의 논리에서 벗어난다. 위반의 미학이라는 측면에서 이 작품에서 중요한 면은 텍스트 그 자체가 '극복한 재현 형식'으로서[28] 꿈 작업의 노골적인 허위성에 자리한 거짓 치유 기능에 대한 일종의 야유다. 일반적으로 꿈의 논리 속에서 무의식적 주체의 '시선의 시간'과 재현의 평면을 규정하는 '공간'의 범주는 격절된다. 꿈 역시 압축과 전이를 문법으로 하는 기호작용이지만, 은유적인 형상이 사라진 꿈 작업 속에서는 새로운 '시간을 내포하는 재현 속에 응고된 가변성'이 도드라지기 때문이다. 자크 오몽은 '가변적인 variable 눈'을 근대의 결절점을 표상하는 시선으로 꼽았다. 시선의 시간과 재현의 시간이 배리될 때 가변적인 시야가 열리기 때문이다. 이때의 가변성은 주체와 대상이 호환 가능하고, 어떠한 기호작용이나 법칙의 간여 없이 불특정한 아무나가 될 수 있는 가능성이라는 의미를 띤다.[29]

작품 속에서 시간과 공간뿐만 아니라, 청각이 지배적인 공간감과 시각이 지배적인 시간성 역시 교란되고 있다. 모든 연에서 시각적 이미지와 청각적 이미지는 각각 자율적인 질서를 지시하고 있기 때문이다. 공감각적인 이미지는 대위적으로 전체를 구성한다는 의미에서 유기체적이고 유리수적인 질서를 따른다. 그러나 각기—자율적인 이미지는 '틈새, 균열, 무리수적인 절단'을 따른다. 시각적 이미지와 청각적 이미지는 부조화, 이질화하며 서로 상응하지 않는다. 시선의 시간과 (비)재현의 시간이 상충하기

---

28) 낸시 암스트롱, 『소설의 정치사: 섹슈얼리티, 젠더, 소설』, 이명호 옮김, 그린비, 2020, 53쪽.
29) 자크 오몽, 『멈추지 않는 눈』, 심은진, 박지희 옮김, 아카넷, 2019, 76-78쪽, 43쪽.

때문이다. <검은 나나의 꿈>은 그러한 과정에서 태동하는 새로운 복합적인 교착 관계를 드러내 보인다. 끊어지면서도 이어지는 꿈의 논리는 이 작품 속에서 특이한 구조로 재연쇄된 연의 중첩으로 가시화되고 있다. 이미지는 "각기—자율적인 동시에 하나의 전체를 형성하지 않고도, 그리고 최소한의 전체조차 자신에게 제안하지 않고도 서로를 연결하는 공약 불가능한 관계"에 있으며, 연접(conjonctive)적인 구조가 아니라 분리되고 해체 구성된 이접(disjonctive)적인 관계 속에서 생성된다.30)

3. 결정체적 체제, 자유간접 스타일과 분신(分身)의 서사

알레고리의 다른 이름은 서사 은유다. 퀸틸리아누스 등 고대 수사학자들은 알레고리의 성패를 은유가 얼마나 성공적으로 연쇄되고 있느냐에 두었다. 비유의 층위는 상이한 두 이미지의 접합에 방점이 주어지며, 이때 서사는 리듬과 더불어 시적인 구조를 지탱하는 한 축으로 자리한다. 1990년대에 선보인 일련의 환상시들에서 서사적 특징은 '조각난, 파편화된'이라는 한정어에 있었다.31) '파편화된 신체'[fragmented body]라는 정신분

---

30) 질 들뢰즈, 『시간 이미지』, 이정하 옮김, 시각과 언어, 2005, 485쪽.
31) 이재복은 바흐친이 소설 담론을 재해석하며, 후기현대에 이르러 의도를 굴절하는 두 개 이상의 목소리가 중첩되는 발화 양상을 현대 서술시와 연관짓는다. 시적 독백 역시 언어의 대화성을 전제로 한 자기 독백이다. 언어와 문화 전반에서 탈경계화 경향이 심화되고, 발화 주체의 존재론적인 회의에 따라 서술 자체가 파편화된다. 파편화 경향은 단일한 자아, 주체를 가정하는 기존의 권위적 존재 양식에 대한 해체로 해석될 수 있다. 이재복은 이를 언어를 통한 구조화 가능성에 대한 저항이라고 본다. 이재복이 분석하는 텍스트는 주로 박상순, 함기석, 서정학 등 1990년대 후반에 등장한 일련의 '해체적인' 시인들의 작업이다. 보다 자세한 논의는 다음을 참조; 이재복, 「파편적 내러티브와 우리시의 현대성」, 『비만한 이성』, 청동거울, 2014, 317-346쪽.

석적인 어사나, '단편적 어법'[fragmentation]이라는 낭만주의의 미학을 떠올리게 한다. 두 개념은 모두 초현실주의 미학에서 이미지의 충격적인 결합의 전제 조건으로 호출된 바 있다.

2000년대 시에서 시의 구성적 기저로 지목되어 온 서사 개념에도 변화가 나타난다. 서사는 내부와 외부의 구분을 지칭하며 하나의 구성적 평면을 구축하는 틀이라는 의미에서 프레임화와 상통한다. 알레고리나 파편적 어법에서 서사는 '미장 아빔'[mise en abyme] 즉 심도와 심연을 형성하는 기율로 자리한다. 표층적인 서사는 심연의 의미가 맺는 관계와 관련되기 때문이다. 그러나 이미지를 통해서 구성하고자 하는 전체가 비결정적이고, 이미지는 숫제 이접적으로 공약 불가능한 측면에서 탈연쇄를 통해 구축된다면 서사의 논리는 심연의 외부, 전체의 바깥으로 분열하는 이미지의 이중화 양상과 연동될 터이다.32)

서사는 이미지의 자기 정의를 통해 생성되는 지각 가능성, 바로 그 감각 운동이 일으키는 이미지 작용의 결과다. 탈연쇄되는 이미지들은 비대칭적이고 비등가적인 평면에 놓인다. 서사는 의미를 축조하는 작용의 소여가 아니라, 이미지 그 자체가 놓인 국면의 직접적인 결과이다. 기존에 서사는 운동하는 이미지의 유기체적 구성이라는 의미에서 몽타주의 형식과 상동적 관계에서 분석되었다.33) 이미지의 독해에 있어서 서술 과정의 추이를 따라가는 것이 서사체를 판명하는 방식이었던 것이다. 이미 서술 공간은 기억의 공간화 논리와 맞물린다. 양립 불가능한 '이중적 리얼리티'들이 회상—이미지의 형식으로 충돌할 때, 지각과 인식 사이에는 허구적인 효과가 발생한다. 이미지 서사는 그렇게 스펙터클화되는 국면에서 어떤

---

32) 질 들뢰즈, 『시간 이미지』, 이정하 옮김, 시각과 언어, 2005, 166쪽.
33) 질 들뢰즈, 『시간 이미지』, 이정하 옮김, 시각과 언어, 2005, 64쪽.

시점을 선택할 것인가의 문제로 귀착된다.[34]

어쩌면 곧 눈이 내릴 것이다
다시 폭설 속으로 발목을 빠뜨리며 걸어갈 수 있다면
누군가 한량없이 그곳에 서 있었던 듯
아파트의 창문들은 오랜 침묵에 젖어 있다.
그리고 다시 습한 안개가 거슬러 올라오는 바람,
나는 몸을 기울여 먼 곳의 소리를 듣는다.
서서히 젖어드는 추위, 그때 내 입술은
이제 그만두고 싶다, 고 중얼거렸던가 혹은
죽어가는 어머니의 표정은 아름다웠어 그런데
눈은 내리지 않았지, 였던가

누군가 지나갔다고 생각하여 숨죽여 돌아보면
아주 오래전에 불던 바람이 거기 있다.
소실점 근처의 가로등 하나가 조용히 꺼진다
메마른 어둠이 내 몸을 통과해 가는 동안
나는 몇 통의 편지를 떠올린다
너무 희미한 어깨를 지닌 연인이었던가,
아니 옛친구였는지도 모르지, 하지만

어떤 완고한 집착이 나를 이렇게 만들었다고는
생각하지 않는다. 다만 이 나른한 긴장과 더불어
서서히 다가오는 공포를 향해 검은 총신을 겨눌 뿐,
그 경우 전방의 어둠은 지나치게 익숙하다. 아직
외곽 도로의 노란 선들은 사방으로 흩어져 있으나
곧 짙은 안개가 도시를 감쌀 것이다,
비탈의 추위, 나는 어떤 신호를 기다린다

---

34) 자크 오몽, 『멈추지 않는 눈』, 심은진, 박지희 옮김, 아카넷, 2019, 162쪽, 223쪽.

그리고 죽어가는 어머니의 표정은 아름다웠지,
라고 나는 중얼거릴 것이다, 소실점 근처의 가로등처럼,
누군가 저 끝 바람 속에 깜빡인다.
— 이장욱, <게릴라>, 『내 잠 속의 모래산』,
민음사, 2002, 전문.

　작품 속에서 '나'는 반복과 변주를 통해 지속되는 상황 속에서 자신이 '선택한' 행동의 기로에 놓여 있다. 그는 끊임없이 되묻는다. 묘사를 통해 지속되는 이야기의 객관적인 시점과 스스로에게 제기하는 주관적 질문 사이에서 시적 긴장이 발생한다. 아파트 창문 너머로 다가오는 폭설의 기미 속에 중첩되는 회상의 이미지는 '이제 그만두고 싶다' '죽어가는 어머니의 표정은 아름다웠어 그런데 눈은 내리지 않았지'라는 의문이 개입하면서 회절한다. '현재의 첨점들' 속에서 배경을 이루는 스펙터클의 시간이 흐르는 동시에, 무작위로 호출된 '과거의 시트들' 속에서 새로운 시간이 중첩된다. 이러한 서사는 충돌하는 두 개의 첨점과 시트를 거느린 시간이라는 의미에서 해체적인 몽타주로 다가온다. 회상과 기억은 연대기적인 정합성이 아니라 '비―연대기적인 시간'을 구축한다. 이러한 방식으로 시행이 이어질수록 "필연적으로 비정상적이고 본질적으로 거짓인 운동"을 생산하는 결정체적 묘사가 이어진다.[35]
　들뢰즈는 결정체적 체제를 통해 생성되는 이미지의 특질을 식별 불가능성, 설명 불가능한 차이, '함께 가능하지 않음'으로 꼽았다. 작품 후반부에서 창 너머로 폭설이 퍼붓는 풍경과 유예되는 죽음과 함께 게릴라의 기억이 재생되며 기억의 지층들을 건드린다. 시행을 축조하는 이미지 서사는 비―연대기적 특성을 보이며 "모든 가능 세계의 동시성"을 노정한

---

35) 질 들뢰즈, 『시간 이미지』, 이정하 옮김, 시각과 언어, 2005, 261―2쪽.

다.36) 객관적인 상황의 묘사와 주관적인 기억 이미지의 이접은 자유간접적 체제와 통한다. 볼로시노프(바흐친)는 인물의 발화 속에 작가의 사유가 녹아드는 어법을 '자유간접 문체'의 특질로 보며, 이를 지배적인 어법에서 강세를 옮기는 주효한 작용의 하나로 꼽은 바 있다. 토도로프 역시 플로베르를 예로 들며 초점의 전환과 관련해서 상술했다.37) 들뢰즈는 '카메라 아이(eye)의 간접적 객관적 서사와 인물 시점의 직접적 주관적 이야기'의 충돌이 아니라, 양자가 접합되면서 동시에 넘어서며 자유간접적 주관성이 태동한다고 주장한다.38) 요는 초점과 시점, 가능과 현전의 구분이 아니라 언표가 가능한 것들이 탈연쇄 되며 놓은 첨점과 시트의 틈새에서 직접과 간접적인 것 사이에서 일어나는 역행 또는 이행의 작용이 자유간접 스타일을 구성한다는 것이다. 이러한 어법 속에서 "다양한 형식을 갖는 독창적이며 환원불가능한 새로운 차원"이 생성된다.39)

자유간접 스타일은 '이질적인 체계 안에서 상호 연관된 두 주체의 분열

---

36) 데이비드 노먼 로도윅, 『질 들뢰즈의 시간기계』, 김지훈 옮김, 그린비, 2005, 186쪽.
37) 프랑코 모레티는 자유간접 화법의 담론적 특징에 대해 상술한 바 있다. 모레티에 따르면; 인물의 개인적 발화에 자유를 부여하면서도, 비인칭 화자를 목소리에 배어들게 함으로써 자유간접 화법은 사회화의 실체인, 객관적인 것의 실질적 주관화를 가능하게 만들었다. 등장인물과 화자 사이에서 중립적인 어조를 갖는 '제3의 목소리'가 탄생할 수 있었다. 구스타브 플로베르, 제인 오스틴 등이 그 예이다. 사회의 통념과 개인의 목소리 중간쯤에 위치한 자유간접 화법은 양자 사이에서 변화하는 힘의 균형을 보여주는 서사적인 지표로 기능한다. 자유간접 화법은 사회적 중재의 자리, 모호한 것이 아니라면 내포적인, 거의 보이지 않는 자리에서 '서사적인 형태'를 지탱하는 어법으로 변화, 수렴, 변주를 거듭해왔다. 화자가 말하는 진실, 통념과 공론장의 집합적인 견해, 추상적이고 관념적인 사유 과정, 작은 공동체와 사회 계급의 갈등과 결속, 집단적인 구전 신화의 메아리 등등 사회를 객관화하고 문학적 발화에 정치적 잠재력을 부여하려는 방향으로 변화해왔다. 보다 자세한 논의는; 프랑코 모레티, 「나무」, 『그래프, 나무, 지도』, 이재연 옮김, 문학동네, 2020, 85－112쪽 참조.
38) 질 들뢰즈, 『시간 이미지』, 이정하 옮김, 시각과 언어, 2005, 293쪽.
39) 질 들뢰즈, 『시간 이미지』, 이정하 옮김, 시각과 언어, 2005, 467쪽.

과정'을 지시한다. 이러한 견지에서 눈 내리는 창 너머의 풍광과 죽어가는 어머니가 중첩되는 '총구'의 이미지는 '이중적 프레임화'를 구현한다.[40) 이장욱의 작품에서 중심은 '사유에 있어서 주체의 분할'이다. 주체는 분할되면서 '거짓을 만들 수 있는 역량'이라는 인식론적인 가능성의 틈새를 겨눈다.[41) 분별도 설명도 결정도 불가능한 상황에 놓인 주체는 분할된다.

　　나는 유배되어 있다 기억으로부터 혹은 먼 미래로부터.

　　그러나 사람에게 유배되면 쉽게 병든다 그리고 참 아프게 죽는다는 것을 안다 나는 여기서 참으로 아프게 죽을 것이다 흉노나 스키타인이거나 마자르이거나 돌궐이거나 위구르거나 몽골이거나 투르크족처럼 그들은 모두 유목의 가문이었다 그들의 삶은 늘 유배였고 그들의 교양은 갈 데까지 가보는 것이었으며 그들의 상식은 죽어가는 가축의 쓸쓸한 눈빛을 기억할 줄 아는 것이었다 그들은 새벽에 많이 태어났고 새벽에 많이 죽었다

　　나는 전생에 사람이 아니라 음악이었다 그리고 지금 내가 가장 사랑하는 음악은 그때 나를 작곡한 그 남자다 그는 현세에 음악으로 환생한 것이다 까닭에 나는 그 음악을 들을 때마다 전생을 거듭 살고 있는 것이며 나의 현생은 전생과 같다 나는 다시 서서히 음악이 되어가는 것이다 나는 이런 이야기를 간직한다

　　예감 또한 음악이다 자신이 한 번도 들어본 적 없는 그러나 자신과 가장 닿아 있는, 자아의 연금술이다 나는 지금 방금 내 곁을 흘러간 하나의 시간을 예감한다 그렇게 생각하고 있을 때 내 생각은 음악이 되고 한 컵의 물이라는 음악을 마시는 동안 내 생각은 어느 먼

---

40) 데이비드 노먼 로도윅, 『질 들뢰즈의 시간기계』, 김지훈 옮김, 그린비, 2005, 128−9쪽.
41) 데이비드 노먼 로도윅, 『질 들뢰즈의 시간기계』, 김지훈 옮김, 그린비, 2005, 259쪽.

초원 스페인 양떼들의 털을 스친다

모든 나를 인정하는 순간이 올까? 목이 마르다고. 당신과 함께 사
는 동안 여덟 번 말했다
— 김경주, <비정성시(非情聖市)>,
『나는 이 세상에 없는 계절이다』, 랜덤하우스중앙, 2006, 부분.

"나는 유배되어 있다 기억으로부터 혹은 먼 미래로부터"라는 구절은 시
간의 지나감 속에서 분열되는 주체의 상황을 암시한다. 과거와 미래와 현
재가 작송된 시간 속에서 비결정적인 미래를 향해 지나가는 시간과 절대
적인 과거를 향해 사라져간 시간의 역행적인 운동 방향이 동시에 지시되
기 때문이다. 전생과 예감 속에서 무수한 '나' 또는 '나의 존재 가능성'을
호출하면서 시행은 이어진다. 이 작품 속에서 시간은 예기(豫期)된 현재와
상통한다. "시간은 각 순간마다 현재와 과거 즉 지나가는 현재와 보존되는
과거로 분리된다. 그리고 각각의 순간은 분리되는 동시에 이중화된다. 과
거는 한때 그 자신이었던 현재와 공존한다."[42] 이 작품 속에서 불려 나오
는 수많은 나의 예기된 가능성은 현재이자 과거, 여전히 현재에 머물러 있
지만 이미 지나감 속에 있는 가능성 속에서 기대되는 역량과 관계된다.

그렇다면 작품 속의 '나'가 이 "모든 나를 인정하는 순간이 올까?" 지나
감 속에서 공약 불가능한 시간으로 달아나고 또 몰려드는 '나'는 부정과
절단의 순간에만 가까스로 발화되며 고정된다. 애초에 이중화된 리얼리
티 속에서 '나'는 분신(分身, the Double, Alter—ego)의 형상으로 병립하기
때문이다. 분신이란 "주체가 그것을 거부하는 대상"이다. 자아의 분열이
나르시시즘적인 동일시와 공격을 오가는 이행성을 거쳐 상상적 동일화를

---

42) 데이비드 노먼 로도윅, 『질 들뢰즈의 시간기계』, 김지훈 옮김, 그린비, 2005, 252—3쪽.

벗어나 이상적 자아의 건립으로 귀착된다면, 분신의 형상은 자신의 외부에서 다가오기 때문이다. 분신은 전체의 바깥에 자리한다. "자신의 외부에서, 자신의 분신의 모습을 한 자기 자신과 조우하는 이러한 공포는 주체의 자기—동일성이 갖는 궁극적인 진실이다. 그 안에서 주체는 자신을 하나의 대상으로 만나는 것이다."43)

시간으로부터 유배된 존재는 삶과 죽음의 끝을 오간다. '나'는 숫제 선형적인 연대기의 서사로는 들여다 볼 수 없는 탄생과 죽음이 공존하는 시간 속에 메아리처럼 존재한다. 그리하여 '나'는 사람이 아니라 공기층을 가로지르며 동시에 몇 개의 차원에 공존하는 '음악'의 형상으로 자신을 규정하기에 이른다. 전생과 현생과 후생은 감각—운동의 극적인 기제인 예감의 변용태로 다가온다. 무수한 이미지들은 유리수적으로 협화하며 구조화되는 것이 아니라, 무리수적으로 절단되며 탈연쇄의 국면을 이룬다. "모든 나를 인정하는 순간이 올까?"라는 물음은 여덟 번의 부인, 즉 이미지들의 무리수적인 절단을 경유하며 물음의 가치를 획득한다. 총체적이고 연속적인 시간이라는 내재성의 평면에 자리할 수 있는 가능성이 균열될 때 분신의 주체가 태어난다. 그리하여 분신은 애초에 절대적인 자기(the One)의 거울상이 아니라, 타자(the Other)의 이중상이다. 이중상을 통해 주체 안에 사유되지 않은 국면을 접고, 그렇게 만들어지는 시간의 주름 속에서 분할된 주체의 틈새에서 생성되는 본연의 차이가 반복된다.44)

43) 슬라보예 지젝, 『진짜 눈물의 공포』, 오영숙 외 옮김, 울력, 2004, 152—3쪽.
44) 데이비드 노먼 로도윅, 『질 들뢰즈의 시간기계』, 김지훈 옮김, 그린비, 2005, 381쪽.

4. 미분적 체제, 타자화된 주체와 이야기 꾸며대기 역량

들뢰즈는 미분(differnentiation)을 부분들의 간격에서 발생하는 차이로 규정한다. 미분화하는 관계 속에서 탈연쇄된 이미지들 사이에 현행적/잠재적의 분할선을 가정하며 동시에 그 구분이 만들어내는 전체의 이념에 대한 새로운 사유의 가능성이 작동한다는 것이다. 미분화하는 차이는 동일성이 아니라 이중성을 특질로 하는 이미지 체제의 조건과 연관된다. 이미지들 사이에 삽입되는 바깥에서 태동하는 다양체, 비관계의 잠재성이 우선시된다. 이미지들은 유기적 연쇄가 아니라 거짓 연결이라는 면에서 자유간접적 스타일을 형성하며, 주체와 대상의 동일성이 무화된 세계에 대한 믿음만 남겨두고 진리에의 요구와 단절한다.[45]

유기적이고 연대기적인 시간 속에서 축조되는 순수 회상의 문법 속에서는 연속되는 생성의 전체 과정이 가정된다. 그것은 믿음이나 가치가 아니라 위계화된 권력에의 의지와 연동된다. 이미지가 연쇄가 아니라 탈연쇄를 통해 공약 불가능한 이접적 상황에서 발생한다면, 그러한 연쇄는 '거짓 연결'이며 이는 이야기 꾸며대기[fabulation]를 통해 역능을 얻는다. 이야기 꾸며대기는 "거짓에 기억과 전설 그리고 괴물을 만들어내는 역량을 부여하는" 빈자, 소수자들이 가지고 있는 기능이다. 이야기를 꾸며대며 이야기의 주체는 이야기 속에서 스스로 타자가 된다. 시인/작가는 이야기를 꾸며대는 인물에 자유간접적으로 개입하면서 스스로 타자가 된다. 이야기 꾸며대기는 타자—되기의 문법인 셈이다.[46]

집합적인 이미지들을 변증법적으로 규율하며 연결하는 '시인'이 아니

---

45) 데이비드 노먼 로도윅, 『질 들뢰즈의 시간기계』, 김지훈 옮김, 그린비, 2005, 376쪽, 354쪽.
46) 질 들뢰즈, 『시간 이미지』, 이정하 옮김, 시각과 언어, 2005, 296쪽.

라 공약 불가능한 기호로 주어지는 이미지들의 틈새에서 이미지를 구제하는 소수자로서의 시인이 출현한다. 이들은 "생성 또는 도주선을 위한 전략으로서 사투리를 창조"하는 과제를 떠안는다. 사투리로서의 시 언어는 "지배언어에 대한 방언, 언어 내 외국어"의 지위를 함의한다. 언어를 탈영토화하며 "우아하고 시적인 전복"을 구사한다는 측면에서 이들은 아나키스트의 미학을 채택한다.[47]

화양리 네거리의 십자가, 성탄에 길 잃은 양들, 꽃 같은, 양 같은 여자를 사랑한 나쁜 놈 머리에 눈이 내립니다. 산 양이 뿔 세우고 죽은 꽃을 따라갑니다. 정치인에게 부조나 조의금을 요구하는 것은 금지되어 있습니다. 사랑 앞에서 함부로 우는 일은 불법입니다.

이별만 남겨놓던 뻔한 스토리 앞에서 울음을 왜 참아야 하는가에 대해 약술하라고 하신다면, 달 밝은 밤 노닐다 들어오니 다리가 넷이어라. 얄미운 사람이여, 참혹한 적의 혹은 인내의 미덕을 讚 讚 讚 하라. 한 잔 또 한 잔, 취하기는 마찬가진데, 빼앗겨도 할 수 없는데, 필요한 것은 고해성사.

아버지 그들 먼저 용서하소서, 그들에게 지도와 편달을, 그들에게 도망갈 길을, 내게는 그녀에게 가는 길을, 지름길만 보이는 지도를……, 나를 말이라 생각하시고 매우 치시옵소서.

밧데리가 다 되었습니다. 방전된 족속을 아십니까, 내가 그 출신이랍니다. 뭣 때문에 기력이 쇠진했는지 아신다면, 아 지나친 방사 때문에, 至毒한 여자, 사건은 그때 벌어졌던 것입니다. 나는 그녀가 기르는 누에였습니다. 번개나 한 방 먹여주세요.

---

47) 데이비드 노먼 로도윅, 『질 들뢰즈의 시간기계』, 김지훈 옮김, 그린비, 2005, 305쪽, 314쪽.

보이지 않는 길이 때로 명확한 길이 된다는 말씀에 취한, 나는 사랑의 삐에로, 나는 쁘띠피티, 나는 타클라마칸 또는 소금 사막이니, 내 배 위로 지나가는 낙타에게 출렁이는 쌍봉낙타에게 낙타를 타고 오는 성자에게, 죽은 이로 하여금 죽는 이를 묻게 하라는 말씀, 말씀 같은 적설을.

뒤돌아보면, 오렌지빛 하늘 아래 내게 달려오는 눈부신 꽃마차와 네거리의 십자가와 네거리의 順伊, 그리고 요르단 강 같은 침묵.
— 장석원, <타클라마칸에 내리는 눈>,
『아나키스트』, 문학과지성사, 2005, 전문.

무수한 이질적인 것들을 동시에 배치하면서 시행은 이어지고 있다. 주사(酒邪)와 고해(告解)의 어법이 절합되는 어조, 성서("죽은 이로 하여금 죽는 이를 묻게 하라")와 문학사("네 거리의 順伊")와 대중 가요("얄미운 사람" '찬 찬 찬' 등)의 무차별적 인유가 시의 주조음을 만들고 있다. 배터리가 방전되도록 수화기를 붙안고 주절대는 화자는 화양리 홍등가와 절해의 사막을 동시에 살아내며 해탈에 가까운 침묵을 기구한다. 작품을 매끈하게 마름질하는 지배소는 물론 통일된 어조를 따라 이어지는 리듬에 있다. 기존의 패러디, 패스티쉬는 원전과 모방의 경계를 선명하게 드러낸다는 특징과 반대로, 이 시의 리듬은 이접적인 발화를 오히려 도드라지게 하는 요소로 작용한다. 연속되는 이미지들은 정상적으로 연결되는 듯 보이지만, 이러한 연쇄에 틈을 부여하는 '비정상적이고 의외의 이미지들의 연속으로 정지된 형태'[48]의 의사—전체성이 시의 주조음이라는 것을 알 수 있다.
"정치인에게 부조나 조의금을 요구하는 것은 금지되어 있습니다"라는

48) 질 들뢰즈, 『시간 이미지』, 이정하 옮김, 시각과 언어, 2005, 478쪽.

법령이 쓰인 플래카드가 눈에 뜨이는 동시에 "사랑 앞에서 함부로 우는 일은 불법입니다"라는 감정적인 토로가 잇따른다. 정치, 종교, 문화와 일상 가운데 편재하는 화자의 발화는 그 기저에서부터 근본주의적인 시선을 내장하고 있다. 애초에 아방가르드는 정치와 미학 그 가운데 존재한다는 측면에서 당파적인 극단성을 품은 정치적 사고를 내장한다. 그것은 진리를 향한 변증법적인 정합성이 아니라 가치를 회원하는 믿음이라는 견지에서 "미래의 공동체를 예견하는 현실적인 감각적 경험 방식의 잠재성(아감벤)이라는 메타 정치적 사고"와 속화된 당파 정치의 사고 사이, 혼동의 역사를 오간다.49) 이러한 견지에서 속류 정치의 당파성과 B급 문화 텍스트를 나란히 놓으며, 그 틈에서 발원하는 탈연쇄의 이질감을 무마하는 기제로 '리듬'과 어조를 전경화하는 장석원의 어법은, 현실을 미분화하는 전략적인 장치 가운데 하나다.

요는 어떠한 발화를 전략으로 택하더라도 동일화를 통한 재현은 불가능하다. 주체의 역량을 재현하는 것도 대상의 존립 가능성을 증언하는 것도 불가능하기 때문이다. 자의식을 경유한 동일성이 붕괴될 때, 정체성의 정치는 물론 정체성 그 자체가 개념적인 허위에 봉착한다. 역설적으로 발화의 틈새(interstice)를 자의식적으로 조정하면서 이미지들의 연결이 아니라 결절점을 노출하면서 무화하는 거짓 연결이 이미지의 역능을 드러낸다. 들뢰즈에 따르면 이미지들의 무리수적인 간격 속에서 조직되는 계열성은 전체가 아니라 전체의 바깥에서 작용하는 생성적 시간의 힘을 함의한다.50)

---

49) 자크 오몽, 『멈추지 않는 눈』, 심은진, 박지희 옮김, 아카넷, 2019, 28쪽.
50) 데이비드 노먼 로도윅, 『질 들뢰즈의 시간기계』, 김지훈 옮김, 그린비, 2005, 298쪽, 283쪽.

나는 가족들과 함께 식사하는 것을 싫어했어요
리타 아침 먹어라 리타 배도 안 고프니 리타! 리타!
새엄마의 발소리가 사라진 뒤에야, 나는 도어 록을 풀고 식당으
로 내려가죠
대개 가족들이 식사를 마치고 난 후에 혼자서 밥을 먹는데
어떤 날, 내가 미처 모르는 무슨무슨 기념일이나 축하연 자리에
언니 형부 이모 나부랭이들이 식당을 꽉 메워버린 날,
맙소사! 그런 날은 마치
새엄마가 나를 똥구덩이에 처넣은 듯한 기분이 들곤 했죠
그 피할 수 없는 함정,
처음엔 입을 다물었어요
다음엔 용기를 내어 옆사람 수프를 떠먹었고
그 다음엔 이모부에게 이렇게 말했죠
내 꺼 볼래?

나는 집에 있을 때면 늘 혼자 밥 먹는 것을 좋아했어요
나의 연기는 점점 무르익어갔고, 새엄마는 더 이상 나를 가족들
과의 식사에 부르지 않았죠
그런데 어느날부터인가 나와 가장 친한 폴이나 낸시를 만나 식사
할 때도
나는 나도 모르게 연기를 하는 거예요
그간의 일들을 차근차근 얘기하고 싶은데
입 안 가득 미끄덩거리는 음식과 범법이 되어버린 말들
뱉어낼 수 없었죠, 도무지
포크는 쉬지 않고 음식을 찍어대고
더 이상 씹어야 할 내 몫의 음식이 남지 않았을 때
웨이터를 불렀어요, 식사 도중이었지만
낸시의 스테이크 접시를 당장 치우라고 비명을 질렀죠 그리고는
냅킨을 집어던지며
폴과 낸시를 향해 막무가내로 퍼붓는 거예요

날 굶겨 죽이고 싶겠지? 미치겠지? 너희 둘, 어림도 없어! 계획대
로 될 것 같아? 무슨 계획? 꿈도 꾸지 마!!
　　아무도 웃지 않았죠

　　나는 단지 가족들과 함께 식사하는 걸 싫어했을 뿐인데.
　　요즘은 침대 밑에서 먹어요
　　메어리는 안쓰럽다는 듯이 내게 말을 건네죠
　　리타, 이리 나와요 거긴 너무 어둡고…… 샐러드가 코로 들어가
겠어요
　　그럼 난 이렇게 대꾸하죠
　　걱정 마세요 수간호사님, 이건 그저 연기일 뿐이니까요
　　　　　　　　　　　— 황병승, <리타의 습관>, 『여장남자 시코쿠』,
　　　　　　　　　　　　　　　　　　　랜덤하우스중앙, 2005, 전문.

　　겉으로 보기에는 거식증에 걸려 격리 병동에 갇힌 환자 '리타'의 독백이
작품의 주조다. "걱정 마세요 수간호사님, 이건 그저 연기일 뿐이니까요"
라는 마지막 구절을 눈여겨보자면 '카우치 상담'의 자동기술로 볼 여지도
있어 보인다. 하지만 이 시를 이끌어가는 것은 '거짓을 꾸며대는' 리타의
연기에 있다. 발화의 내용은 방어적이지만, 발화의 맥락은 능동적인 자기
구성으로 읽히기 때문이다. 존재하지 않는 가족사의 시공간과 음식 취미
가 잇따르면서 끊임없이 거짓을 만들어내는 서사가 이어진다.
　　리타는 연기를 통해 타자가 된다. 리타의 연기는 '나는 타자다'라는 선
언적인 천명으로 받아들여진다. 나라는 정체성은 '나였고, 나일' '환원불
가능한 다수성'과 동시 병존한다. 나라는 국면은 그렇게 자아가 끊임없이
타자화되는 틈, 파열, 간극의 다른 이름이다. 어쩌면 존재하지 않았을 친
구와 가족이 함께하는 식사 테이블은 '거식증'의 작인이 아니라, 꾸며낸

이야기를 통해 나를 타자화하는 '탈접속된 장소' '탈—연대기적인 순간'들의 결과일 수도 있기 때문이다.[51] 리타가 꾸며낸 이야기는 주관적인 변수에 따라 임의로 취택된 이미지 연쇄가 아니라, 환원 불가능한 복수 주체로 자신을 다시 호명하는 제의적 절차에 가까워진다.

'자아=자아'의 정합성을 인식하는 기율은 동일율, 비모순율, 배중율에 있다. 타자는 자아의 동일화 속에서 이질화되는 대타적인 존재로 인식된다. 황병승은 같은 시집에 수록된 다수의 작품에서 모순된 상황 속에서 '배중율'을 위반하는 복수 주체의 발화를 선보인다. 내적 독백은 어떤 언어로 매개될지라도 동일한 의미의 지평에서 해석될 수 있다는 매개적 가능성에서 정당성을 발휘한다. 배중율을 위반할 때 매개의 가능성은 원천 봉쇄된다. 실재적인 것과 상상적인 것이 분별 불가능해지기 때문이다. 현재는 동일한 시점 아래 매끈한 해석 지평을 공유하는 언어가 아니라 이질적인 방언들이 무차별적으로 공존하는 서사 평면으로 탈바꿈한다. "현재에 우리는 동등하게 가능한 양자택일의 항목 중에서 어느 하나를 선택해야 한다. 그러나 이 현재가 과거가 될 때, 우리는 앞뒤가 맞지 않는 진실들 중에서 하나를 선택해야 한다."[52] 결국 시적 주체는 "현재를 설명 불가능한 차이들 및 참과 거짓을 결정할 수 없는 양자택일의 선택과 대면"[53]하며, 스스로 만든 이중구속을 벗어나기 위한 방편으로 끊임없이 이야기를 꾸며대고 거짓을 만들어낸다.

51) Gilles Deleuze, *Cinema 2: The Time—Image*, p.133; 데이비드 노먼 로도윅, 『질 들뢰즈의 시간기계』, 김지훈 옮김, 그린비, 2005, 272쪽 재인용 부분 참조.
52) 데이비드 노먼 로도윅, 『질 들뢰즈의 시간기계』, 김지훈 옮김, 그린비, 2005, 183쪽.
53) 데이비드 노먼 로도윅, 『질 들뢰즈의 시간기계』, 김지훈 옮김, 그린비, 2005, 165쪽.

5. 결론

본고에서는 유기적인 연접이 아니라 비유기적인 이접을 특징으로 하는
2000년대 시의 양상을 '이미지 체제'로 명명하고 그 특징을 세 가지 측면
으로 나누어 고찰하였다. 비재현적, 결정체적, 미분적 체제가 그것이다.
비재현적인 체제 속에서 식별이 불가능한 차이를 함께 가능하지 않은 그
대로 생성하며 이미지는 각기—자율적인 속성을 부여받는다. 이미지가
각기—자율적으로 놓인다는 것은 그 틈새, 간격을 생성한다는 의미에서
결정체적인 체제의 논리와 맞닿는다. 틈새의 논리는 거짓 연결의 논리를
따르기 때문이다. 단일한 이미지 속에도 현행적인 이미지와 잠재적인 이
미지가 동시 병존한다. 주체는 분할되며 분신의 서사를 선보인다. 이때 자
유간접적인 스타일이 나타난다. 언어 내 방언을 창조하는 이들은 스스로
이야기를 꾸며대며 끊임없이 생성하는 차이를 반복하며 동일성 논리에
기댄 정체성의 정치학을 시적으로 전복한다. 미적인 전위라는 측면에서
이들은 분명 아방가르디스트들이다.

그러나 한편으로, 역사적 아방가르드나 네오 아방가르드를 막론하고
모더니즘은 재현적 체제의 근거였던 자율성의 붕괴에 대한 자기 성찰에
서 미학적 입론을 확보했다는 사실을 떠올릴 필요가 있다. 모더니즘 미학
의 자율성 역시 재현의 평면을 조율하는 '포이에시스'의 자율성이다. 그런
의미에서 자율성에 대한 부정 역시 재현 체제 안에서 정위되는 자율성일
수밖에 없었다. 이러한 모순적인 상황은 모더니즘의 자율성 미학이 역설
적으로 '반재현적 미학'으로 규정되는 아이러니한 국면으로 귀착된다. 제
작으로서의 '포이에시스'와 향유로서의 '아이스테시스'를 규율하는 자율
성에 분열이 발생하기 때문이다.

'포이에시스'와 '아이스테시스'의 분열은 시학과 미학, 철학과 예술, 매체와 문자 사이의 간극과 상통할 수도 있다. 랑시에르는 일찍이 미학과 예술의 절단에서 발생하는 새로운 미적 경험의 특징을 '이접의 경험'이라고 규정했다. 랑시에르는 또한 "자율성이 정치적인 것이 아니라 자율성의 불가능성이 정치적인 것이다."라는 모순 명제를 내놓으며, 적대를 구축하는 이항대립적 전체성의 동력으로 지목되어 온 간극, 이접, 균열의 논리를 새로운 실재를 생성하는 역능으로 고쳐 읽었다.[54]

2000년대에 들어서 등장한 일련의 실험적인 시인들의 발화에 기존의 내적 독백으로 규율되는 이미지의 법칙을 적용하기는 난망하다. 변증법적인 전체성이라는 점근선을 기조로 의미화되는 자율적인 내재적 평면에 기댄 이미지론으로는 공약 불가능하고 이접적인 이들의 어법을 읽어내기에 무리가 따를 공산이 크다. 들뢰즈는 진리 언표적인 인간은 "도달할 수 없는, 무용한 세계" 그 자체라고 규정하기도 했다.[55]

2000년대 실험시는 반대로 통약이 불가능한 이미지들의 틈새로 축조된 비재현적 체제 안에서 대상을 지우면서 생성하고, 파괴하면서 창조하는 파천황의 언술에 다가간 것일 수도 있다. 본고는 근래에 제출된 이미지 사유, 이미지 체제에 대한 연구를 수용하며 2000년대 모더니즘 시편들을 분석하는 데 주력했다. 연구의 전제는 연속이 아니라 단절의 문학사적인 시각에 있다. 본고의 논의를 2010년대의 시사와 '탈접속'하는 것을 만만치 않은 후속 과제로 남기며 논의를 마무리한다.

---

54) 자크 랑시에르, 『해방된 관객』, 양창렬 옮김, 현실문화, 2016, 213쪽.
55) 질 들뢰즈, 『시간 이미지』, 이정하 옮김, 시각과 언어, 2005, 288쪽.

제2부

세헤라자데의 얼음과 씨앗의 나날들
2000년대적 시론의 재발명 — 이혜미론

양진호

1. 과거의 목소리에 담긴 시차적 '우리'를 재현하다

시인들은 숨겨진 과거를 간직하고 있다. 그 세계를 기억해내며 그들은
현재의 자신에게 결핍된 '나다움'을 복원하고, 어린 시절에 꿈꾸었던 '아
름다운 미래'에 대한 상상력을 잠시 되찾는다. 시인이 잃어버린 시간을 되
살려내 그것으로 '우리'의 깨진 틈을 매끄럽게 채우는 장소. 그것이 바로
'오래된 미래'로서의 시인의 무대라고 할 수 있겠다. 하지만 때로 그 무대
의 의미는 시인이 아닌 관객들(담론)에 의해 규정되곤 했다. 2000년대 한
국문학은 주로 90년대 문학의 해체 과정이라는 관점으로 읽혔다.[1] '나'와

---

1) 김수이는 "2000년대의 젊은 시인들이 당대의 세계를 기존의 의미체계가 분열하는,
   더불어 그들 자신이 그 의미체계를 분산, 전복해가는 미로의 공간으로 이해해왔
   다"(김수이, 「2000년대 시의 미로와 심연」, 『문학동네』2009년 겨울호)고 했고, 함
   돈균은 "시가 시인의 사적 체험의 문제를 넘어 전망을 상실한 우리 시대 니힐리즘
   의 징후를 드러내는 데 집중했던 시기가 바로 2000년대"(함돈균, 「2000년대 시의

'너'의 기억들이 교차하는 지점에서 '우리'가 아니라 자신들의 '비어 있음'을 확인해야 했기에, 2000년대의 화자들은 '자신다움'을 되찾기 위해 '나'로 얘기할 수밖에 없었다. 그러나 이러한 관점에 대해 2010년대 문학의 새로운 관객들은 다시 한 번 수정을 요구하게 되었다. '나'의 기억을 '우리'의 기억이 해석할 수 없다고 이야기하는 동안 우리 문학은 용산참사와 세월호 참사에서 희생된 '이름 없는 이'들을 현실의 역사라는 시간 속으로 호명하지 못했기 때문이다. 그래서 2010년대의 관객들은 사라진 그들을 불러낼 수 있는 주체로서의 '우리'가 만들어나갈 이야기의 무대가 필요하다는 사실에 공감할 수밖에 없었다.[2] 문학에서의 '우리'가 무엇인지 아직 명확하게 규정할 수 없지만, 현실에서 사라진 이들을 기억하고 그들의 삶을 앗아간 사건들을 축자적인 방식으로라도 호명하는 비규정적인 '우리'라는 관점을 가질 필요가 있다는 것이다. 그렇게 '나'와 '우리' 사이의 '기억'이라는 무대는 2010년대적 관점을 통해 완성되어 가는 것처럼 보였지만, 촛불 혁명 전후로 강남역 살인사건과 '미투' 운동 등을 겪으며 다시 '나'로 되돌아갔다. 김요섭은 이에 대해 "공동체를 이루고 있던 집단 지식이 더 이상 유효하지 않을 때, 문학은 더 이상 '우리'의 세계를 재현하지 않는다"[3]는 박혜진의 말을 인용하며 "오늘날의 '나'는 '우리'로부터 분리되었

니힐리즘」, 『한국문예창작』 제7권 1호, 2008, 75－101쪽)라고 했다.
2) 신수정은 2010년대의 문학이 "끈질기게 자신의 현존을 주장하였으되 그것을 전달할 수단을 소유하지 못했던 '나'에게 '이름'을 부여함으로써 망각의 심연으로부터 타자를 구원하고 그것과 더불어 살아가는 문학의 윤리를 확보했다"(신수정, 「2000년대 소설에 나타나는 유령 화자의 의미」, 『한국문예창작』 제14권 제2호, 2015, 49－79쪽) 고 했다. 박인성 역시 "문학 속에서 환상이 우세해질수록 우리 앞의 리얼리티는 점점 더 비약적이며 부조리한 것이 되어 가고 있음을 적극적으로 받아들일 필요가 있다"면서 "'어쩌다보니 그렇게 되어 버린' 현실을 제대로 읽어 내기 위해 필요한 것은 오히려 단순하고 축자적인 이해"(박인성, 「어쩌면, 가장 솔직한 문학의 언어」, 『Littor』, 2021년 4/5호. 42쪽)라고 덧붙였다.
3) 박혜진, 「증언소설, 기록소설, 오토auto소설」, 『크릿터』 1호, 96~97쪽.

다"⁴⁾고 언급했다. 이렇게 '나'와 '너'사이의 기억을 담아낼 '우리'라는 무대
는 또 다시 해체의 과정을 겪게 되었다.

2000년대부터 지금까지, 한국문학의 주어가 '나'에서 '우리'로, 그리고
'우리'에서 '나'로 쉴 없이 이동하는 동안 묵묵히 무대를 지켜온 화자들이
있다. 역동적으로 변해가는 담론 속에서, 잊힘에 대한 두려움과 발화의 설
렘이라는 양가적인 감정을 받아들이며 시인들은 자신만의 자리에 서 있
었다. 그들의 목소리는 담론의 역사성을 덧입을 수밖에 없었지만, 담론에
포함되지 못하는 어떤 순간과 의미들을 통해 그들은 고유한 목소리의 결
을 가질 수 있었다. 그것이 바로 그들의 '오래된 미래'가 되었다. 이혜미 시
인 역시 당대의 한국문학이 요청하는 사유의 틀을 받아들이면서도 그것
으로 해석할 수 없는 무언가에 자신이 이끌리고 있음을 끊임없이 고백해
왔다. 그런 그녀의 내면에서 해석되지 않은 이야기의 일부는 때로 시간을
역행하는 방식으로, 즉 과거의 담론이 현재에 다시 읽혀 미래에 올 새로운
담론을 상상하게 만드는 방식으로 재현되기도 했다. 그녀가 지금 시를 통
해 재현하는 풍경들은 "사람은 홀로 있을 때 돌연 아름답지만 그 아름다움
은 곁에 있음이 잠재된 홀로임을 믿는다"⁵⁾는 과거의 진술을 현재의 맥락
으로 의미화해 지금 우리에게 필요한 새로운 '우리'를 형상화하는 방식으
로 나타나고 있다는 것이다.

지금의 한국문학은 '나'의 욕망과 현실의 언어들이 원활하게 오가는 통
로가 되지 못하고 있다. 그것은 앞서 언급했던 것처럼, '우리'라는 주어가
예전처럼 개인의 목소리를 담아내지 못하게 되었기 때문일 듯싶다. 이러
한 시기에 과거의 의미들로 얼어붙은 자신의 이야기들을 조금씩 녹이며,

---

4) 김요섭, 「이후의 사람들:한정현·황정은 소설과 다원화된 세계」, 『문학과사회 하이
    픈』 2019년 가을호, 149~150쪽.
5) 이혜미, 「시인의 말」, 『보라의 바깥』, 창비, 2011, 112~113쪽.

문학이라는 극장이 다시 새로운 우리들의 목소리로 가득하게 될 순간을 꿈꾸는 한 시인의 여정에 대해 조명해보고자 한다. 이 작업을 통해, 이 시대에 호명되지 못한 이들을 조심스럽게 불러낼 수 있는 하나의 대안적 관점을 찾아 나갈 수도 있을 것이다. 그녀는 누구보다 자신의 오래된 미래가 관객들 앞에서 재현될 때에야 비로소 의미를 갖게 된다고 믿고 있기 때문이다.

2. '인간 동물'적 상상력에서 식물의 상상력으로
—『보라의 바깥』(창비, 2011)

이혜미 시인의 첫 시집 『보라의 바깥』에서는 시인이 내면에 간직한 환상 세계의 조각들이 녹아내릴 때 에너지가 발산되는 방식, 그리고 그것들이 다시 얼어붙을 때 주변의 에너지를 거둬들이는 방식이 반복되고 변주되며 서사가 진행된다. 그리고 이러한 액체성의 서사는 지그문트 바우만이 언급한 '액체성'[6]을 떠올리게 한다. 근대 이전의 개인들은 자신이 속해 있는 시공간의 고체성, 즉 외부의 영향이라 할 수 있는 시간―역사의 변화에 둔감한 세계의 '껍질'에 보호를 받으며 그에 동화되었다. 하지만 이것이 부정되는 근대에 들어와 개인들은 시간―역사를 적극적으로 읽어내며 역동성을 갖게 되었다. 바우만은 이러한 근대인의 특성을 '액체성'이라고 명명했다. 그러나 과거에 비해 '녹여 없애야 할' 근대적 개념들(국가, 종교, 이념 등)의 의미가 축소된 현대에 와서, 이 액체적인 욕망은 '소비'의 욕망으로 변해갈 수밖에 없었다. 돈을 통해 우리는 국가나 집단의 테두리를 벗

---

6) 지그문트 바우만, 이일수 역, 『액체근대』, 도서출판 강, 2009.

어나 어디로든 흘러갈 수 있으므로, 경계를 넘으려는 욕망이 정치적인 차원에서 소비적 차원으로 넘어갔던 것이다. 그리고 이러한 소비적 욕망은 근대 시민들의 뜨거운 액체성과는 다른, 일시적이고 덧없으며 '단면적'인 유동성을 추구하기 시작했다. 바우만은 이런 감정을 공유하는 공동체를 '짐 보관소로서의 공동체'라고 명명하기도 했다. 2000년대에 주목받았던 많은 시인 중 이러한 '짐 보관소로서의 공동체'와 비슷한 맥락에 머물렀던 시인들이 있었다. 박상수는 당시의 시인들을 분석한 한 글7)에서 그들이 윤리와 미가 충돌하는 지점의 쾌락을 발견하고, 그것을 발화하는 순간에 발생하는 에너지로 자신의 시세계를 규정해나갔다고 언급한다. 하지만 이러한 방식은 특유의 역동성으로 인해 당대의 독자들에게 열광적인 지지를 받을 수는 있지만, 그러한 에너지를 끝없이 유지하기 위해 시인들은 과잉된 감정에 이끌려다니며 "자신의 활달하고 거침없는 상상력과 참신한 시적 재능을 상당 부분 탕진하게 될 위험"이 크다고 박상수는 덧붙인다. 그리고 그러한 상상력이 커갈수록 발화 주체는 사회·문화적 억압과 고립이라는 분노의 원인을 점점 잊게 된다. 한국문학이라는 극장에 찾아드는 관객들이 이러한 작품에 열광하는 당대적 분위기 속에서, 이혜미 역시 '인간 동물'로서 자신의 시적 에너지를 폭발시키는 작품들의 분위기에 일정 부분 영향을 받을 수밖에 없었을 것이다. 어떤 부분에서는 매혹되고, 다른 한편으로는 그런 과잉된 감정과 자기 자신의 간극에 대해 생각해볼 수밖에 없으며, 무엇보다 시인들의 모든 에너지가 고갈되었을 때 '닫힌 공동체'로서의 문학이라는 극장은 어떻게 될 것인가에 대해 고민했을 것이다.

너에게로 떠난다는 것은 한 바퀴 돌아와 다시 제자리에 쓰러진다

---

7) 박상수, 「인간동물」, 『귀족예절론』, 문예중앙, 2012, 276~286쪽.

제2부 세헤라자데의 얼음과 씨앗의 나날들—양진호 | 123

는 말, 도시의 행간에 몸을 누이면 성난 빌딩들이 서늘한 몸을 포개
왔네 누군가 키운 파산을 먹고 자라나는 도시, 한 칸 그림자를 엎질
러놓을 곳이 없어 우리는 흘러내리고 아무리 주사위를 던져도 도시
는 내 것이 아니었어 도시의 이름들은 생에서 꼭 투병해야 할 병명
일 뿐, 주사위의 수를 따라 앞다투어 자리를 바꾸던 별들이 유목의
좌표를 일러주었네

　이 밤을 구르던 거대한 주사위가 돌아오는 소리가 들려 흐르는
비와 혀를 섞다보면 어느새 당도해 있는 세계의 끝, 서울
　　　　　　　　　　　　　　　　　　　　　　—「빗속의 블루마블」 부분(68쪽)

　「빗속의 블루마블」은 2000년대 화자들의 '인간동물'적 상상력이 시작
되는 지점에 대해 비교적 구체적으로 서술하고 있는 작품이다. 보드게임
<블루마블>을 느와르 영화의 한 장면처럼 바꿔 표현한 이 작품에서는
'성난 빌딩들' '주사위(시장경제체제에서 개인에게 주어지는 가상적 기회)'
'파산과 같은 상징물들이 등장하고 있다. 시적화자가 호명하는 '너'는 "세
계의 끝"에 닿아야만 만날 수 있는 2인칭 대상이다. 그러므로 그녀가 자신
의 성장을 따스한 눈빛으로 지켜봐줄 '너'를 만나기 위해서는 "누군가
키운 파산"으로 자신이 소유한 도시를 키워내야 하고. 끊임없이 주사위를
던져 앞으로 나아가야 하는 가상 세계 속 자신의 위치를 진짜 현실로 여겨
야 하며, 그 공허한 반복을 '성숙의 과정'으로 여겨야만 한다. 그러나 "아
무리 주사위를 던져도 도시는 내 것이 아니었"기 때문에 절대로 '너'를 만
날 수 없고, 그때 허공에 떠 있는 별들이 알려준 곳으로 "유목"하기 시작한
그녀는 "흐르는 비와 혀를 섞"으며 "이 밤을 구르던 거대한 주사위가 돌아
오는 소리가 들"리는 위치에 도달할 수 있게 된다. 자신에게 무한한 기회
를 주는 것 같은 현실이 실제로는 한 명의 승자를 위해 다른 플레이어들을

파산시키기 위한 도구에 지나지 않는다는 것을 확인할 수 있는 그 초월적 시점은 우리가 현실이라고 부르는 그 공간을 벗어났을 때, 즉 '위반의 세계'로 흘러 들어갔을 때 비로소 획득하게 되는 시점이라는 것이다. 게임 속에서 고립감을 느꼈을 때 내면 깊은 곳에서 출렁이기 시작하는 감정은 그녀를 초월적 위치로 옮겨놓고, 거기서 그녀는 모든 것들을 신처럼 바라볼 수 있게 된다.

그런 초월적 에너지의 근원은 『보라의 바깥』에 수록된 다른 많은 작품에서 드러나는 것처럼 '얼음'이나 '눈'으로 표현된다. 세계에 대한 부정성이 얼어붙은 형태이기 때문에, 그것들은 내면 깊숙한 저장고에 숨겨져 있다. 그러나 파산에 대한 두려움과 병으로 인한 고통은 그녀를 뜨겁게 만들고, 그 도취감에 의해 얼음들이 녹아 그녀의 현실에 액체와 수증기 형태의 환상으로 쏟아지게 된다. 영어 단어 '플레이어'는 한 게임에 참여한 참여자를 뜻할 뿐만 아니라 '연기자'를 의미하기도 한다. 즉 「빗속의 블루마블」에서 시적화자는 다정한 '너'를 만나기 위해 한 게임에서 특정한 역할을 연기했지만, "비와 혀를 섞"는 과정을 통해 도달한 전혀 다른 게임 속에서 그녀는 이전과는 다른 '플레이어'가 되어 고통받는 자신을 초월자의 관점으로 지켜보게 되었다는 것이다. 그때 그녀는 더 이상 고통에 대한 두려움도, <블루마블>을 설계한 자에 대한 배신감도 느낄 필요가 없게 된다.

청록색의 여인, 우리의 여주인이시여, 어떤 바람이 나뭇가지 위에 올라앉은 당신의 가늘고 사랑스러운 발목을 낚아채줄 수 있을까요? 당신이 아직 궁 속에서 여린 뼈들을 진동하고 있을 때에도, 나는 두렵고 두려워 이 끊임없이 증발하는 위태로운 생조차 당신에게 바칠 수 없었습니다

한번 죽어 영원히 눈 뜬 나의 여신이여, 세상 어떤 어둠이 있어 가
여운 당신의 눈을 다시 감길 수 있겠습니까 자세를 고쳐앉아 식은
발자국을 껴안으려 해도 와닿지 않는 자취를 헤집는 일이 될 뿐입니
다 하나의 삶이 수많은 죽음들을 표절하듯이, 달이 태양을 오역하여
하나의 창조적 필사본이 되었듯이

—「청록색의 여인」 부분(48쪽)

「청록색의 여인」은 그런 시인의 분열된 의식을 보여주는 작품이라고
할 수 있다. 이혜미 시인이 「시인의 말」에서 언급한 것처럼, 그녀에게 있
어서 '아름다움'은 '아(我)다움'에서 비롯된다. 그러므로 시인의 환상 속에
서 그녀를 아름답게 만들어 주는 어떤 존재는 그 환상의 구심점 역할을 하
는 존재이며, 달리 말하면 현실에서와는 전혀 다른 위상을 지닌 초월자로
서의 그녀 자신이라고 할 수도 있겠다. 그러나 그런 "여주인"을 호명하는
그녀와 "여주인" 자체는 서로 분리되어 있으며, 어떤 도취 상태에 의해 내
면의 얼음 같은 부정적인 감정들이 녹아 내려야만 눈앞에 나타나는 환상
속에서 시적화자는 자신의 "여주인"과 만날 수 있게 된다. 그 증발의 과정
은 시적화자의 현실을 위태롭게 만든다. "내피가 뒤집혀 안이 바깥이 된다
면/인간의 몸은 우주를 담을 수 있"(「한 마리의 어둠」)겠지만, "어느 괄호
에도 속하지 못"(「표면장력」)하는 문장들은 그녀의 일상을 어느 순간 찢
어 놓을 것이기 때문이다. 「청록색의 여인」은 그렇게 '여신을 위해 희생하
는 소녀'와 '소녀의 희생을 통해 완성되어가는 여신'을 동시에 바라보는
또 다른 위치에서 서술되고 있는 작품이다. 시인은 현실에서 파산하거나
길을 잃을 수밖에 없는 자신을 구원하고자 여신을 불러내지만, 그 여신을
불러내는 과정에서 시인은 그것을 문학이라는 형식으로서 보존할 '괄호'
라는 현실이 자신의 언어를 감당할 수 없음을 느끼고 있다. 여신과 소녀와

기록자의 위치. 그 사이에서 모든 것들을 위태롭게 연결해주는 "창조적 필사본"들을 지켜보며, 시인은 자신의 여정에 대한 두려움을 표현하는 동시에 자신이 완전히 증발되지 않기 위해 세 개의 차원을 모두 지켜볼 것이라는 의지를 드러내기도 한다.

> 코끼리와 나는 팔걸이가 있는 의자에 나란히 앉아 온몸의 뼈가 삐걱거리도록 뒤척였다 그것은 거의 음악이 될 뻔한 독백들이었지만, 무언가를 잃어버렸다는 것조차 잊어버렸다는 것을 기억해내고 팔걸이, 팔걸이, 되뇌다 보면 옆구리에 끼어 앉은 코끼리가 미치도록 어색해졌다 의자에서 벗어나려 몸을 꾸물거리는데 움직일수록 코끼리의 어깨가, 엉덩이가, 혈관들이 내 속으로 흘러들어왔다 팔걸이가 제 문을 닫아걸고 있었다.
>
> ─「팔걸이가 있는 의자」 부분(78쪽)

> 살얼음 낀 눈으로, 겨울은 창 너머 순하게 낡아가는 구름들을 채록하는 중입니다 발자국들이 자신이 가진 지평선을 가만히 들었다가 흩트리는 지금, 냉해 입은 식물의 어두운 뿌리가 되어 문장들 속으로 저물어가고 싶습니다 파충의 보호색처럼 온몸으로 자신을 부정하는 일을 우리는 평생에 걸쳐 연습해야 할 테니까요 다만 잊혀지지 않기 위해, 오래도록 흐르고 또 얼어야 합니다
>
> ─「얼음편지」 부분(10~11쪽)

그녀를 두렵게 만드는 또 다른 응시자는 '관객'이다. 시인은 자신의 이야기를 듣는 관객들로 인해 '나다움'의 세계를 잃지 않을 수 있지만, 그들에게 이야기를 들려주는 동안 관객들이 기대하는 방식으로 자신의 상상력을 조형할 수밖에 없다. 관객들이 원하는 만큼의 과잉된 감정과 감각으로 자신의 시를 빚어내 그들이 거기에 앉아 이야기를 즐길 수 있게 해주어

야 한다는 것이다. 이 작품에서도 화자는 분열된 두 명의 자신을 바라보며 이야기를 진행하고 있는데, 여기서 화자는 '의자'와 '나'로 나뉘어 있다. 화자는 공연이 계속되어 극장이 사라지지 않기를 바라기 때문에 "삐걱거림"으로 표현되는 코끼리의 불편함이 신경 쓰일 수밖에 없다. 코끼리가 원했던 "명쾌하게 벌어진 여자의 두 무릎처럼 스스로를 탐닉하는 그런 팔걸이를" 가진 의자가 아니었기 때문에, 화자는 코끼리의 심기를 건드릴까 봐 계속 그 불쾌한 소음에 신경을 쓰고 있다. 그러다 결국 화자는 코끼리에 대한 것은 잊은 채 오직 의자의 삐걱거림에 대한 불쾌감으로 몸서리치기 시작한다. 동물과 자신을 구분해줄 "팔걸이"에 대한 의식이 '삐걱거림'에 대한 강박 때문에 머릿속에서 지워져 버린 것이다. 그렇게 "무언가를 잃어버렸다는 것조차 잊어버"린 화자의 감정과 감각은 점점 옆구리에 끼어 앉은 코끼리와 비슷해지고, 결국 코끼리와 한 몸이 된 화자는 의자에서 벗어나지도 못하게 된다. 그때 이 극장에는 '나다움'의 이야기도 없고, 그것을 이야기하던 시인도 없다. 오직 코끼리와, 그의 몸을 지탱하지 못하는 의자만 남아 있을 뿐이다. 이처럼 관객의 비대해진 감각과 감정은 극장 자체의 성격을 바꿔버릴 수도 있으며, 나아가 시인의 내면까지 바꿔버릴 수 있다. 그러므로 시인은 자신의 '얼음'과 같은 위반의 감각과 감정을 녹이는 기술뿐만 아니라, 그것을 다시 얼릴 수 있는 기술도 갖고 있어야 한다. 춥고 건조해진 극장에 관객이 잠시 찾아오지 않게 되더라도 시인은 극장 안에 감도는 과잉된 감정을 회수해야 한다는 것이다. 「얼음편지」는 그런 시인의 의지가 '식물성'을 통해 표현되는 작품이다. 허윤진이 해설에서 언급한 것처럼, 시인은 다른 작품(「초경(初鏡)」)에서 "근원의 중력을 거부하고 정착을 거부하며 유영하고자"[8] 하는 자신의 페르소나로서 "뿌리가 없고 하반

---

8) 허윤진, 「여름의 사랑─이혜미 시집 해설」, 『보라의 바깥』, 2011, 106쪽.

신이 없는 여성"을 등장시킨다. 관객들이 원하는 화자는 뜨거운 액체적 상상력을 통해 환상의 세계를 유영할 수 있어야 하기 때문이다. 하지만 「얼음편지」에서는 "낡아가는 구름들을 채록"하고 "자신이 가진 지평선을 가만히 들었다 흩트리는" 발자국들을 바라보며 "문장들 속으로" 어두운 뿌리를 내리는 화자가 등장할 뿐이다. 자신의 환상에 가득 찬 습기들을 빨아들이며, 죽어 있는 문장에 정착한 채 "냉해"를 견디며 굳어간다는 것이다. 미래의 관객들이 그녀를 '동물'로서 호출하는 게 아니라, 세상으로부터 잊힌 자들 중 한 사람으로서 불러주기를 바라기 때문이다. 그렇게 이혜미 시인은 첫 시집에서, 지금 여기에 없는 관객들을 위해 얼어붙고 녹기를 반복하며 "온몸으로 자신을 부정하는" 고통스러운 연습을 하고 있다. 이를 통해 그녀는 '이야기하는 자'로서 살아남아 자신이 상상하는 극장의 형태를 고스란히 내면에 간직한 채 겨울잠에 들고 있다.

3. 재료의 상상력과 씨앗들이 품은 충동들
—『뜻밖의 바닐라』(문학과지성, 2016)

『뜻밖의 바닐라』는 첫 시집이 발간된 후 5년이 지난 시점에 출간되었다. 시인의 극장에서 광기 어린 목소리를 기대했던 이들은 떠났고, 이제 "사라져 더욱 선명해지는 빛"(「도착하는 빛」)과 "얇고 허망한 직물을 엮어 속옷을 짓던 손"(「노팬티」)을 함께 바라볼 관객만 남았다. 이런 관객들은 "진정한 간구"(「바난Banan」)나 "찢긴 옷자국을 이끌며 걷는/무른 발자국"(「잠든 물」)을 통해 자신이 잃어버린 시간과 존재의 의미에 대한 회한을 어렴풋하게 드러내지만, 적극적으로 목소리를 내거나 강렬한 감정을 표현하지는 않는다. 즉, 그들은 현실에 속한 이들에게 자신의 말을 구체적으로 전할 수 없는 '유령'을 떠올리게 한다. 앞서 잠시 인용하기도 했지만, 신수정은 2000년대 후반에서 2010년대 초반의 문학적 화자 중 일부가 유령으로 등장하는 점에 주목한 바 있다.9) 윤성희와 황정은의 작품 속 화자에 대해 분석하며, "윤성희의 소설은 재현불가능한 애도를 드러내기 위한 스타일 상의 고심의 산물", "황정은의 유령 서사는 (중략) 상징적 언어를 소유하고 있지 못한 익명적 존재들에게 '이름'을 부여하고 그들의 이야기에 귀를 기울이고자 하는 노력"이라고 언급한다. 그리고 여기에 "윤성희와 황정은의 소설에서는 억압된 것의 귀환(원한)이라는 감정을 찾아볼 수 없다"고 덧붙인다. 용산 참사와 같은 시대적 아픔을 겪으며 지난 시대의 외상적 목소리에는 인간의 감정이 덧입혀지고, 이를 통해 우리 문학은 이름 없이 사라진 이들을 호명할 수 있게 되었다는 것이다. 2016년도의 이혜미 역시 시차적으로 그들의 목소리를 소환하고, 오래전에 사회·문화적 억압과 고립감에 의해 내면에 생성되었던 액체성의 언어들을 새로운 방식으로 가공할 '재료의 상상력'으로 유령의 목소리를 빚어내기 시작했다고 할 수 있다. 2000년대의 파산(사회와 개인의 관계)도, 2010년대 초반의 애도도 아직 진행 중인 상태이므로, 그녀는 이 두 개의 시간을 하나의 시간에 불러내어 새로운 방식으로 조합해 미지의 의미들을 산출해내려 했다는 것이다.

> 발끝을 힘껏 들고 높은 곳을 더듬어 충분히 붉은 것들을 맛보았
> 어. 입가를 온통 물들인 채 한 쌍의 유두가 된 기분으로.//언니, 우린
> 분명 교묘히 어긋난 한 사람일 거야. 딸기의 어수선한 초록 왕관을

---

9) 신수정, 「2000년대 소설에 나타나는 유령 화자의 의미」, 『한국문예창작』 제14권 제2호, 2015, 49−79쪽

쓰고 이불 속에서 첫 몽정을 말하던 아침. 땀구멍마다 질긴 씨를 하나씩 슬어놓으며 우리는 함부로 은밀해지고 조금씩 말랑해졌지. 반투명 젤리 속 일렁이는 둘만의 왕국에서.//(중략)//손가락 사이로 달고 끈적한 것들이 흘러내릴 때, 감춰야 할 것이 늘어버린 마음으로. 한 개의 입술이 더 있었다면, 한 쌍의 얇은 점막이 더 있었다면, 뒤섞이며 짙어지는 맛들에 대해 함께 이야기할 수 있었을 텐데.

—「딸기잼이 있던 찬장」 부분(22~23쪽)

그 희고 연약한 윤곽을 망쳐놓으며/너는 없는 아름다움을 말했다/무심히 손을 휘저으며/미음과 리을 받침에 대해 이야기했지//나는 알곡처럼 선연하다 분명하여 부서지는 것들에 대해/같은 크기의 입자가 되어가는 것들에 대해//왜 부서져 떠돌다 싫은 덩어리로 마무리되는 것일까//입으로 불어도 손으로 쓸어도 자국을 남기던 눈송이들/얼어붙은 잔설이 회색으로 얼룩진 그 창가에서//흰 가루라면 무엇이든 슬프던 계절이 지나간다//눈처럼 녹아 사라질 줄 알았는데/끈질기게 혀에 붙어 끈적이는/더럽고 슬프고 무거운

—「밀가루의 맛」 부분(32~33쪽)

그녀의 레시피 북에는 '액체'와 '씨앗·입자'의 배합이 자주 등장한다. 입자가 섞이면 액체의 유동성은 '끈적거림'으로 바뀌고, 액체 속의 입자가 더 많아지면 밀도가 생기면서 특정한 모양으로 가공할 수 있을 정도로 물성이 변한다. 이때 입자 혹은 씨앗은 어떤 '응시'를 떠올리게 하는데, "적당한 점도의 안구"(「뜻밖의 바닐라」) "병의 무늬로 우리는 서로를 구분한다"(「풀비스」) 등에서 확인할 수 있는 것처럼 그녀의 환상을 바라보는, 그래서 그녀의 환상을 현존하게 하는 응시들이라고 할 수 있다. 이것은 그녀의 극장에 찾아왔던 과거 관객들의 응시와 비슷한 역할을 한다고 할 수도 있겠지만, 씨앗과 입자들은 그 응시의 주체로부터 떨어져나온 '사물'이 되

었으므로 예전처럼 응시의 대상을 두렵게 만들 수 없다. 그래서 시인은 그 입자·씨앗들을 통해 내면의 액체성을 예전과는 다른 새로운 환상들로 조형할 수 있게 되었다는 것이다. 또한 씨앗과 액체가 이루는 풍경들 사이에 배치된 다양한 식물성의 시들을 통해, 이 입자·씨앗들이 뿌리로 정착하고 가지에 열매를 맺으며 "이국의 이름들"(「뜻밖의 바닐라」)과 같은 새로운 의미들을 만들어낼 '다음 세대의 독자들'의 응시가 될 수도 있음을 짐작할 수 있다. 그런 씨앗·입자들을 휘저으면 액체는 달콤한 딸기잼이 되기도 하고, "미음과 리을 받침"으로 발음되는 밀가루 반죽이 되기도 한다. 정성스럽게 준비한 식탁에는 "교묘히 어긋난 한 사람"인 "언니"와 "없는 아름다움을 말"하는 "너"가 조심스럽게 자리한다. 그들은 자신의 목소리를 전할수는 있지만, "한 쌍의 얇은 점막"이 없는 시인의 눈에 보이지는 않는다. 그래서 시인은 이불에 "몽정"을 하고 "무심히 손을 휘저으며" 타자의 형상을 구체화하려고 한다. 그러나 시인이 그것을 붙잡으려고 하면 할수록 타자는 "손가락 사이"로 "흘러내리"고, "부서져 떠돌다 싫은 덩어리로 마무리되"곤 한다. 그것은 그들은 자신이 세계에 다시 호명되기를 원하지만, 어긋난 이름으로 호명되기를 바라지는 않기 때문일 것이다. 남아 있는 이들의 기억 속에서 지워지는 것도, 그리고 자기 자신의 것이 아닌 이름으로 불리는 것도 원치 않는 그들은 시인이 마련한 식탁에 앉아 "더럽고 슬프고 무거운" 2인칭 대상의 감정을 투명한 손으로 쓰다듬을 뿐이다.

각주가 많은 몸은 슬프지./죽으면 생전의 멍들이 피부 위로 떠오른다는 이야기처럼.//물줄기가 회오리친다. 무릎이 흙에 젖는다. 반짝이는 이파리를 늘어뜨린 나뭇가지들.//뿌리마다 작은 하이힐을 신은 잔디들이 수군거린다. 검게 물들며 나무는 낮아진다. 턱밑까지 흙에 잠기며. 귀걸이와 목걸이와 팔찌를 풀어 내버린다. 구두가 벗

겨지고 푸르게 지워지는 맨발.//나무가 빠져든 자리를 멍의 뿌리라
고 불러도 될까. 정원이 온통 푸른 멍으로 뒤덮일 때까지 스프링클
러는 돌아가고.

—「스프링클러」 부분(102쪽)

포도를 물고 웅크려 누운 밤. 꿈 밖으로 검은 액체들 흘러넘쳐 물
렁한 살을 벗고 땅속으로 깊이 가라앉는다. 씹지 않고 삼켰던 씨앗
들이 뼛속 가득 뿌리내려 혈관이 잔뿌리로 뒤덮이는데. 뿌리는 길고
가늘게 엮어드는 식물의 퀼트. 나무를 이해하고 뼈를 껴안으면 겉이
사라지고 몸이 여러 방향으로 녹아든다. 말랑한 것을 사랑해. 사이
에서 맥없이 뭉개지는 것들을. 너의 뼈를 사랑할 수 있을까. 다친 무
릎 사이로 하얗게 비어져 나온 수피. 씨앗은 나무의 후생이 아니라
잃어버렸던 애초의 조각이라고. 포도씨가 뿌리 속으로 서서히 흘러
들 때, 마지막 남은 퍼즐을 맞추며 나무는 완성된다. 죽은 울타리에
서 초록이 배어 나오듯 끊임없이 번져가는 얼굴들이 있음을 알아.
새로이 우거지는 숲이 있음을 알아. 포도나무 넝쿨을 내뻗으며 우리
는 키스하지. 서로의 몸속에서 작고 단단한 씨앗 하나를 찾아 오래
오래 녹여 먹으려.

—「지워지는 씨앗」 전문(113쪽)

『보라의 바깥』에서 시인은 과잉된 감정들을 환상 속에서 걷어내기 위
해 '얼어붙는' 방식을 선택했다. 끝없이 확장되는 의미들을 빨아들이며 낡
아 가거나 죽어 가는 문장들 사이에 유순한 식물로서 뿌리를 내렸다. 『뜻
밖의 바닐라』에서도 시인은 유령들에게 어긋난 이름을 붙이게 만드는 씨
앗과 입자들의 상상력을 거둬들이기 위해 바닥에 뿌리를 내리고 그 아래
에 매장된 차가운 감정들에 발을 뻗는다. 그러나 시인의 얼어붙었던 감정
들은 이미 예전에 한 번 그랬던 것처럼 녹아내리기 시작했고, "반짝이는
이파리를 늘어뜨린 나뭇가지들"과 "뿌리마다 작은 하이힐을 신은 잔디들"

위에 검은 물로 쏟아진다. 이혜미의 세계에서 '아름다움'이 '나다움'이라고 한다면, 「스프링클러」에서의 나무들과 잔디들은 '나'(그리고 '나'가 기억하는 '너')를 잘못된 방식으로 정의했기 때문에 내면 깊숙한 곳에 있던 다른 기억들에 의해 다시 매장되는 운명을 맞게 된 시인 자신이라고 할 수 있다. 대지를 뒤덮은 그 액체들은 바로 사라진 이들을 "반짝이는" 이름으로 명명하는 동안 환상의 밑바닥에서 출렁거렸던 애도의 감정, 즉 시인의 진짜 '나다움'의 목소리이기 때문이다. 하지만 그 목소리는 나무와 잔디를 소멸시킨 뒤에도 멈추지 않는다. 「지워지는 씨앗」의 포도 알갱이는 「스프링클러」에서 나무가 빠져든 구멍을 떠올리게 한다. 이 시에서 시적 화자는 "포도를 물고 웅크려 누운 밤"에 "꿈 밖으로 검은 액체들"이 "흘러 넘"치는 광경을 바라보게 되었기 때문이다. 2000년대 시의 많은 화자들이 그랬던 것처럼, "반짝이는" 세계를 소멸시키는 상상력을 음미할 때 시인은 달콤함을 느낀다. 이때 포도에 담긴 씨앗은 앞서 언급한 「딸기잼이 있는 찬장」과 같은 작품에서 등장했던 씨앗처럼 어떤 세계의 '잠재성'을 의미하는데, 두 개의 시간을 하나로 조합해 미지의 시간을 창조해낼 때 재료로 사용했던 씨앗들과는 정반대로 포도는 그 세계를 소멸시킬 액체성의 잠재력을 지니고 있다. 비록 그것이 잘못된 명명 행위의 주체인 자신을 무화(無化)하려는 시도에서 기인한 것이지만, 씨앗에서 흘러나온 액체는 시인이 조심스럽게 불러냈던 애도의 감정에 흘러들어 그것을 다시 '억압된 것의 귀환(원한)'으로 되돌려놓고 만다. "나무를 이해하고 뼈를 껴안으면 겉이 사라지고 몸이 여러 방향으로 녹아든다"는 서술처럼, 포도 씨에서 흘러나온 액체는 환상 속에 위태롭게 서 있는 시인의 기억에 파고들어 그것을 해체하며 자신이 그녀의 "잃어버렸던 애초의 조각"이라고 속삭인다. 이렇게 시인의 과거에까지 손을 뻗은 액체성은 시인 그 자체가 되며, 거기에 그치지 않고 "포도나무 넝쿨을 내뻗으며" 시인의 극장에 찾아올 관객에게로 증식할 준비까지 하게 된다. 하지만 이와 같은 풍경은 "너의 뼈를 사랑할 수 있을까" "죽은 울타리에서 초록이 배어 나오듯 끊임없이 번져가는 얼굴들이 있음을 알아"와 같은 문장을 통해, 아직 실현되지 않은 가정된 미래일 수도 있을 것이라는 짐작을 가능하게 한다.

이혜미 시인은 『뜻밖의 바닐라』에서 '오래된 기억'에 대한 새로운 이야기들을 기다리고 있을 관객들의 '응시'에 대한 상상력을 매개로 해 2000년대의 액체성과 2010년대의 애도를 중첩시켰다. 그리고 그 배합 속에서 '유령의 시간', 즉 우리가 기억해야 할 잊힌 사람들의 시간을 산출해내려고 했다. 이 과정에서 "교묘히 어긋난 한 사람"인 "언니"와 "없는 아름다움을 말"하는 "너"와 같은 타자들을 자신의 식탁으로 초대할 수 있었지만, 그들을 어긋난 이름으로 부르게 될지도 모른다는 죄책감으로 인해 그녀는 스스로 자신의 명명 행위가 만들어내는 풍경을 지우고자 내면 깊숙한 곳에 얼어 있던 억압된 감정들을 녹여 흩뿌렸다. '요리'의 기억과 '삭제'의 기억 중 어느 쪽에 시인의 마음이 더 기울어져 있을지 알 수 없지만, 이 두 세계는 시인의 극장에서 번갈아 상영되며 어떤 방식으로든 관객과 '유령들'이 만나는 지점을 만들어낸다. 그리고 '동시상영'될 수 없을 것 같은 이 기억들은 그녀의 다음 시집에서 독특한 방식으로 하나의 시간을 공유하며 그녀와 관객들 앞에 재현된다.

4. 최선을 다해 구워내는 2차원
─『빛의 자격을 얻어』(문학과지성, 2021),
『흉터쿠키』(현대문학, 2022)

이혜미의 『빛의 자격을 얻어』와 『흉터쿠키』에서는 '과거' '현재' '미래'가 단독적으로 재현되지 않는 풍경들이 자주 나타난다. 그것은 시인이 "몇 번을 다시 태어나고서야/완성되는 장면들이 있"(「우리는 아마도 이런 산책을」)고, "감싸 쥔 자리가 얼룩으로 깜빡이면/불가능에 대해 생각"(「순간의 모서리」)할 줄 알게 되었으며, 그런 불완전한 시간들과 마주할 때 "어리석음은 매번 꿈으로부터 우리를 구출해내는군요."(「도넛 구멍 속의 잠」)라며 그 시간의 구멍들을 자연스럽게 바라볼 수 있게 되었기 때문이 아닐까. 앞선 시집들에서 그녀는 만들어진 세계의 한계와 일시적 소통의 기억 불가능성에 대해 이야기했지만, 2차원 공간 안에 과거·현재·미래로 동시에 열려 있는 무수한 구멍이 있다면 그녀의 세계는 하나의 고정된 이미지로 얼어붙지 않으면서도 과잉되지 않을 만큼 적당하게 부풀어 오르며 다차원적인 재현성을 가능하게 하는 공간이 될 수도 있을 것이기 때문이다. 이 구멍은 식별 불가능한 것과 결정 불가능한 것 사이를 바라보는 주체의 존재의 궤적이 통과pass할 수 있도록 만들어주는 존재의 난국impasse[10]과 같은 역할을 할 수도 있을 것이다.

프레드릭 제임슨은 한 주체가 특정한 역사적 시기(과거 혹은 미래)에 대해 문학적으로 표현하는 방식에 대해 '현재에 대한 향수'라고 명명한 바 있다.[11] 그는 필립 K. 딕의 작품과 같은 SF 소설에서 "역사성은 과거에 대

---

10) 알랭 바디우, 조형준 역, 『존재와 사건』, 새물결, 678~679쪽.
11) 프레드릭 제임슨, 임경규 역, 『포스트모더니즘, 혹은 후기자본주의 문화 논리』, 515~545쪽.

한 재현이나 미래에 대한 재현도 아니"고 "역사로서의 현재에 대한 인식으로 정의"되므로, 그것은 "현재와의 관계로서, 어떤 식으로든 현재를 낯설게 하고 우리에게 직접성으로부터의 거리를 허락하는데, 그 거리가 결국 역사적 관점이라 규정되는 것"이라고 했다. 즉, 작가는 역사적 현재로의 귀환을 결정하기 위해 미래에 대한 비전을 동원하고, 동시에 새로운 알레고리적인 방식으로 과거 혹은 과거의 특정 시점에 대한 비전을 동원한다는 것이다. 그리고 이를 통해 작가는 자신들의 알레고리적 복잡성 속에서 그것의 종말과 이제 다른 무언가를 위한 새로운 공간이 열렸음을 표시할 수 있다. 이혜미의 『빛의 자격을 얻어』와 『흉터쿠키』에서 나타나는 과거 혹은 미래의 풍경들 역시 이러한 '현재에 대한 향수'로서 재현되며, 그것은 하나의 풍경 속에 나란히 놓인 채 자신들의 결핍 지점인 '구멍'들을 통해 그것을 바라보는 시인과 독자들의 응시와 '시간'을 하나로 엮어낸다.

어긋나는 노래와 부풀어 오르는 말들뿐이구나. 우리는 지금 따뜻하게 구워지는 괄호 안일까. 엮이다 무너지는 잠시의 그물 곁일까. 그럴 때 시간은 달콤한 매듭들로 이루어진 한 덩어리의 식빵이 되었지. 각주가 더 아름다워 실패한 연구서처럼.

흰빛을 생각하면 목이 메고. 이어지는 어스름 속에서 끈적한 거미줄이 목구멍에 드리우고. 단맛의 내부가 될 때 순간은 줄 끊어진 기타 같고 새벽은 발효가 덜 된 영원 같아. 얇게 찢어지는 밤의 맛. 시간이 새벽 쪽으로 무너지는 맛. 빛으로 고르게 절여진 밤을 물고 세계의 반대편을 향해 누울 때.
　―「밤식빵의 저녁」 부분(『빛의 자격을 얻어』 16쪽)

얼굴을 굴리며 나아갔다. 생각이 침묵으로 부풀린 풍선이라면 머릿속을 따스한 공기로만 채울 수 있었겠지. 걸음마다 행성의 이름을 붙여볼 수도 있었을 거야. 소식들은 미지의 궤도를 오가는 작은 우주선 같았으니까.

　어디서 이렇게 얼룩진 마음을 모아왔냐고 묻지 않았어. 한쪽이 더 크고 무거워야 눈사람은 완성되는 거잖아. 동그라미는 구르며 커져간다. 서로 다른 궤도를 맴도는 중얼거림으로.
　　　　　　　　　　　　　　　　　　　　―「ㅇㅇ」부분(『흉터 쿠키』 39쪽)

『빛의 자격을 얻어』와 『흉터쿠키』에서는 문장과 문장 사이가 쉼표보다 마침표로 구분되는 경우가 많다. 이전 시집의 환상 속에는 주체가 직접 맺어놓은 매듭이 아니라 응시의 누빔점들만 존재했다. 자신을 지켜보는 이들의 눈빛을 의식하며, 환상의 어느 지점에서 멈춰야 할지에 대해 쉽게 결정하지 못하는 시인은 쉼표를 통해 자신의 '삭흔(주저흔)'을 드러냈었다. 하지만 그 응시의 촘촘한 그물망에 난 구멍을 편안하게 여기기 시작한 시인은 그것을 문장과 문장 사이에서 자신이 멈춰야 할 지점들로 여기기 시작한다. 시간의 구멍이면서 정류장이기도 한 그곳들에서 멈춰설 수 있게 되었을 때 시인이 불완전하다고 여겼던 풍경들, 그리고 그것을 담아내는 존재의 "괄호들"은 "따듯하게 구워"지기 시작한다. 이제 그녀는 환상이 무너지는 순간을 두려워하지 않는다. 시간의 선형성에 구속받지 않는 주체의 시선은 "달콤한 매듭"이 되어 과거·현재·미래를 묶어내고, 그 나란히 놓인 풍경들을 발효시키기 때문이다. 또한 시인은 멈춤의 기호인 마침표 안을 무엇으로도 채우지 않고 "침묵으로 부풀린 풍선"으로 만든 채 시간에 잠시 묶어두었기 때문에, 그것을 특정한 생각들의 지워지지 않는 고정점으로 여기지도 않는다. 즉, 그녀는 자신의 마침표를 언제든 "미지의 궤도를 오가는 작은 우주선"으로서 지금 여기에서 떠날 수 있는 무엇인가로 고안해내었다는 것이다. 그런 그녀의 마침표는 시인이 기억해내야 했을 지난 시기의 '유령들'뿐만 아니라, 그녀가 첫 시집의 「시인의 말」에서 언급했던 "운동장 구석 자기가 만든 모래무덤 안에 웅크리고 있던 작고 더러운 아이"를 향해 언제든 떠날 수 있는 '현재에 대한 향수'의 도구이기도 하다.

.
*
기억해.
눈동자가 얼굴보다 커지던 세계를.

갑판이 깨진 배 위에 서 있었지.
숨을 쉬면 빛이 뿜어져 나오던 밤.
기우는 바닥과 물줄기들.

휘어지는 구름과
여름.

눈의 혈관마다 안개를 엮어 먼 표정을 얻고
빛의 다발을 휘날리며 손의 뒷면을 탐했어.
시선을 아무 곳에서 꽂아대며 밤을 패배로 이끌었지.

바다는 차곡차곡 접히고 있어.
두렵고 더럽고 다행인 촉감으로.
눈을 감으면 흔들리는 등잔 속 빛.

혀를 어디에 두었더라, 어지러운 머리를 마주 대면
깨어진 물비늘이 가득한 만화경 속이었지.

⁑

가까운 미소와
귀 뒤의 공포.

⁑

달이 녹아 발밑의 진창이 된다면.
손가락이 너무 많군요. 속눈썹이 쓸모없이 길군요.
눈빛은 비늘을 빼앗긴 물고기처럼 깊은 감옥을 헤맨다.

상하고 썩는 말과 마음.
열쇠이자
덫인.

모두가 무서운 비밀을 숨긴 채 새로 돋은 파도 위를 걷는구나.
찢어진 깃털을 회오리에게 내어준 채.

*

．

―「난파선 위를 걷는」 전문(『빛의 자격을 얻어』 101~103쪽)

　『빛의 자격을 얻어』와 『흉터쿠키』에서는 2차원적 공간을 다층적 공간
으로 만드는 다양한 기호들이 활용된다. 시간과 그 바깥, 언어적 표현과
비언어적 표현을 하나의 공간에서 동기화시키는 이러한 기호는 정신분석
가 사이토 타마키가 언급한 '만부'[12]를 떠올리게 한다.

---

12) 사이토 타마키, 이정민 옮김, 『캐릭터의 정신분석』, 에디투스, 2021, 116쪽.

[니노미아 토모코 <노다메 칸타빌레>(고단샤 코믹스 제1권 74페이지)에서]

그는 만화에 담긴 복합적 감각에 대해 설명할 때'만부(만화 기호)'의 특성에 대해 언급했다. "①곤두선 머리'나 '흰 눈' 등의 기호 / ②얼굴에 나란히 그어진 '세로선'이 있는 층. ③캐릭터의 격렬한 분노를 나타내는 번개같은 배경 효과 / ④대사가 놓여 있는 층"이라는 다양한 만화 기호들은 거의 동일한 의미나 감정을 상호 보강하면서 겹쳐져 있다. 그는 이러한 표현방식이 이뤄지는 공간을 '유니즌적 공간'이라고 했으며, 이곳에서는 모든 코드가 일정한 감정가를 가지게 되므로 메시지와 메타 메시지가 늘 통합되며 단일한 의미를 전달하게 되면서 서로 다른 층위의 감각들이 단일한 메시지를 복합성의 상태로 나타낸다고 했다. 또 그는 작가가 그것들을 동기화시킴으로써 표현에 일정한 리얼리티를 부여하고 동시에 장면의 의미를 독자와 확실히 공유할 수 있게 된다고 했다.

『빛의 자격을 언어』와 『흉터쿠키』에서 활용되는 다양한 기호들도 그녀의 시적 공간에서 감정과 감정 바깥, 언어와 그 바깥의 유니즌적 동기화를 이뤄내는 도구 역할을 한다. 「난파선 위를 걷는」에서 "."과 "*"이라는 기호는 "기억"이라는 단어 위에 포개지며 그것을 가볍게 누르고, 다음 연에 등장하는 "갑판이 깨진 배"의 이미지는 그 기호들의 포개짐이 "기억"의 내부에 발생한(발생하는 중인) 압력의 원인이 되고 있음을 보여준다. 시인은 마침표를 통해 시공간에 대한 자신만의 감각을 회복했지만, 그것이 특정한 형태로 얼어붙는 순간 그녀의 시 속 환상의 작용이 멈추기 때문에 다양한 방식으로 변형된다. 그리고 때로 그것은 이전보다 훨씬 불안정한 상태로 재현되기도 한다는 것이다. 그래서 그 감각에 닿은 기억들은 「밤식빵의 저녁」에서처럼 안정적으로 부풀지만은 않고, 때로 "기우는 바닥과 물줄기들""눈의 혈관"들처럼 존재의 균열을 드러내기도 한다. 하지만 "바다는 차곡차곡 접"힌다는 표현, 그리고 "깨어진 물비늘이 가득한 만화경"이라는 표현을 통해 그것이 단순히 파괴나 불안과 같은 단일한 감정을 재현하는 것이 아니라는 것을 독자들은 알 수 있다. "빛"의 왜상으로서의 "밤", "밤"의 왜상으로서의 "깃털", "깃털"의 왜상으로서의 '나'는 "무서운 비밀을 숨긴 채 새로 돋은 파도 위"에서 ▓으로도 재현되고 ▓으로도 재현되며 '현재'라는 시인의 감각에 일정한 리얼리티를 부여하고 동시에 장면의 의미를 독자와 확실히 공유할 수 있게 만들어준다는 것이다. 끝없이 하강하지도 않고, 끝없이 뭉치지도 않는 "*"이라는 기호는 "빛"의 다른 표현 방식으로서, 그것을 "빛"이라고 명명하지 않아도 그 구체적인 질감을 느낄 수 있는 '만부'를 닮은 기호라고 할 수 있다. 이러한 표현 방식을 통해 시인은 독자(그리고 유령)와의 어긋난 소통으로 인해 발생할 이중구속의 상태에서 벗어날 수 있으며, 동시에 과거·현재·미래가 하나의 공간에 겹쳐진 시적 공간의 다층성이 이를 통해서 표현되기도 한다. 시인이 자신의 현재를 역사나 담론의 방식이 아니라 현재의 방식으로, 자신과 독자와 유령들의 방식으로 사유할 수 있는 것은 바로 이러한 조건 안에서이다.

> 영혼을 이불처럼 걷어 툭툭 털고 볕에 내어 말릴 수 있겠니, 주먹을 쥐었다 펴면 우수수 쏟아지는 부스러기들을 모아 기억만으로 몸을 넘어설 수 있겠니, 문구점 앞 새빨간 슬러시를 훔쳐 도망가다 컵을 엎지를 때, 화단의 튤립을 뽑고 막대사탕을 심을 때, 깨어진 구슬들이 웅성웅성 귓가에 부딪힐 때, 입가를 온통 바스러진 단것들로 장식하며, 최선을 다해 망쳐버릴 거야, 손톱을 물어뜯으며 사정없이 못생겨질 거야, 너와 나 이후를 견딜 수 없을 때까지, 사소한 믿음에 남은 생을 걸고, 팔다리를 아무렇게나 휘저으며, 드넓어지며, 옛 이불들이 켜켜이 쌓인 옷장 속에 숨어들어, 납작해져야지, 조금씩 흩어지다 흔적으로만 남아야지, 배게 속에 감춰둔 나쁜 낙서들을 베어 먹으며, 이빨이 모조리 새까맣게 변하기를 기다려야지, 부서진 빛의 조각들이 입술의 위성처럼 떠돌던 여름에
> ─「침대에서 후렌치파이」부분 (『흉터 쿠키』16쪽)

「침대에서 후렌치파이」에서 등장하는 과거의 기호들이 단순히 과거의 특정한 정서를 재현하는 게 아니라 그 기억의 숨겨져 있던 측면들을 드러내는 것도 "*"의 작동 원리와 유사하다. 시인이 과거의 다정했던 기표들을 소환해 곱게 부수며 "최선을 다해 망쳐버릴 거야"라고 하면서도 그 가루들이 "부서진 빛의 조각들이 입술의 위성처럼 떠돌"아 다닌다고 덧붙일 수 있는 것은 그것이 과거 혹은 '오래된 미래'의 기억들을 자신이 현재의 방식으로 재구성할 수 있다는 시인의 '현재에 대한 향수'의 표현이기 때문일 것이다. 최근 젊은 세대들의 주목을 받고 있는 아이돌 그룹 뉴진스의 <Ditto>라는 곡에 담긴 기표나 정서가 지나간 한국 대중음악의 어떤 시기, 그리고 아름답지만 희망적이지만은 않은 분위기로 재현된 것도 이와

비슷한 맥락일 것이라고 생각한다. 어떤 비밀스러운 상징화는 당대의 역사화와 담론화에 의해 자신의 이야기를 빼앗긴 이들이 선형적 시간의 내부에서 스스로의 시공간을 창조하는 행위이며, 이를 통해 그들은 현재를 자신의 방식으로 명명할 뿐만 아니라 과거와 미래 속에 들어찬 의미들을 비워내고 거기에 자신만의 이야기를 채워 넣을 수 있게 된다. 물론 그들은 그것을 완성된 형태가 아니라, 무엇이 될지 모르는 '씨앗'의 상태로 들어차기 때문에, 그러한 과거와 미래에는 의미화된 무언가보다는 '침묵'이나 '독백'이 더 많이 들어 있을 것이다. 「침대에서 후렌치파이」가 아름다움과 허망함을 동시에 표현하지만 그 이상의 현재적 감각을 독자들에게 전하는 것은 바로 그 때문이지 않을까. 빈틈이 많은 그녀의 시는 아직 구워지지 않은 '흉터 쿠키'와 같으며, 독자들은 그녀에 대한 사랑을 통해 이 구멍 뚫린 과거를 풍성하게 구워낼 수 있을 것이다.

5. 순간들의 사이가 모여 기억과 시간을 이루다

우리가 찬란한 무언가로 명명한 기억의 지점들이 있다. 한국문학에서는 2000년대가 그랬고, 2010년대도 조금 다른 방식으로 특별하게 의미화되었으며, 그 이전의 어느 시기들도 담론에 의해 '빛'의 시간들로 명명된 적이 있다. 그 과정에서 우리는 묵묵히 자신의 고유한 기억들을 전하는 화자들, 그리고 그들의 이야기 속에 담긴 수수께끼 같은 이야기들을 잃어버리곤 했다. 어쩌면 그들이 바로 우리 문학의 '현재'일지도 모르겠다.

지금 이혜미는 "순간들의 사이가 모여 기억과 시간을 이루는 우리"[13]

---

13) 이혜미 외, 『일곱 번째 감각—ㅅ』, 여우난골, 2023, 30~31쪽.

라는 낯선 공동체에 대해 이야기하고 있다. 그녀와 함께하려는 이들은 완벽하게 채워질 수 없는 각자의 시간 속에서 담론들의 결핍으로 남아 있는 현재를 발견하고, 그것에 담긴 다층적인 시간과 의미들을 있는 그대로 끌어안으려고 한다. 우리 문학이 지난 시간들이나 미래에 대해 역사의 방식으로 이야기하고 있는 동안, 당대의 언어로 완벽하게 해석될 수 없는 현재는 마치 현실 속에 존재하지 않는 이야기처럼 담론의 주위를 배회해야만 했기 때문이다. 이제 그들이 지금 여기에 존재하고 있고, 과거에도 존재했으며, 미래에도 같은 방식으로 존재할 것이라고 이혜미 시인은 '기억'의 방식으로 이야기한다. 어느 시대의 말들도 소외시키지 않고, 어떤 시간과도 분리되지 않은 채 자신의 이야기를 풍성하게 구워내는 그녀의 서사는 꽉 채워져 있지 않다. 거기에 어떤 의미든 새롭게 들어와서, 현재라는 시간을 생생하게 구성할 수 있도록 시인이 그곳을 비워 두었기 때문이다. 이제 새로운 시대의 독자들이 그녀의 극장에 찾아와 '나'의 이야기인 동시에 '우리'의 이야기인 '순간'을 함께 완성해 나갈 차례이다.

2000년대 시에 나타난
'비성년'주체와'실재'에의 열정
이은실

1. 2000년대의 목소리와 '비성년(非成年)' 주체

　2000년대 시의 다양한 흐름을 중에서 이 글은 새로운 시적 목소리에 주목한다. 고봉준은 2000년대 시단에 등장한 새로운 목소리의 출현에 대해 서술한 바 있다. 그는 일련의 시적 흐름을 논하면서 2000년대 시를 읽는 하나의 시선을 다음과 같이 제안한다. 우리의 뇌, 신체, 감각은 비(非)표준적인 방식으로 사고하고 느끼도록 재발명되어야 한다는 점을 토대로 살펴볼 때, 어떤 시적 경향이라고 칭하는 시인들의 글쓰기는 바로 이 재발명 과정, 이미―항상 실패의 위험에 노출되어 있는 실험의 일부라는 것이다. 그에 따르면 이들은 확고부동한 낭만주의적 자아의 명령 대신 생성되고 있거나 구성되는 자아를 지향한다. 따라서 한정사와 분리된 비(非)인칭적 목소리를 전면에 등장시킴으로써 주체도 대상도 없는 시쓰기를 실험하는 양상들을 보인다. 이들의 시는 1인칭 나의 범위를 확장시켜, 주체의 권위가 사실상 붕괴되는 한계지점까지 나아간다. 이렇게 보면 2000년대 시단에 등장한 또 하나의 목소리, 즉 하재연, 신해욱, 이근화, 한세정 등은 낭만주의적 자아와 비(非)인칭적 목소리 사이에 위치하고 있는 셈[1]이라 할 수 있다.

이러한 전제 하에 이 글은 2000년대의 시의 미학이 낭만주의적 자아와 비인칭적 목소리 사이에 위치하고 있는 목소리들로부터 파생되었다는 점에 동의하며 출발한다. 이러한 동의에 따라 신해욱의 시집『간결한 배치』(민음사, 2005)와『생물성』(문지, 2009)를 면밀하게 살펴보고자 한다. 특히 시인이 산문집을 통해 명명한 바 있는'비성년'주체의'실재에의 열정'을 살펴보는 데 목적이 있다. 이를 통해 2000년대 시의 미학적 특질인 낭만주의적 자아와 비인칭을 지향하는 목소리가 규명될 수 있을 것이라 본다. 시인은 '비성년'적 주체에 대해 다음과 같이 정의 내리고 있다.

> 나는 그 심연을 끝내 견디고 있는 이들을 연모하고 싶다. 아무것도 아닐지 모르는 것에 모든 것을 걸고 공동체에 등을 돌린 이들. 바틀비라는 병의 치료를 거절하고 자발적으로 용기 있게 앓는 이들. 바틀바잉들 The bartlebyings. 혹은 방향이 이 반대일 수 있다. 세계의 안쪽으로 들어가길 간절히 회구하나 그 방법을 학습하는 것이 불가능한 이들. 밑을 알 수 없는 심연을 응시하도록 억지로 강요받으며 속수무책으로 회복 불가능한 병을 앓는 이들. 바틀바이드들 The bartlebieds. 능동적으로 앓든 피동적으로 앓든, 이들은 '앓음답다'.
> (중략)
> 약간의 망설임 끝에 이들을 '非成年'이라 명명하기로 했다. 이들이 거절하거나 거절당한 것은 인간의 질서에 가까울 터이지만, '비인간'이라거나 '비인'이라고 하면 어쩐지 내 머릿속에는 미노타우로스나 켄타우로스가 떠오르거나 홀로코스트 식의 시체 더미가 스쳐지나간다. 나는 '비인간'이라거나 '비인'이라는 말이 상기시키는 강

---

1) 고봉준, 「어떤 시적 계보에 대한 보고서—2000년대 시를 읽는 하나의 시선」,『비인칭적인 것』, 산지니, 2014. 15쪽 참고.

럴한 신체 이미지를 피해갈 자신이 없으니 다른 말을 둘러보아야 한다. 成年이라는 말에는 움직임이 내포되어 있다. 움직여서 인간의 세계에 성공적으로 진입하여 권리를 행사하고 의무를 이행하게 된 이들을 성년이라 부른다. '아직' 그렇게 되지 못했으되 이제 그렇게 될 이들을 미성년이라 부른다. '이미' 그렇게 되지 않는 이들은, 그러니 비성년이라 부르기로 하자. 미성년은 대기 중이고 비성년은 열외에 있다.[2]

　　신해욱은 '비성년 주체'들에 대해 "아무것도 아닐지 모르는 것에 모든 것을 걸고 공동체에 등을 돌린 이들"이라고 말한다. 그러면서 이러한 성격의 주체가 "세계의 안쪽으로 들어가길 간절히 희구하나 그 방법을 학습하는 것이 불가능한 이들."이라는 점을 강조한다. "밑을 알 수 없는 심연을 응시하도록 억지로 강요받으며 속수무책으로 회복 불가능한 병을 앓는 이들"이기 때문이다. 그는 "약간의 망설임 끝에 이들을 '非成年'이라 명명하기로 했다"고 밝히며, "이들이 거절하거나 거절당한 것은 인간의 질서에 가까울 터이지만", "'비인간'이라거나 '비인'이라는 말이 상기시키는 강렬한 신체 이미지를 피해갈 자신이 없"다는 점을 밝히고 있다. 시인의 이러한 명명에는 신체성이 아닌 주체의 의식적인 지향이 더 중요한 지점을 이루는 것이다. 이처럼 시인의 명명이 '비성년적 주체'에 가닿을 뿐 이는 정신분석적 '비인간' 개념에 기대어 있다는 점을 참조할 필요가 있다.

　　이어서 그는 "成年이라는 말에는 움직임이 내포되어 있다"는 점과 "움직여서 인간의 세계에 성공적으로 진입하여 권리를 행사하고 의무를 이행하게 된 이들을 성년이라 부른다"는 사전적 정의를 주지시킨다. 우리 사회는 "'아직' 그렇게 되지 못했으되 이제 그렇게 될 이들을 미성년이라 부

---

2) 신해욱, 「프롤로그」, 『비성년 열전』, 현대문학, 2012, 18—20쪽.

른다."이에 따라 시인은 "'이미' 그렇게 되지 않는 이들은, 그러니 비성년이라 부르기로 하자"는 제안을 하는 것이다. 그가 볼 때 "미성년은 대기 중이고 비성년은 열외에 있"기 때문이다.

나아가 알랭 바디우는 『세기』에서 20세기의 특징을 '실재에의 열정'[3]으로 규정한 바 있다. 지젝은 바디우의 논의를 확장시켜 '실재에의 열정'과 '가상에의 열정'을 대조적[4]으로 살펴본다. 먼저 실재에의 열정은 "현실적 허위의 껍데기를 벗겨낸 대가로 치러야 할 지극히 파괴적인 실재─를 직접 체험"[5]하려는 열망에 해당한다. 다음으로 '가상에의 열정은 외관이 모순적인 현실보다 중요하여, 최종적으로 주어지는 현실은 없고 다중적 외관들의 상호 작용만 존재한다[6]고 보는 태도로 정의 내려질 수 있다. 전자는 사회적 외관 너머 삶의 추악하고 섬뜩한 진실(곧, '실재')을 파헤치려는 욕망에 해당한다. 반대로 후자는 삶의 실재를 은폐하고 사회적 외관과 체면을 지속시키려는 욕망에 집중되어 있다. 한 인간이 사회적 존재로서 영위하는 삶과, 그런 삶에 대한 상식적이고 보편적인 내러티브를 가상이라고 명명할 수 있다. 이에 반해 실재란 인간이 사회적 존재로서 삶을 영위하기 위해서는 은폐되어야 하는 것, 그러나 분명히 실존하는 일련의 사항들을 지칭하는 개념이다. 두 개념은 일종의 반비례 관계를 형성하고 있어서 실재가 성공적으로 은폐되어 있다면 가상은 유지될 뿐이다. 실재를 폭로하는 일이 가상 즉 외관에 균열을 발생시키는 것이다.[7] 정리하자면 신

---

3) 알랭 바디우, 박정태 옮김, 『세기』, 이학사, 2014, 참고.
4) 슬라보예 지젝, 김정아 옮김, 『죽은 신을 위하여』, 도서출판 길, 2007, 126─130쪽, 참고.
5) 슬라보예 지젝, 박정수 옮김, 『그들은 자기가 하는 일을 알지 못하나이다』, 인간사랑, 2004, 94쪽.
6) 슬라보예 지젝, 앞의 책, 128쪽.
7) 박다솜, 「섬뜩한 심리 묘사와 '실재에의 열정'─박완서 소설에 대한 존재론적 독해─」, 『한국언어문화』81, 2023, 103쪽.

해욱 시의 '비성년'적 주체 역시 실재에의 열정을 가지고 있다고 분류할 수 있다. 그들은 지젝의 언술대로 "현실적 허위의 껍데기를 벗겨낸 대가로 치러야 할 지극히 파괴적인 실재—를 직접 체험"[8]하려는 열망 즉 '실재에의 열정'을 가지고 있기 때문이다.

2.『간결한 배치』: 지워진 주체로서의 '나'

> 맑고도 무거운 날이었다.
> 그는 쓱 웃으며
> 나의 한쪽 어깨를 지웠다.
> 햇빛이 나를 힘주어 눌렀고
> 그를 벗어나는 자세로만 나는
> 그에게로 기울 수 있었다
>
> 이런 식의 시간이란
> 이제 다시는 없을 것이다.
> 내가 먼저 움직이고 싶었지만
> 그는 모든 것을 알고 있어
> 쓱 웃으며 나를
> 나의 의미를 미리 지워버렸다.
>
> —「느린 여름」[9]

제목을 통해 유추할 수 있듯이 어느 여름인 "맑고도 무거운 날"은 느리

---

8) 슬라보예 지젝, 박정수 옮김, 『그들은 자기가 하는 일을 알지 못하나이다』, 인간사랑, 2004, 94쪽.
9) 신해욱, 『간결한 배치』, 민음사, 2007. 2장의 모든 시는 해당 시집에서 인용함을 밝힌다.

게 흘러간다. 절대적인 힘을 가진 대타자로 상정되고 있는 '그'는 "쓱 웃으며 나의 한쪽 어깨를 지웠다." '나'는 이러한 '지워짐'을 통해 한쪽 어깨가 사라진 결여된 주체가 된다. "햇빛이 나를 힘주어 눌렀고" 이제 "그를 벗어나는 자세로만 나는/ 그에게로 기울 수 있"게 된 것이다. "내가 먼저 움직이고 싶었지만/ 그는 모든 것을 알고 있"다. 여기서 '움직임'은 시인이 산문에서 언급한 바대로 "成年이라는 말에는 움직임이 내포되어 있다". 나아가 "움직여서 인간의 세계에 성공적으로 진입하여 권리를 행사하고 의무를 이행하게 된 이들을 성년이라 부른다"는 사전적 정의를 주지시킨다. 시 속의 주체는 먼저 움직이고 싶지만 그가 모든 것을 알고 있다는 점을 의식한다. 우리 사회가 "'아직' 그렇게 되지 못했으되 이제 그렇게 될 이들을 미성년이라 부른"다는 점과 대비하여 시인은 "'이미' 그렇게 되지 않는 이들은, 그러니 비성년이라 부르기로 하자"는 제안을 했다. 그가 볼 때 "미성년은 대기 중이고 비성년은 열외에 있다". 왜냐하면 "모든 것을 알고 있"는 그는 "쓱 웃으며 나를/ 나의 의미를 미리 지워버렸"기 때문이다. 그가 "나의 의미를 미리 지워버"렸을 때 나의 잠재성 그리고 향후 구축되게 될 의미는 기각되거나 소거된다. 주체의 궁핍은 이렇게 탄생한다. 또한 '느린 여름'이라는 제목은 이러한 시간이 계속 이어질 것이라는 주체의 예감에 따른 시간 의식에 기인한다.

당신은 하얀 사람.
입술도 하얗고 발자국도 하얗군요.
사뿐히 걸어가도
복도와 계단은 당신에게 물들지요.
맑은 물만을 당신은
즐겨 마실 뿐이네요.

이름이 뭐예요.
정말로 당신은 하얗군요.
두 눈을 가려도
당신은 내 앞에 서 있네요.
내가 여기 있으니
이제는 나를 만져주세요.

당신의 손에만 닿으면
이름도 색깔도 전부 가라앉죠.
가볍게 나를 지우며
당신은 더욱더 하얀 사람.
이대로 오래도록
나를 대신해 주세요.

—「제3병동」

「느린 여름」에서의 '그'는 이 시에서는 '제3병동'이라는 공간에서 '하얀 사람'인 '당신'으로 등장한다. 1연에서 당신은 "입술도 하얗고 발자국도 하"얀 그가 "사뿐히 걸어가"기만 해도 "복도와 계단은 당신에게 물들"고 만다. 2연을 보면 나는 당신에게 "이름이 뭐예요?"라고 묻고 있다. 그는 이름 붙일 수 없는 존재 혹은 특정하여 호명할 수 없는 존재인 것이다. 또한 "두 눈을 가려도/ 당신은 내 앞에 서 있는" 존재이다. 마치 귀환하는 유령의 형상으로 말이다. 당신이라는 존재를 '하얀 사람'이라고 정의내리고 있는 구절을 통해 알 수 있듯이 그는 비실체적이지만 실재한다. 앞의 시에서도 '지워짐'은 주체의 궁핍과 맞닿아 있었다. 여기서는 "당신의 손에만 닿으면/ 이름도 색깔로 전부 가라앉"는다고 표현되어 있다. 그렇기 때문에 그는 "가볍게 나를 지우"게 된다. 주체의 부탁이나 당부처럼 보이는 "이대로 오래도록/ 나를 대신해 주세요"라는 구절은 이러한 의미에서 역설적이다. 그의 불가항력적인 위력이 주체를 무력하게 만들고 급기야 나라는 존재를 지워버렸기 때문이다. 즉 그들은 정신분석적 의미에서의 '탈구된' 존재들인 것이다. 나아가 시의 공간적 배경이 되고 있는 '제3병동'은 『생물성』(문지, 2009)의 「호밀밭이 파수꾼」에 나오는 '아픈 아이들' 즉 원작 소설의 정신병동에서 자신의 이야기를 들려주는 콜필드의 후예들과도 연관된다.

(전략)
나는 눈을 뜬다.

생각 속에서 어떤 손이
불쑥 나타나
이유 없이
오래도록
내 얼굴을 만진다.

나는 자꾸 사실 바깥으로
벗어나고 있다.
　　　　　　　　　　　　　—「벽」

이 시에서도 '비성년'적 주체들의 의식은 다음과 같이 표출된다. "생각 속에서 어떤 손이/ 불쑥 나타나/ 이유 없이/ 오래도록/ 내 얼굴을 만진다." 즉 실체하는 누군가의 손이 아니라 주체의 의식 속에서 "어떤 손이/ 불쑥 나타나"는데 이는 의식의 흐름 속에서 반복적으로 출현하는 일련의 기제를 뜻한다. 어떤 손이 "오래도록 / 내 얼굴을 만"질수록 "나는 자꾸 사실 바깥으로/ 벗어나고 있다." 여기서의 바깥은 상징계적 질서 바깥을 의미한다. 주체는 자신이 "자꾸 사실 바깥으로/ 벗어나고 있다"는 것을 인식하고 있다. 이러한 의식은 다음의 시에서 더욱 예각화된다. 이는 욕망의 차원에서 충동의 차원으로의 이행과 연관된다.

이곳의 지면은 그림자를 떠받칠 만큼 견고하지 않다.
어떤 그림자는 넘어질 것 같은 각도로
어떤 그림자는 바닥을 뚫고 나와 벌떡 설 것만 같은
기세로
제멋대로 미쳐가고 있다.

나의 발목은 오래도록 춤을 춘다.
어떤 그림자는 깊은 데서부터 몸을 움직이며
나를 찾는 일에 몰두하지만
네가 그림자와 슈즈를 잃은 건 이미 오래전의 일.

스텝을 밟을 때마다 내 발은
그림자 속으로 푹푹 빠져 여기저기에 걸린다.
사라진 것들을 다시 지우며
어떤 그림자는 나를 위해 대신 물들어 가고

어떤 그림자는 끝을 지운 채
내부를 흘리며 나를 벗어나는 중이지만
내가 꿈꾸는 건
나의 하늘이 다른 하늘을 끊임없이 뒤덮는 세계.

파트너에게서 파트너에게로
발목은 나와 무관하게 오래도록 춤을 춘다.
　　　　　　　　　　　　　　　　　　—「분홍신」

시는 '이곳'이라는 '지면'에서 출발한다. 무대가 아니라 '지면'이라는 공간 기표는 글쓰기적 자의식과의 연결지점을 전제하고 있다. 우리는 "제멋대로 미쳐가고 있"는 주체들이 바로 복수(複數)의 그림자로 상정되어 있다는 사실에 주목해야 한다. 즉 여기서 그림자는 나의 과거 혹은 잉여, 심연을 상징한다. 그렇기 때문에 내가 아니라 "나의 발목"이 "오래도록 춤을 춘다." 어떤 "그림자는 깊은 데서부터 몸을 움직이며/ 나를 찾는 일에 몰두하지만/ 네가 그림자와 슈즈를 잃은 건 이미 오래전의 일"이다. 여기서 "네가"라는 지칭은 지워진 그림자 중의 하나를 가리킨다. 그림자의 레이어는 중층적이다. "스텝을 밟을 때마다 내 발은/그림자 속으로 푹푹 빠져 여기저기에 걸린다."그럼에도 불구하고"어떤 그림자는 끝을 지운 채/ 내부를 흘리며 나를 벗어나는 중이"다. 그러나 그 벗어남은 완전히 실현되지 않는다. 앞의 시「벽」에서와 같이 주체가 그러했듯 "나는 자꾸 사실 바깥으로/ 벗어나고 있"음을 자각하고 있는 한 그렇다. 그러므로"내가 꿈꾸는 건/ 나의 하늘이 다른 하늘을 끊임없이 뒤덮는 세계"가 된다. 문제는 나의 춤추기가 타자성으로서의 파트너를 동반하는 한에서 이루어진다는 사실이다. "파트너에게서 파트너에게로/ 발목은 나와 무관하게 오래도록 춤을 춘다." 파트너가 바뀌는 동안 "발목은 나와 무관하며" 그러한 상황에 한에서만 "오래도록 춤을" 출 수 있는 것이다.

이와 연관된 지젝의 논의를 참조해보면, '주체적 궁핍'은 또한 욕망의 차원에서 충동의 차원으로 등록소를 변화시키는 것이기도 하다. 욕망은 역사적이면서 주체화한 것이고, 그 정의 상 만족할 수 없는 것이고, 환유적이고, 하나의 대상으로부터 다른 대상으로 옮겨가는 것이다. 왜냐하면 욕망은 실제로 내가 원하는 바로 그 대상이 아니기 때문이다. 내가 욕망하는 것은 내 욕망 자체를 유지시키는 것이며, 만족이라는 끔찍한 시점을 최

대한 미루는 것이다. 충동은 이와 반대로 무조건적으로 만족을 추구하며 항상 어떻게든 방법을 찾아낸다. 충동은 주체화할 수 없다("머리가 없다 acephalic"). 시와 연관 지어 보면 지면이라는 무대에서 그림자들이 "제멋대로 미쳐가고 있"는데, 그 사이에서 "나의 발목은 오래도록 춤을"추고 있는 것과 같이 말이다. 충동은 일반적으로 강박적인 개인적 습관으로 표상할 수 있으며, 이런 행동으로 우리 존재가 알지도 못하는 사이에 강렬한 만족을 얻게 된다. 만일 우리가 만족을 준다는 사실을 의식적으로 미리 알고 있다면 그 일을 하지 못하게 방해할 것이기 때문이다.

지젝은 이 지점에서 안데르센의 동화 중에서 분홍신(The Red Shoes)이라는 동화 읽기를 제안한다. 여기서 가난한 소녀는 마법의 신발에 발을 넣었다가 죽음의 문턱까지 춤을 추게 되었다. 멈추지 못하는 춤은 소녀가 죽기 직전에 사형집행인이 도끼로 발을 잘라낼 때까지 계속됐으며, 발은 잘려진 상태로도 계속해서 춤을 추었고 소녀는 나무의족을 신고 종교에 귀의했다는 것이 그 이야기다. 바로 이 신발이 가장 순수한 충동의 형태이다. 비인간적인 의지를 가지고 계속해서 작동하는 '죽지 않은(undead)'부분 대상 말이다. '그것은 원한다.' 그것은 강박적인 행동(춤)을 계속하며, 그럼으로써 그 대가가 무엇이든 간에 자신의 만족을 추구한다. 오히려 주체의 목숨이나 행복에 전혀 무관심한 듯 말이다. 이 충동이 바로'주체 안의 더 주체 같은 것'이다. 주체는 이 충동을 절대로 '주체화'할 수 없지만, 이것을 '자기 자신'이라는 사실을 받아들일 수 있다. 자신의 존재 중심(kernel)에서 어떻게든 작동하는 이것을 '이걸 하길 원하는 것은 바로 나야!'라고 말하면서 말이다. 핑크의 책이 상기시켜주듯이, 라캉은 이런 무조건적인 만족을 승화시킬 수 있다고 말했다. 이는 궁극적으로 예술과 종교가 존재하는 이유일 것이다.[10) 이는 지면을 공간화하는 방식에서 나타

나는 글쓰기적 자의식과, 분홍신을 신고 춤추는 행위가 글쓰기 그 자체를
상연한다는 사실과 관계한다.

3. 『생물성』: 인간이 되어가는 슬픔의 역설적 윤리

그렇다면 2장에서의 '지워진' 주체로서의 나는 어떻게 인간이 되어가는
슬픔의 역설적 윤리와 대면하게 되는 걸까. 3장은 이러한 문제의식 아래
해당 내용을 살펴본다. 고봉준은 앞선 논의에서 동화적 상상력과 아이—
주체를 통해서 아이덴티티를 횡단하는 시들이 있는가 하면, 세계와 내면
에 대한 섬세한 감각의 움직임을 통해서 비동일적 세계를 그려내는 시들
에 대해 언급한다. 그는 신해욱의 근작들은 후자에 속하는 가장 인상적인
성과들로 평가한다. 신해욱의 『생물성』(문지, 2009)은 1인칭을 가장 예외
적인 방식으로 사용한 경우에 속한다. 김언 시인이 대표격으로 지시대상
을 결여한 대명사들을 사용함으로써 아이덴티티의 세계를 교란했다면,
반대로 신해욱은 1인칭을 예외적으로 사용하여 그 가능성을 실험하고 있
다. 이 예외적 사용의 한 사례가 1인칭 '나'를 강박적으로 반복하는 것이
다. 그녀는 주어가 생략되어도 좋을, 아니 관습적인 사용법에 따르면 생략
되어야 할 모든 곳에 '나는'이라는 1인칭의 표식을 남긴다. 그 결과 그녀가
사용하는 1인칭은 서정시에서의 1인칭, 그러니까 자아나 내면성을 상징
하는 고백적 발화의 징표가 아니라 비인칭적이고 심지어 복수적인 의미
를 띠기도 한다.

---

10) 지젝, 서문 「법을 넘어선 사랑」, 브루스 핑크, 이성민 옮김, 『라캉의 주체: 언어와
    향유 사이』, b, 2012. 참고.

앞으로는 이름을 나눠 갖기로 하자.
아주 공평하게.

지금까지의 시간은
너무 이기적이고 외로웠어.

우리는 두 개의 눈과
두 개의 귀와
수많은 머리칼이 있지만
나의 몫은

그런 식으로 존재하지 않는다.
　　　　　　　　　　　　　　　　　─신해욱, 「따로 또 같이」11)

　신해욱의 시에서 '나'는 단일체가 아니라 '우리'라는 복합적인 캐릭터로
볼 수 있다. 이는 분리할 수 없는 자아의 한 부분을 대상화함으로써 1인칭
대명사 '나'를 표준적인 용례에서 탈출시키는 역할을 하게 한다. 고봉준은
이 시의 인칭에 주목한다. '나'가 '나'에게 건네는, 그렇지만 결코 독백이라
고 볼 수는 없다. 상황이 이러할 때 '나'는 '우리'라는 2인칭의 복수형이라
는 새로운 인칭을 만들어낸다. 이러한 감각이 근대적인 주체성, 즉 아이덴
티티의 논리를 횡단하고 있음은 분명해 보인다. 두 개의 '나' 가운데 어떤
쪽도 원본성을 주장하지 않는다. 아니, 원본성에 매달렸던 지금까지의 시
간, 그러니까 두 개의 '나'가 '나'라는 하나의 이름으로 기입될 수밖에 없었
고, 그로 인해서 항상 어느 한쪽의 '나'는 '나'에게서 '뺄셈'으로 계산되어
야 하는 상황에 대해 문제제기한다. 우리는 개인이 더 이상 쪼개질 수 없

---

11) 신해욱, 『생물성』, 문학과지성사, 2009. 이하 3장의 모든 시는 해당 시집에서 인용
　　함을 밝힌다.

는 최소단위의 실체라고 믿어왔다. "더 이상 쪼개질 수 없기 위해서는 하나여야 하고, 하나인 한에서 그것은 분할될 수 없는 최소로서의 하나에서 비롯된다. 반면 신해욱의 시는 하나 안에서 하나는 초과하는 둘을 끄집어낸다. 어떤 시인들은 이 '둘'을 분열과 균열의 흔적이다. 그들은 자신의 '나'가 '둘'로 나뉘어 있다고 생각하고, 그 가운데에서 원본에 해당하는 하나를 찾기를 갈망한다. 그런 한에서 그들은 자아의 시인들이다."[12] 우리는 여기에서 나아가『생물성』에서 1인칭으로 강조되고 있는'비성년'적 주체의 확장적 지점을 살펴보고자 한다. 앞서 서술한 바 있듯이,『간결한 배치』에서「제3병동」의 '비성년' 적 주체는 아래 시의 주체와 의미적 상동성을 갖고 있다.

아픈 아이들이 아프지 않도록
혼자 죽은 나무들이 외롭지 않도록

정성껏 밑줄을 긋고
한쪽 눈으로 눈물을 흘린다.

칠판에는 하얀 글자들이 가득하고
조금씩 움직인다.

나같은 자세로 앉아
자꾸 같은 줄을 읽으며

나를 지나
그냥 가버리고 마는 이들을
지키고 있다.

　　　　　　　　　　　　　　　　　—「호밀밭의 파수꾼」[13]

---

12) 고봉준, 앞의 책, 50—60쪽.

동명의 원작 소설을 바탕으로 볼 때 나는 소설의 주인공 콜필드의 후예다. 시적 주체인 나는 "아픈 아이들이 아프지 않도록/ 혼자 죽은 나무들이 외롭지 않도록" 무언가를 행한다. 여기서 "아픈 아이들"은 내가 과거에 지나온 시간이거나, 현재의 내가 통과해야 하는 어떤 지점을 갖고 있는 대상들이다. 나를 그들을 위해 "정성껏 밑줄을 긋고/ 한쪽 눈으로 눈물을 흘"리는 일을 행하고 있는 것이다. "나같은 자세로 앉아/ 자꾸 같은 줄을 읽"는다. 여기서 "한쪽 눈으로 눈물을 흘"리는 주체는 '비성년' 주체로서 불완전성을 기반으로 이 행위에 참여한다. 이와 관련하여 시인은 산문에서 다음과 같이 말하고 있다.

사려 깊은 한 선생은 정신분석가의 말을 빌려 그에게 이렇게 조언한다 : 미성숙한 인간은 어떤 이유를 위해 고귀하게 죽기를 바란단다. 하지만 성숙한 인간은 같은 상황에서 묵묵히 살아가려고 하지. 선생은 콜필드의 미성숙을 부드럽게 타이르고 싶었을 게다. 그러나 아무래도 콜필드는 고귀하게 죽는 쪽에도, 묵묵하게 살아가는 쪽에도, 혹은 위악적으로 타락하는 쪽에도 속할 수 없는 것 같다. 그가 스스로 고귀해지려는 순간 유령과 아이들은 사라진다. 파수꾼을 잃는 셈이니까. 그가 묵묵한 삶 속으로 걸어 들어가도 어느 순간 유령과 아이들은 사라질 것이다. 파수꾼이라는 사실을 파수꾼 스스로 잊고 말 테니까. '이미 인간이 아닌' 유령들과 '아직 인간이 아닌' 아이들의 파수꾼으로 남기 위해서는, 싫은 세계를 꿋꿋이 받아들일 수도 좋은 세계를 향해 막무가내로 날아갈 수도 없다. 그러니 콜필드가 이 세계에서 갈 수 있는 곳은 정신병원일 수밖에.

콜필드가 자기 이야기를 들려주는 곳은 병원이다. 아마 그의 정신상담의가 물었을 것이다. 하고 싶은 대로 네 이야기를 한 번 해볼래? 콜필드는 학교를 나와 뉴욕을 헤매고 다닌 3일간에 대해 떠들

---

13)『생물성』

고, 거기서 멈춘다. 그것이 이 소설이다.14)

소설 속의 콜필드는 '비성년'주 체의 대표격이다. 이들에 대해 시인은 "'이미 인간이 아닌' 유령들과 '아직 인간이 아닌' 아이들의 파수꾼으로 남기 위해서는, 싫은 세계를 꿋꿋이 받아들일 수도 좋은 세계를 향해 막무가내로 날아갈 수도 없다."는 것을 주지시킨다. 그리고 이는 "나를 지나/ 그냥 가버리고 마는 이들을/ 지키고 있"는 이유가 된다. "그가 스스로 고귀해지려는 순간 유령과 아이들은 사라"지게 되는데, 시의 첫 구절이 "아픈 아이들이 아프지 않도록" 하기 위한 주체의 행위가 이와 연관된다. 그러므로 그들은 시「축, 생일」에서와 같이 "나는 정돈하는 법을 배운 적이 없다." 하지만 그렇게 실패하는 방식을 경유해서만 "나는 내가 되어"간다. 여기서 내가 되어가는 것은 완성된 나, 완전한 나를 의미하는 바는 아니다. 왜냐하면 "나는 나를/ 좋아하고 싶어지지만/ 이런 어색한 시간은 "견디기 힘들기 때문이다. 이러한 시간이 "도대체 어디서 오는 것일까."라며 그 출처에 대해 묻지만 이는 불가해한 지점으로 처리된다. 그럼에도 불구하고 현행화되는 "내 삶은 나보다 오래 지속될 것만 같다."는 예감이 지속된다.

여기서 다시 한 번 실재에의 열정을 적용하여보자. 한 인간이 사회적 존재로서 영위하는 삶과, 그런 삶에 대한 상식적이고 보편적인 내러티브를 가상이라고 명명할 수 있다. 이에 반해 실재란 인간이 사회적 존재로서 삶을 영위하기 위해서는 은폐되어야 하는 것, 그러나 분명히 실존하는 어떤 것을 지칭하는 개념이다. 두 개념은 일종의 반비례 관계를 형성하고 있어서 실재가 성공적으로 은폐되어 있다면 가상은 유지된다. 반대로 실재를 폭로하는 일은 가상(외관)에 균열을 만든다. "실재는 일상적인 사회적 현

---

14) 신해욱, 앞의 책, 62—63쪽.

실과 대립되는 것이며, 기만적인 현실의 층위를 벗겨내는 대가인 극단적 폭력 안에 있다."15)는 지젝의 말은 이렇게 이해될 수 있다.

이러한 논의를 참조해 볼 때 일견 무력해 보이는 '비성년' 주체들의 행위는 수동적 능동성이라고 볼 수 있다. 밑줄 긋기를 반복하거나 한쪽 눈으로 눈물을 흘리는 행위만이 그냥 가버리고 마는 '실재에의 열정'을 지킬 수 있기 때문이다. 그렇기 때문에 이러한 '비성년' 주체의 '실재에의 열정'은 아래 시 「끝나지 않는 것에 대한 생각」의 구절과 같이 "끝나지 않는 것"으로 무한 반복된다.

> 누군가의 꿈속에서 나는 매일 죽는다
>
> 나는 따뜻한 물에 녹고 있는
> 얼음의 공포
>
> 물고기 알처럼 섬세하게
> 움직이는 이야기
>
> 나는 내가 사랑하는 것들을
> 하나하나 열거하지 못한다
>
> 몇 번씩 얼굴을 바꾸며
> 내가 속한 시간과
> 나를 벗어난 시간을
> 생각한다

---

15) 슬라보예 지젝, 『실재의 사막에 오신 것을 환영합니다』, 이현우·김희진 옮김, 자음과모음, 2011, 18쪽.

누군가의 꿈을 대신 꾸며
누군가의 웃음을

대신 웃으며

나는 낯선 공기이거나
때로는 실물에 대한 기억

나는 피를 흘리고

나는 인간이 되어 가는 슬픔
　　　　　　　　　　　　　—「끝나지 않는 것에 대한 생각」

　'비성년' 주체들은 "누군가의 꿈속에서 나는 매일 죽는다". 왜냐하면
"몇 번씩 얼굴을 바꾸며/내가 속한 시간과/ 나를 벗어난 시간을/생각"하기
때문이다. 그 과정에서 그는 "누군가의 꿈을 대신 꾸며/ 누군가의 웃음을/
대신 웃"는다. 상징계 질서 내에서 우리는 타자의 욕망을 욕망하는 방식으
로 감정의 대리수행자가 된다. 그러나 이 시간 속에서 '비성년' 주체들은
"피를 흘리고" 그를 통해 상징계가 지칭한 성년, 즉 "인간이 되어 가는 슬
픔"과 마주한다. 그럼에도 불구하고 그들이 '비성년' 주체로서 '실재에의
열정'을 포기할 수 없도록 만드는 기제는 역설적인 의미에서의 "인간이 되
어 가는 슬픔"속에 윤리로서 자리한다. 그렇기 때문에 그들은 "누군가의
꿈속에서 나는 매일 죽"고, 그 죽음의 반복을 통해 완전히 인간(성년)이 되
지 않는 상태에 가까스로 머문다.

4. 결론

시인이 산문에서 언급한 바와 같이 어쩌면 그들은 "세계의 안쪽으로 들어가길 간절히 희구하나 그 방법을 학습하는 것이 불가능한 이들"일지도 모른다. "밑을 알 수 없는 심연을 응시하도록" 자신의 내면에 의해 "억지로 강요받으며 속수무책으로 회복 불가능한 병을 앓는 이들16)이 그들의 정체성을 형성하기 때문이다. 그들이 이 정체성을 포기하지 않는 한에서 '실재에의 열정'은 유지된다. 앞서 고봉준의 논의와 같이 2000년대 시단에 등장한 새로운 목소리의 출현은 확고부동한 낭만주의적 자아의 명령 대신 만들어지고 있거나 사고지고 있는 자아를, 한정사와 분리된 비(非)인칭적 목소리를 전면에 등장시킴으로써 주체도 대상도 없는 시쓰기를 실험하고 있다. 나아가 '비성년'주체의 '실재에의 열정'을 예각화한 신해욱 시의 위상은 그 지점에서 관철된다.

---

16) 신해욱, 앞의 글, 62쪽.

사랑의 족쇄
— 조혜은의『눈 내리는 체육관』에 대하여

전철희

이 세상은 망했다. 제빵공장에서 일하던 직원이 안전장치 없는 기계에 말려들어가서 순직했다거나 서울 한복판에서 150명 이상이 선 채로 압사 당했다고 하는 말이 아니다. 그런 사건들은 기껏해야 한 나라의 시스템 붕괴를 예증할 뿐이다. 오래 전부터 이 세상은 구제불능이었다.

많은 문학작품이 세상의 거지같음을 증언했다. 당신이 알고 있는 위대한 작가들을 떠올려보라. 소포클레스와 셰익스피어도 좋고, 발자크와 톨스토이도 좋고, 보들레르와 페소아도 좋고, 심지어 제인 오스틴이나 무라카미 하루키도 괜찮다. 그들이 그려낸 세상은 이미 철저하게 망가져 있다. 물론 이 작가들은 세상에 대한 불만을 나열하는 데 그치지 않고 그 세상 속에서도 어떻게든 존엄하게 살아가려는 고투를 보여줬다. 예술이 절망과 탄식을 넘어 극복과 초월을 지향해야 한다는 이상이 존재했기 때문일 것이다. 한국에서도 많은 작가들이 역겨운 세상 속에서 아등바등 살아가는 인간을 그려내고자 했다.

그런데 아주 가끔씩은 "세상이 망했고 인간은 재기 불가능하다"라고 선언하는 "우주적 비관주의자"[1]들이 튀어나올 때가 있었다. 서구 사상계에서 그런 사유를 대표하는 철학자는 쇼펜하우어이다. 그가 볼 때 세상은 이미 망가져 있었고 모든 인간은 고립무원이었다. 그는 꼼꼼한 체계를 건립했던 철학자 칸트를 혐오했고 인간—주체를 옹립하는 낭만주의자들과 헤겔을 무시했다. 쇼펜하우어의 최종적 결론은, 철학이나 예술의 역할이, 그저 실재하지 않는 무규칙의 의지(Wille)를 부정적으로 표상(Vorstellung)하는 수준에 머물러야 한다는 것이었다.

한국문학사에서는 쇼펜하우어적인 의미에서의 '의지'를 보여준 사례가 드물다. 허나 "세상은 이미 망했고 그 속에서 살아가는 인간은 철장에 갇힌 새처럼 천천히 죽어갈 뿐"이라고 단언했던 비관주의자가 아예 없진 않았다. 1930년대의 이상이 그랬고 1980년대의 시인 최승자, 황지우, 이성복, 기형도의 초기 시집도 그런 정조이다. 다만 이들의 '우주적 비관주의'는 후대로 계승되지 않았다. 가령 2000년대를 주도했다는 '미래파' 시인들은, 아마 세상에 대한 희망이나 기대를 품진 않았던 것 같기는 하지만, 독자적인 방식으로 "나"와 세계의 관계를 재정립하는 작업에 몰두했다. 한편 2010년대의 시는 다양한 방향으로 분화됐지만, 아무튼 "망해먹은 세상에서 인간은 하염없이 죽어갈 뿐"이라고까지 극언한 작가는 거의 없었다.

허나 1990년대 이후에도 세상은 망해 있다. 안 그대로 망해있던 세상이 요즘은 더욱 가열하게 붕괴된다는 느낌도 든다. 지금이야말로 "우주적 비관주의"를 주장하는 문학이 긴요하지 않을까. 조혜진은 이런 갈증을 가진 독자들이 주목할 만한 시인이다. 그녀는 1980년대에 태어나서 2008년에 등단하고 2012년에 첫 시집 『구두코』를 출간했다. 2010년 전후라면 '미

---

1) 유진 새커 저·김태환 역, 『이 행성의 먼지 속에서』, 필로소픽, 2022, 36~37면.

래파'에 대한 논의가 소강되고, 1980년대생 시인들이 문단에 신선한 활력을 불어넣던 시대였다. 당시 20대였던 시인들은 세련된 발랄함과 곡진한 감성을 뿜냈다. 조혜은은 그 세대의 일원으로 분류될 수 있을 만한 조건을 가진 시인이었음에도 충분한 관심을 받진 못했다. 새로운 감수성을 전면에 내세우기보다는, 1980년대의 시인들이 힐끗 선보였던 우주적 비관주의를 계승하고 있었기 때문에 평단의 관심에서 벗어난 것일지도 모르겠다.

조혜은의 첫 시집 『구두코』에서는 절망적 상황의 인물들이 다수 등장한다. 보호자 없는 아기라든가 늙고 병든 독거노인이라든가 매 맞는 아내라든가 소통을 거부하는 장애우라든가, 유치장에 끌려간 절거촌 아줌마들이나 희망을 거세당한 고시원의 커플남녀 등등이 대표적이다. 조혜은은 희망 없이 병들고 죽어갈 수밖에 없는 인간들을 통해, 모든 사람이 그들처럼 불구적 존재임을 암시하고 우리가 속한 세상이 절망과 질병을 배양함을 비판했다.

『구두코』가 다수의 사회적 약자들을 이미지화해서 세상의 붕괴를 암시한다면, 『신부 수첩』은 기혼 여성의 1인칭의 시점으로 거지같은 세상을 고발한다. 이 시집의 화자는 괴상망측한 남편을 두고 있다. 그 남편은 가족을 구타하지 않는다는 이유로 아내에게 "나 정도면 괜찮은 남편이잖아?"라고 물을 만큼 뻔뻔하고, 가끔 아내에게 폭언을 할 만큼 무신경하며, 해외출장을 갈 때에는 자신이 외롭다면서 아내에게 헐벗은 사진을 찍어 전송하라고 요구할 만큼 미쳤다. 그런 남자의 아내라니, 과연 "이 세상은 망했고 인간은 가망 없이 병들어갈 뿐"이라고 푸념할 상황이지 않은가.[2]

---

2) 『신부 수첩』이 출간될 때에는 "페미니즘 리부트"와 "#문단_내_성폭행" 트윗 운동이 시작된 직후였다. 이 시집의 수록작은 그 전에 발표된 것이 많기 때문에 조혜은 시인이 당시의 페미니즘 운동에서 직접적 영감을 받았다고 보기는 힘들다. 그런데 결과적으로 이 책은 페미니즘이 부상하는 시대상황에 적절히 공명하는 것이었다.

이번에 출간된 그녀의 세 번째 시집 『눈 내리는 체육관』도 유부녀의 시점으로 전개된다. 다만 갈등의 구조는 달라졌다. 『신부 수첩』은 부부관계에 초점을 맞췄다. 결혼은 계약이다. 사람들이 결혼을 하는 이유는, 정신적 만족이나 물질적 여유 같은 것을 얻어낼 수 있으리란 기대 때문일 것이다. 불행히도 그 기대는 충족되지 않는 경우가 많다. 아무래도 가부장제 하에서는 여성이 남성보다 실망하고 상처받을 확률이 높다. 『신부 수첩』은 그 "계약"에 실패한 여성 중 한 명의 시점으로 회한을 기록한 것이었다.

반면 유부녀의 입장에서 어머니와 자식은 계약자가 아니라 혈육이다. 어머니는 "나"를 낳고 양육해주신 생명의 은인이고, 자식은 "나"를 계승한 핏줄이다. 많은 여성들이 남편과는 절연할 수 있다고 생각하면서도 자식과 어머니에 대해서는 각별한 마음을 가진다고 한다. 『눈 내리는 체육관』의 화자도 어머니와 자식에 대한 "사랑"을 표현한다. 다만 그 사랑은 숭고하고 아름다운 감정으로 미화되지 않고, "나"를 파괴시키는 질병 같은 것으로 묘사된다. 이 시집의 첫 작품을 인용해본다.

엄마가 별처럼 총총한 눈으로 내 발목을 잡았다 엄마의 눈에는 새로 산 구두의 머리를 길 위에 부딪쳐 만드는 도도하거나 경쾌한 소리를 배경으로 한껏 가슴을 내밀고 삶을 채색하던 때의 소란한 기쁨이 가득했다 내가 아직 아기였을 때 식탁 모서리에 찍혀 눈 위에 또 다른 하나의 눈이 생겼을 때 눈 쌓인 거리에서 시간이 멈춘 듯 당신을 바라보았을 때 엄마는 무언가의 바탕이 되거나 그것을 바탕으로 엄마가 되었잖아요 엄마가 울었다 엄마는 이제 헌 잇몸을 닮아 피맺힌 말들을 흘렸다 맨발에 구두 차림으로 집을 나오면, 내일 자고 일어나면 다 나아질 거다 허물어진 발등과 몸을 섞고 오늘의 꿈

그런데 페미니즘에 관한 논의가 확대되어 가던 상황이었음에도 이 책은 놀라울 만큼 비평적 관심을 받지 못했다.

은 없었을 테니까 벽면에는 내일의 주름이 가득했다 엄마, 엄마는
내게 항상 새로운 사람이었어요 내게 많은 미래가 남았을 때 네가
내 미래를 좀먹었단다 정신을 차린 엄마가 내 발목을 잡았을 때 아
기가 울었다 잃어버릴 건가요 우리가 함께했던 그 길고 고통스러운
흉터 같은 시간들을 그 한결같은 사랑의 문법들이 떨어진 낙엽처럼
알록달록 썩어 가며 악취를 풍겼다

—「위안」 전문

"나"는 "엄마"에 대한 추억을 경쾌하게 회상한다. "나"는 철없이 발랄한
모습을 보이지만, 엄마는 울고 피맺힌 말들을 나열하면서 "내게 많은 미래
가 남았을 때 네가 내 미래를 좀먹었단다"라고 답한다. 『눈 내리는 체육관
』의 "나"는 누군가의 "엄마"이기도 하다. 그러니까 인용한 작품은 "엄마"
가 자식을 기르면서 미래를 거세당할 수밖에 없다는 사실을 지적한 것이
며, "나" 또한 자식을 사랑하는 마음 때문에 "알록달록 썩어 가"고 있음을
암시한 것이기도 하겠다.

　다른 작품에서도 조혜은은 "육아는 미리 몸을 다 써서, 더는 마음을 채
울 수 없는 일"(「눈 내리는 체육관―독감」)임을 지적하고, '돌봄노동'을 독
점한 여성의 사회적 조건을 고발했다. 이런 작품에 대해서는 당연히 페미
니즘적 독법을 들이밀 만하다. 마침 시집의 해설 「포기하기, 잘 숨기, 그리
고 그날을 되찾을 것」에서 김상혁 시인은, "이번 시집의 결정적인 성취는,
가부장제의 폭력에 노출된 여성이 폭력에 감염된다는 점, 그리하여 그 또
한 타인에게 거듭 폭력을 저지르며 자기도 모르게 폭력성을 전파하게 되
는 상황을 가감 없이 보여준다는 점"을 지적했다.

　아무래도 최근 페미니즘 담론으로 해석된 시들은, 여성들이 느끼는 막
연한 불안이나 공포 같은 것을 표현하는 경우가 많았다. 기혼여성이 느끼

는 구조적 문제에 대한 논평은 소설계에서 활발하게 이뤄질지언정 시에서 충분히 다뤄지진 않았다. 조혜은의 시가 지닌 그런 측면이 향후 비평에서 충분히 논의되길 바란다.

그런데 『눈 내리는 체육관』은 "억압받는 여자"와 "그 억압 때문에 미쳐버린 여자"를 보여줄지언정, 비슷한 종류의 인물형을 창조해냈던 선배시인들의 작품과는 다른 계보에 놓인다. 김혜순, 김승희, 박서원의 시는 여성의 고유한 목소리를 시에 틈입시키려 했다. 이들은 일종의 문체혁명을 이룩했다. 조혜은이 저 선배시인들만큼 뚜렷한 미학적 갱신을 행했다고 보기는 힘들다. 조혜은이 줄곧 천착해온 문제의식은, 여성의 고유한 목소리를 창조해내겠다는 것이라기보다는, 차라리 가망 없는 세상에서 속절없이 병들어가는 "나"의 처지를 직시하겠다는 것에 가까웠다. 이 점에서 그녀는 이성복, 최승자, 황지우의 초기시를 계승한다. 사실 앞의 문장에서 거명한 3명의 위대한 시인은 초기의 시집에서 "이 세상은 망했고 인간은 아무런 희망도 없다"고 소리친 회의주의자였을지언정, 1990년대 이후에는 구도자나 이지적 서정시인으로 변복했다. 반면 조혜은은 적어도 지금까지 낸 3권의 시집에서 일관되게 "세상"과 "나"의 몰락을 직언하고 있다. 그녀의 가공할 회의주의는 『눈 내리는 체육관』에서 불행한 여성의 처지로 구체화됐다. 그 결과 우리는, 남편에게 "너 돈 버는 게 얼마나 힘든 일인 줄 알아? 시 써서 얼마나 벌어. 애 키우고 밥 먹고 할 일 없으니까, 개같은 년이."(「장례―벌레」)라는 욕설을 듣는 여성, 그래서 자식에 대한 "사랑"으로만 간신히 삶을 견딜 수 있는 여성, 한데 그 "사랑" 때문에 미래를 포기해야 하는 여성, 결국 "이대로 궁지에 몰리며 우리는/사랑을 절망할 수 있는 걸까."라고 한탄하면서도 "누구도 위협하지 않고 받을 수 있는 사랑"(「목욕」)을 조심스럽게 꿈꿔보는 여성이 발화하는 시집을 갖게 되었다.

2000년대, 1인칭의 재배치
―신해욱,『간결한 배치』,『식물성』

정보영

1. 1인칭 시선

스페인의 프라도 미술관에 갔을 때, 유독 눈을 뗄 수 없는 그림이 있었다. 벨라스케스의 <시녀들>이다. 이 그림에 관해서는 곰브리치, 푸코 등의 다양한 해석이 있는데, 재밌는 것은 가시적인 것과 비가시적인 것의 교차이다. 그림은 얼핏 보면 5살 공주인 마르가리타를 중심으로 그린 것 같지만 그렇지 않다. 그림엔 공주와 펠리페 4세 왕과 마리아나 왕비와 시녀들을 비롯해, 화가인 벨라스케스, 심지어 개의 시선까지 열 두 개의 시선이 있다. 생각해보면 그림을 보고 있는 '나'의 시선까지 덧붙여볼 수 있는데, 그럼 모두 열 세 개의 시선이 된다. 나의 시선까지 더해볼 수 있는 이유는 <시녀들>의 독특한 구도 때문이다. 화가 벨라스케스는 그림 속에서 이젤 앞에 앉아 왕과 왕비를 그리고 있다. 그런데 <시녀들>은 벨라스케스가 이들 부부의 시선에서 그린 그림이다. 낯선 느낌을 받게 되는 건 이

때문이다. 나는 가시적으로 그림을 보고 있지만, 그림 속 벨라스케스가 부부를 그리고 있는 위치에서는 드러나지 않은 비가시적인 시선의 공백이 생긴다. 그림에서는 부부의 시선이 거울을 통해 드러나는데, 이는 재현 불가능한 장소를 상상하게 한다. 공백의 자리에 내가 서 있다. 벨라스케스의 캔버스에는 어떤 형상이 그려지고 있을까? 이와 같은 시선의 교차로 그림을 보면 이질적인 느낌이 들게 된다. 그런데 흥미롭게도 신해욱의 시편에서도 이와 같은 느낌이 일었다. 그녀의 시가 생경하게 느껴진 이유는 왜일까?

소실점이 살아 있다.

그러나 맥박은 나의 귀에서,
목덜미에서,
허벅지에서, 뛴다.

소실점이 다가온다.
(중략)

간격이 무너진다.

나는 눈을 감을 수가 없다.
―「낡은 복도」 부분.[1]

1424년 건축가 브루넬레스키가 처음 고안한 소실점은, 보는 사람의 시선이 기하학적 원리에 의거한 시각 공간 속의 한 점(點)으로 환원된다. 이후 소실점은 알베르티가 이론화한 원근법의 중요한 개념으로 자리매김했

---

1) 신해욱, 『간결한 배치』, 민음사, 2005. 이하 작품 인용시 서지 정보 생략함.

는데, 문제는 폭력성이다. 화가는 소실점을 중심으로 그림을 그리고, 관람자의 시선은 화가가 설정한 소실점으로 언제나 맞춰지게 된다. 시선의 폭력성을 담지한 소실점은 데카르트의 합리적 이성과 맞물려서 근대의 시각적 합리화의 표본이 되었다. 그런데 위 시에서는 근대 시선의 합리성의 '간격이 무너'지고 있다. 시적 주체는 살아 있는 소실점을 보고, 그것이 다가오는 것을 느끼고, 무너짐 자체를 응시해 간다. 맹점은 여기서부터 시작한다.

2. 1인칭 시선의 교습

2019년 제7차 <요즘비평포럼>에서는 '일인칭의 역습'이라는 주제아래, 근래의 문학 작품에 나타나는 다양한 '나'의 양상을 논의했다.[2] 이때 두 가지 의문점이 있다. 1. 현재의 일인칭 '나'를, 보다 다채롭고 자유로운 '나'의 발현이라고 보고 있는데, 과거의 일인칭 '나'의 발화와는 어떻게 다른가. 2. 현재 시 안의 '나'에 이르기까지로 보았을 때, 이 중심에 놓을 수 있는 작가는 누구인가. 실마리를 찾기 위해서는 과거로 시간을 돌려보아야 한다.

김행숙은 "'일인칭 화자'에 스며들어 있는 '전통'의 압력을 벗어나고 싶

---

2) 요즘비평포럼의 7차 포럼인 '1인칭의 역습'은 1인칭적 글쓰기의 방식으로 '나'에 대해서 질문하는 오늘날의 문학에 대해서 이야기해보려고 합니다. 최근 한국문학에서 '나'라는 자기 주체에 대한 질문을 던지는 작품들을 찾는 것은 어렵지 않습니다. 이를 특징적으로 보여주는 것이 1인칭 화자를 내세우는 최근 소설 경향들이고 그 작품들은 '나'에 대해서 질문하고, 또 '나'가 무엇이 될 수 있는지, 되었는지, 되어야 하는지 고민합니다. (중략) '나'를 되묻는 오늘날의 문학에서 나타난 '─되기'의 문제가 무엇인지, 그리고 '─되기'를 행하고 있는 '나'의 문학이 어디까지 넓어질 수 있는지 함께 살펴보고자 합니다. (요즘비평포럼 '1인칭의 역습' 기획 취지문.)

었"[3]다고 말한다. 흔히 2000년대 미래파라 불리는 그녀가 말하는 전통의 압력은 무엇일까? 2000년대 이전 시에서의 1인칭 '나'는—다양한 실험이 있었지만—'세계의 자아화'로 귀결된 서정시가 중심이었다. '나'의 시선은 곧장 언어로 갈음되어, 세계를 '내' 안으로 포획했다. 이는 근대 원근법에서의 소실점을 떠올리게 한다. 이와 같은 시선의 폭력성은 '서정적 자아'의 특질인데, 이 시기에는 강건한 서정적 자아를 빼고 1인칭 '나'를 논할 수는 없었다. 한편, 2000년대 시는 이전과는 다른 새로운 주체의 발견과 발명의 작업이 이뤄졌다. '시인(1인칭)의 내면 고백으로서의 시'라는 일면적이면서도 지배적인 통념으로부터 완전히 자유로워졌고,[4] 1인칭 독백에서 벗어나서 아이, 귀신, 여장남자 등 3인칭 주체 또는 무인칭이라 불리는 화자들의 향연이 이어졌다. 그렇다면 2000년대 이후, 1인칭 '나'에 대한 최근 논의는 어떻게 이뤄지고 있을까?

　제7차 <요즘비평포럼>에서는 이소호의 『캣콜링』을 언급하면서 '—되는 나'의 목소리에 주목했다.[5] 이와 관련해 조대한은 '1인칭 목소리'의 겹에 주목한다. 그는 이소호 시인의 개명 전 이름인 '경진'이 등장하는 '경진이네' 시편을 통해, 시인과 시적 주체의 실재가 겹쳐 흔들리는 발화 방식이 현실에서의 불화를 발생시키며, 이는 텍스트보다 현실에 더 가까운 '1인칭의 (시인의) 목소리'가 이전보다 자유롭게 드러나고 있다고 말한다. 이에 양경언은 시인과 작품 내 시적 주체의 목소리가 겹쳐졌을 때의

---

3) 김행숙, 「이 계절의 시집에서 주운 열쇠어들 2」, 『문학동네』 2020년 여름호, 413쪽.
4) 신형철, 「2000년대 시의 유산과 그 상속자들 : 2010년대의 시를 읽는 하나의 시각」, 『창작과비평』 2013년 봄호, 365쪽.
5) 이소호의 『캣콜링』처럼 시적 주체와 시인 사이의 경계를 '나'로서 흐려놓는 발화들이 나타나고 있습니다. 그런데 이 '나'를 발화하는 문학적 주체는 자명하게 선험적으로 주어진 '나'를 말하는 것이라기보다는 무언가가 '—되기' 위해 '—되는 나'를 말하는 것이 아닐까요? (요즘비평포럼 7차 포럼 '1인칭의 역습' 기획 취지문 중.)

우려를 드러낸다. '나'의 목소리는 정말 오롯이 단일한 '나'의 것으로 울리고 있는지 반문하면서, 1인칭을 작가의 현실과 이퀄관계로 놓고 보게 된다면, 또는 작가의 수행적 차원으로만 놓고 본다면 이는 문학 작품의 상상력을 제약한다는 견해를 피력한다. 1인칭의 역습보다도 1인칭 '나'의 '연습'으로 보아야 한다고 말하는 그녀는 최근 시에 등장하는 '나'의 목소리가 세상과의 지속적인 대화 속에서 삶의 독특한 순간을 발견해나가는 역할을 맡고 있다고 언급한다. 2000년대 시가 서정의 '나'라는 전통의 압력에서 벗어나고자 했다면, 현재의 시는 전통의 압력을 염두에 두는 상태로부터도 자유로워지고자 하며, '나'를 내세워서 '낯섦'을 재배치하려는 움직임을 시도하고 있다고 본다.[6]

이제 앞선 질문에 자답하자면, "2000년대 이전의 확고한 '서정적 자아'에 의문과 반기를 품고 각색의 3인칭을 폭발한 것이 '미래파'이고, 현재 한국 시는 '낯섦'을 재배치하려는 시인과 1인칭 '나'의 목소리가 발화되고 있다."라고 할 수 있다. 덧붙여보면 "현재의 1인칭 '나'의 장(場)을 여는데 있어 그 중심은 서정적 자아를 타파하면서 등장한 '미래파'이다."라고 할 수 있다. 그러나 3인칭의 폭주로부터 1인칭의 역습 혹은 연습까지라 해도 석연치 않은 헐거움이 있다. 두 번째 질문에 대한 답을 찾아보아야 한다. '나'를 내세워 '낯섦'을 재배치하려는 최근의 움직임 이전에, '나'를 내세우기 위한 '재배치'를 실행한 중심에 누가 있는가?

---

6) 양경언, 「나의 모험—최근 시의 '나'들이 만들어내는 자장들」, 『문학3』 12호, 창비, 2020.

3. 1인칭 시선의 교차 ─『간결한 배치』(민음사, 2005)

앞서 정리한 바, 2000년대 '미래파'의 3인칭 시적 주체를 통해 한국 시는 세계의 자아화라는 서정시의 소실점에서 벗어날 수 있었다. 미래파로 대표되는 시인들의 특징 중 하나가 3인칭을 통한 시선의 재배치라 한다면7), 신해욱의 특징은 1인칭을 통한 시선의 재배치이다. 그녀의 첫 시집『간결한 배치』(2005)와 두 번째 시집『생물성』(2009)에서 전과는 다른 새로운 시선의 1인칭 '나'로, 랜더링이 되는 맥을 짚을 수 있다. 그리고 이때 벨라스케스의 <시녀들>에서 느낀 것과 같은 이질감의 원인을 함께 짚어볼 수 있다.

> 검은 구름에서 단 하나의
> 무거운 물방울이 떨어졌다.
> 아주 느린 속도로 내려와
> 나의 머리 위에 멈추었을 때
> 이마에 닿은 건 오직 묽고도 차가운 그림자.
> 세 줄기로 갈라져
> 얼굴을 타고 흘렀다.
> (중략)
>
> 나의 병은 비로소 깊어갔다.
> 턱 밑의 한 점으로
> 세 줄기의 그림자가 모여들었고 (중략)
>
> ─「정지」 부분.

---

7) 이와 관련한 논의는 다음의 비평문을 참조해볼 수 있다. 이장욱, 「아이들, 여자들, 귀신들─김행숙 시집『사춘기』」, 「체셔 고양이의 붉은 웃음과 함께하는 무한전쟁 연대기─황병승 시집『여장남자 시코쿠』」,『나의 우울한 모던 보이』, 창비, 2005.

『간결한 배치』에서는 '나'의 내부에서 꿈틀거리는 1, 2, 3인칭의 다양한 인칭―내지 인칭성(人稱性)―에 대한 시선의 교차를 발견할 수 있다. 여러 인칭은 시집의 곳곳에 뒤섞인 채 윤곽을 드러내고 있는데, 먼저 1인칭 형상이 드러난다. 위 시의 상황은 빗방울이 떨어지기 시작하는 바깥이다. 일상에서 흔히 겪는 상황이지만 신해욱의 시적 주체는 빗방울을 통해 어떤 윤곽을 감각한다. '무거운 물방울이' 자신의 '머리 위에' 떨어진 사건으로 하여금, 시적 주체는 자신의 존재성을 감각한다. 머리에 떨어진 물방울은 '세 줄기로 갈라져' 광대와 턱선을 지나―'얼굴을 타고'―흐른다. 세 줄기의 물방울은 다시 '턱 밑의 한 점으로/세 줄기의 그림자가 모여'든다. 빗방울이 얼굴을 타고 떨어지는 경험은 누구나 한번쯤 겪는 일인데, 이 일상적 순간이 시적으로 승화될 수 있는 것은 다음의 진술 때문이다. '나의 병은 비로소 깊어갔다.' 빗방울을 통한 나의 존재 감각 속에서 시적 주체는 왜 병이 깊어갔다는 것일까? 정확히 알 수 없는 것에 대해 모르고 있었다면, 그냥 모른 채로 살아갈 수도 있겠다. 그러나 빗방울을 통한 존재 감각의 사건은 내 안의 해결 되지 않은 '나'라는 존재를 일깨웠다. 이 사건은 '나'라는 존재를 비로소 감각하게 함과 동시에, 해결할 수 없는 1인칭의 불가해한 세계로 시적 주체를 이끈다. 이는 그간 당연한 것으로 치부된 '나'의 발견이자, 낯선 '나'에 대한 시선의 탄생이다.

바람이 몰아쳤다. 잠깐 떠올랐다 떨어지는 순간, 여기 있던 모래 언덕이 지평선 근처로 이동하였다. (중략)

여기는 평면의 고장. 여기는 지평선의 건너편. (중략)

오 분 뒤에 숨었던 바람이, 다시 나를 들어 올릴 때, 머무르라, 그

대는 아름답다, 는 마르고 깔깔한 속삭임. 모르는 이름이 나를 가둔
다. 여기는 다시
　오 분 전이다.

—「某某」 전문.

　모모(某某)는 특정 사람을 지정하지 않는 '아무'나 '어떤', '누구'와 같은
단어이다. 제목만 보면 1인칭이 없는 건데, 홍미로운 건 이 모모의 세계 안
에서 역설적으로 1인칭이 발견된다는 것이다. 시적 주체는 빗방울로 하여
금 '나'라는 윤곽선이 그려지는 감각의 순간, '평면의 고장', '지평선의 건
너편'에 도착했다. 여기서 평면의 고장에 도착했다는 것은, 이전에는 3차
원의 세계에 살고 있었다는 뜻인데, 차원이 바뀌는 시선의 변화는 왜 일어
나게 된 걸까.

　2000년대 시가 서정적 자아로부터 탈각함과 동시에 다방(多方)의 3인
칭으로 변태했다면, 탈각되어진 1인칭의 공간은 텅 빈 상태가 될 것이다.
비유로 말하자면, 바람이 불면 날아가 버리는 껍데기가 된 1인칭은 더 이
상 존재할 곳이 없게 된다. 그런 와중에 빗방울 사건(「정지」)으로 말미암
아 내 안의 '나'라는 존재가 나를 엄습해오는 순간, 동시에 1인칭의 껍데기
가 바스라 지는 순간 1인칭의 공간은 납작한 평면의 공간으로 '나'를 이끌
게 된다. 이 이차원의 공간이 시적 주체의 내면세계라 할 수 있다면 어떨
까. 그곳에서 신해욱의 1인칭 시적 주체는 바람이 몰아치자 '어떤' 속삭임
을 듣고,('깔깔한 속삭임') 자신도 모르는 '누구'의 이름에 갇히게 된다.('모
르는 이름이 나를 가둔다.') 한편으로 그림 속 벨라스케스의 캔버스를 떠
올려 볼 수도 있는데, 평면의 이차원 공간에서—서정이라는 전통이 무너
진 곳에서—텅 빈 某某의 세계, 아무의 세계에서—그는 자신도 모르는
'나'를 감각하고, '나'를 그리는 선(線)의 여정을 시작하게 되는 것이다.

모르는 노래가
내 입 안에 가득 고여 있어.
(중략)

그렇지만 이건 이미
내가 있기 오래전에 끝난 노래들.

나를 지우고
나를 흉내 내는
무서운 선율.
(중략)

필시 너는 내 편일 테니
나를 좀
이 노래에서 벗겨줘.

　　　　　　　　　　　　　　　　　　ー「모르는 노래」 부분.

　평면의 세계에서 시적 주체는 '오래 전에 끝난' 그 서정의 '노래들', '나를
지우고/나를 흉내 내는 무서운 선율'로부터 벗어나려 한다. 납작한 1인칭의
세계에서 시적 주체는 아직 남겨진 서정의 '노래에서' '나를 좀' '벗겨'달라고
한다. 그는 나의 세계 안에서 '아무'에게 부탁의 말을 걸고 그곳에서 「가장 마
른 사람」을 만난다. 시적 주체의 시선은 계속 그를 향하지만 그는 곧 사라진
다.('당신의 죽음은 오래도록 계속되고 있었네'「그리고 아무도 없었다」) 그리
고 시적 주체는 '오랜 벌판'에서 덩그러니 남겨진 '모텔 첼로'를 발견한다.8)

---

8) 여러 명이 기거할 수 있는 모텔은 내 안의 3인칭화 된 '나'들이 존재하는 장소이다.
　그런데 왜 첼로일까. 추측컨대, 다양한 '나'는 현악기의 부드럽지만 한편으론 또 스
　산한 선율과 같은 존재이기 때문이지 않을까? 아니면 사라져버린 서정의 선율을
　찾기 위한 발로일까? '그'가 사라지자 그 평면의 고장에서 시적 주체는 '모텔 첼로'

모텔 첼로에서 시적 주체는 다양한 3인칭의 '나'를 마주한다. 이방인을 만나기도 하고, 안내인을 만나고, '무수한 눈이 벽을 기어 다니는' 것을 보고, '나를 가두기 위해 번식하'는 '차갑고 축축한 벌레들'을 만난다. 그리고 결국 시적 주체가 찾던 '그'를 만난다.9)

> 나는 그를 가둔다.
> 어두운 이곳에 그가 있다.
> 오래 묵은 사랑이
> 손끝에서 터진다.
> (중략)
>
> 최후의 시선이 나를 스친다.
>
> —「카프카—107호」 부분.

시의 제목과 내용으로 추측컨대, 카프카 『변신』에 나오는 그레고르 잠자가 '그'인 것으로 보인다. 그는 결국 죽게 되는데, 이를 통해 소실점이라는 근대의 폭력 아래 소외된 인간의 죽음이라는 은유를 덧붙여볼 수 있다. 그러나 이렇게만 본다면, 일반적이고 단층적인 의미로만 보인다. 그녀의 시는 공간의 변화를 통해 중층적 의미를 획득한다. 잠자의 죽음으로 말미암아 '나'는 3인칭의 '바깥으로/벗어나'(「벽」—B110호/B111호」) '환한 마을'에 당도한다. 시적 주체의 시선은 이제 2인칭으로 향한다. '당신'을 마주하고 희미해지는 '당신의 무수한 표정들'을 본다.

> 이곳에선 몇 개의 선분만이

로 향한다.

9) 「이방인—101호」, 「안내인—102호」, 「눈들의 시간—106호」, 「변신—107호」

당신을 구획하지.

햇빛을 빌려 당신은
어쩌면 등 뒤만을 지운 것.
동구 밖엔 아주 천천히
(중략)
당신의 무수한 표정들이.

　　　　　　　　　　　　　　　―「초입」부분.

　환한 마을엔 선분이 몇 개 있다. 평면의 세계에서 두 선을 곧게 이은 선분은 시적 주체인 '나'와 '당신'을 연결하고 구획하는 시선이다. 시적 주체는 '등 뒤만을 지운' 2인칭인 '당신의 무수한 표정'을 본다. 등 뒤를 지운 것은 평면의 세계이기 때문인데, 이곳에서 시적 주체는 '나'라는 1인칭의 생경함을 감각한다.('여긴 몹시 이름이 부족하군', '나는 너무 생경하고'「外界人」) 평면 세계에서의 선의 감각은, 안에서 보는 시선과 바깥에서 보는 시선이 다르다. 바깥에서 보면 건축의 평면도와 같은 그림을 보고 있는 것과 같다. 바로 여기서 차원이 바뀌는 시선 변화의 이유를 짚어볼 수 있다. 기존의 1인칭 시선에서 벗어나서, 새로운 1인칭 시선으로의 구획을 위해서는 시선의 재배치가 필연적으로 선행되어야 하기 때문이다. 여기서 또한 <시녀들>에서의 이질감이 겹쳐진다. 이 평면의 세계가 화가의 캔버스라는 은유를 경유한다면, <시녀들>의 그림 안에서 관람자 쪽을 향해 그림을 그리고 있는 벨라스케스처럼, 시적 주체는 평면의 세계에서 선분을 중심으로, '나' 안에서 '나'(존재)의 상(像)을 다시 그리는 작업을 이어가고 있다. 그렇게 하여 시 안에서 '나'를 그리는 비가시적인 시선이 드러난다.

　여기서 나가고 싶지만 나에게는 발목이 없는데//그런데 누가//내

시야의 가장자리에서//길고 긴 연필을 끊임없이 깎고 있는 걸까요.
                                            ―「너무 오래 남은 아이」 부분.

위 시를 내면에 남은 유년의 주체의 분열 또는 발화 정도로 본다면, 곤란하다. 단선적인 시선은 '나'를 감각하는데 있어 저해 요소이다. 시적 주체는 멈추지 않는다. '나'라는 평면의 세계, 달리 말하면 캔버스에서 '나를 감각하는 일'을 '멈추지 않는다.'(「검객」) 그는 '하얀색만 남아 있'(「하얀 사람」)는 공간에서, '근거 없는 증명'을 이어간다.

하얀 배경 위를
하얀 반점들이 떠다닌다.
시선이 움직인 자리마다
축축한 자국이 남기도 하지만
(중략)
나와의 간격도
나에 대한 태도도
(중략)
한결같이 요원하다.
                                            ―「빛나는 얼룩」 부분.

'나'라는 증명할 수 없는 것에 대한 집요한 발로는, 결코 재현 불가능한 '나'라는 장소를 그려가는 작업이다. '나'는 얼룩으로 남겨져 있고, 언제나 '한결같이 요원하다.' '나'의 내면에서 벌어진 다양한 인칭의 혼재와 접속은 다채로운 사건을 촉발하면서 나의 위치를, 내 안의 나의 모습을 새로이 배치해야만 하는 문제에 직면한다. 그리하여, 신해욱의 간결한 배치는 끝나지 않는다. 두 번째 시집에서 '나'라는 존재의 물성 감각을 이어간다.

4. 1인칭 시선의 교선 ─『생물성』(민음사, 2009)

1인칭 '나'의 위치를 재배치하는 과정에 있어서, 신해욱은 기존의 1인칭을 공고히 다져나가기 보다도 빗방울의 사건으로 시작하여 '나'라는 평면의 세계 안으로 들어갔다. 그 안에서 '나'의 선분을 그리는 과정은, 1인칭을 새로이 감각할 수 있는 지평을 열었다. 이후 신해욱은 1인칭의 캔버스 안에서 빠져나오기 보다는 그 안에 남아서 '나'를 느낀다. '내' 안의 꿈틀거리는 어떤 것. 생동하는 생물성을 감각한다.

> 이목구비는 대부분의 시간을 제멋대로 존재하다가
> 오늘은 나를 위해 제자리로 돌아온다.
>
> 그렇지만 나는 정돈하는 법을 배운 적이 없다.
> 나는 내가 되어가고
> 나는 나를
> 좋아하고 싶어지지만
> 이런 어색한 시간은 도대체 어디서 오는 것일까.
>
> 나는 점점 갓 지은 밥 냄새에 미쳐간다.
>
> 내 삶은 나보다 오래 지속될 것만 같다.
> ─「축, 생일」 전문.[10]

하나의 사건은 각자가 어떤 위치에서 어떻게 생각하느냐에 따라서 다양한 입장이 생긴다. 위 시에서 시적 주체는 생일이란 사건 앞에서 의아하

---

10) 신해욱, 『생물성』, 문학과지성사, 2009. 이하 작품 인용시 서지 정보 생략함.

다. '이런 어색한 시간은 도대체 어디서 오는 것'인지 반문하며, '나'는 기쁨보다는 이질감을 느낀다. 이 느낌은 일 년에 반드시 한 번 돌아오게 되는데, 그때마다 시적 주체는 '점점 갓 지은 밥 냄새에 미쳐간다.' 밥은 현실을 살아가는 세계에서 살아남기 위한 필수적인 것이며, 시적 주체는 매년 조금씩 이 밥의 세계에 적응을 해간다. 여기서 주목할 것은 마지막 연이다. 특정할 수 없는 '나'라는 존재는 의아하고 요원한 가운데, 시적 주체는 스스로 삶을 이끌어 가는 능동이 아닌, 삶이 '나보다 오래 지속될 것만 같다'는 피동적인 감각을 진술한다. 이는 세계의 중심에 놓여 있던 서정적 자아, 1인칭과는 전연 다른 시선이 등장하는 순간이다. 외부의 시선으로부터 '나는 인간이 되어가는 슬픔'(「끝나지 않은 것에 대한 생각」)을 느끼며, 그와 동시에 '나'라는 생물의 살아 있음을 경험한다. 역설적인 건, '나'는 외부의 시선으로부터 체감되어진다는 것이다. 그리고 시적 주체는 이 알 수 없는 감각을 '슬픔'이라 말한다. '사람의 모습으로 밥을 먹고/사람의 머리로 생각'(「보고 싶은 친구에게」)하며, 삶이라는 현실 속의 '나'는 상징 세계에 사로잡힌 존재가 되는 것인데, 이와 같은 시선의 전환은 응시(gaze)를 떠올리게끔 한다. 라캉의 재밌는 사례인 통조림 깡통 사건을 잠시 통과해 볼 수 있는데,[11] 모든 위치에서 주체를 바라보는 응시는, 1인칭

---

11) 20대 시절 라캉은 브르타뉴 지방의 작은 항구에 머물렀다. 한 번은 어부 일가와 함께 바다로 나갔다. (중략) 고기를 잡기위해 조각배 위에 있던 라캉은 꼬마장(Petit-Jean)이 가리키는 곳을 보았다. 바다 위에 떠있는 것은 정어리 통조림 깡통이었다. (중략) "보이나? 저 깡통 보여? 그런데 깡통은 자네를 보고 있지 않아!"라고 꼬마장이 라캉에게 말했다. 꼬마장은 이 일을 매우 재밌어 했지만 라캉은 그러지 못했다. 그 이유는 깡통이 라캉 자신을 응시하고 있었기 때문이다. 깡통은 '라캉을 응시하는 모든 것'에 위치'한 채 광점으로부터 라캉을 바라보고 있었다. 그리고 꼬마장의 말을 듣는 순간 그는 자신이 세계 내에서 아무것도 아닌 것처럼 느꼈다. (중략) 아주 작게나마 그림 속의 얼룩이 되었기 때문이다. (자크 라캉, 맹정현·이수련 옮김, 『자크 라캉 세미나 11』, 새물결, 2008, 149~150쪽, 참고.)

이 보는 주체가 아니라 보여 지는 주체로 위치가 바뀌게 되었음을 뜻한다. 그리고 이제 내가 바라보는 시선과 외부에서 나를 향해 보는 시선이 겹쳐질 때, 그때 '나'는 나라는 물성을 감각한다. 가령 시적 주체가—태어나게 되어— 생일을 맞이했을 때와 같은 순간. 나를 중심으로 보는 것에 익숙했던 나는 바깥의 시선에 포획된다. 나는 이제 내가 낯설다. 모든 게 낯설다.

이상한 전화가 왔다.

"기다려. 지금 갈게."
(중략)

식민지가 된 것처럼 나는 조용했다.
(중략)

원래부터 그래야 했던 것 같았다.

—「벨」 부분.

두 개의 시선이 교차하는 순간, 겹침을 통해 드러나는 교선의 지점은 이전의 1인칭이 경험하지 못했던 감각이다. 때문에 '나'는 언제나 생경하기만 하다. 위 시도 마찬가지다. '이상한 전화가 왔다.' 전화를 한 사람은 시적 주체에게 말한다. "기다려. 지금 갈게." 부지불식간에 외부 또는 타자가 '나'에게 틈입해 오는데, 이 앞에서 시적 주체는 '식민지가 된 것처럼' 조용히 그것을 듣는다. 시선의 재배치를 통해 보이는 주체가 된 1인칭의 '나'는 외부 세계의 응시에 종속된다. 첫 시집이 평면의—캔버스—세계 안에서 '나'의 위치를 선분을 통해 다시 조정·가늠했다면, 두 번째 시집에서 시적 주체는 교선의 순간마다 '원하지 않는 생각에 잠기고/오늘은 자꾸만 끝이'(「화이트」)나는 익숙치 않은 경험을 한다. 그 속에서 다만 생동하는 '나'라는 생물 덩어리를 감각할 뿐이다.

> 그날 나는 물 같은 시선과 약속을 했다.

> 가운뎃손가락에 물을 묻혀
> 원을 그리고
> 붓을 빨아 햇볕에 말렸다.
> (중략)

> 물이 아니라면 내 영혼은 외로움에 젖겠지.
> (중략)

> 지워지지 않는 종이와
> 투명한 믿음이 필요했다.
> ─「물감이 마르지 않는 날」 부분.

생물성(生物性)의 국어사전적 의미는 살아 있는 생물에서만 볼 수 있는 고유한 성질이다. 생물의 고유한 성질이란 오랜 시간 축적되어온 경험을 통해 습득된 감각이며, 이는 기억의 한 특성이기도 하다. '그날' 시적 주체는 물 같은 시선과 약속을' 했는데, 그날을 병이 깊어가기 시작한 그때(「정지」)의 기억과 접속시켜보면 어떨까? 빗방울을 통한 '나'라는 존재 감각의 사건. 시적 주체는 그날을 떠올리며 손가락에 '물을 묻혀/원을 그'린다. 물의 축축한 물성을 통해 '나'의 존재를 기억하고자 하는 시적 주체는 살아 있음 그 자체, '나'라는 생물성의 '투명한 믿음'을 갖고자 한다.

> 아마도 나는

우리를 탈출한 흉폭한 동물을 생포하기 위한 예행 연습.

나는 단련되어가고 있었으나
그것은 상상 불가능한 표정이었다.

여분의 마스크와 안대를
주머니에 넣었다.
얼굴이 없는 불행을 견디기엔
나는 너무 나약했다.

—「생물성」부분.

　시선과 응시의 생경함 앞에, 투명한 믿음을 가진 시적 주체는 '우리를 탈출한 흉폭한 동물'을 생포하기 위한 '예행 연습'을 이어간다. 우리에 갇혀있던 길들여지지 않은 '흉폭한 동물'을, 신해욱의 시선을 읽는 독법에 따라서 '내' 안의 폭력적인 시선으로 치환한다면, 여기서 폭력적인 시선은 두 가지 차원으로 볼 수 있다. 하나는 외부 세계를 '나'의 시선으로 포획하고 바라보던 예전의 1인칭이다. 새로운 1인칭 시선을 배치하기 위해서는 전통의 1인칭을 잡아두는 연습이 필요하다. 그리고 이 예행 연습은 앞서 조대한과 양경언의 언급을 다시 떠올리게 한다. 최근 시단의 1인칭이 '나'를 통해 '낯섦'을 재배치하려는 움직임을 보이고 있다고 했는데, 이에 앞서 1인칭의 역습과 1인칭의 연습은 이미 신해욱에서부터 선행되어 있었다. 정확히 말하자면, 1인칭의 역습은 2000년대의 탈주하는 인칭의 장(場)에서 1인칭의 평면의 세계로 들어간 『간결한 배치』(2005)를 통해 이뤄졌다. 나아가 『생물성』에서 1인칭의 시선과 응시 안에서 기존과는 다른 새로운 1인칭의 연습이 이뤄진 것이다. 그리고 여기서 폭력적인 시선의 또 다른 하나를 짚을 수 있다. 그것은 확고한 전통의 1인칭에서 벗어난 '나'를 뜻한다. '나'도 내 안의 알 수 없는 생물인 1인칭을 생포하고, 예행 연습하지 않으면 안 된다. 1인칭에 대한 예행 연습 과정이 없다면 1인칭 발화는 옛 1인칭으로 돌아가게 될 것이다. 때문에 시적 주체는 두 가지의 1인칭을 '생포하기 위한 예행 연습'을 이어간다. 평면의 세계인 캔버스 안에서 '나'는 재구성된 시선으로 세계를 다시 보고자 한다. 말하자면, 그림 속에서 그림을 그리는 벨라스케스의 위치에서 '나'를 그려보는 일을 이어가고 있는 것인데, '그것은 상상 불가능한 표정이'며, '얼굴이 없는 불행'이다. 과거에는 외부 세계를 '내' 안으로 끌어와 쉽게 직조했었다. 그러나 시선의 전복은, 기존의 논리에 익숙했던 시적 주체에게 판단 중지를 선언한 것과 같다. 때문에 시적 주체는 살아 있음 자체를 감각하는 와중에도 의아함과 낯설음을 반복해서 느끼게 된다.

> 주머니에 손을 넣고
> 나는 인간과 같은 감정을 몇 개씩
> 달그락거려본다.
>
> 이럴 때 인간이라면 보통
> 어떻게 해야 하는 건가.
> —「과거의 느낌」 부분.

어떤 감정이 일었을 때, 예컨대 외로움이라는 감정이 들었을 때, 과거 1인칭은 외부 세계를 나의 외로움으로 포섭하면서 발화하는데 큰 어려움이 없었다. 그러나 응시 안에서의 모든 생각과 감정은 재구(再構)된다. '이럴 때',—외로울 때—'인간이라면 보통/어떻게 해야 하는건가.' 역시 계속해서 생경할 수밖에 없다. 소실점으로 조망되었던 이전의 세계는 분할된 공간을 선으로 직조한 영역이다. 나는 가시적 시각 장(場)을 보는 주체이면서 동시에 직조된 주체이다. 그러나 평면의 세계로 말미암은 시선의 전환은 응시로 나아갔고, 이제 대상이 어디서나 주체를 바라보고 있는 것이며, 주체가 시선의 중심이 아님을 알게 된다. 비가시적 시각 장 속에 주체가 사로잡힌다. 이 사로잡힘 안에서 시적 주체는 선득한 생물성을 감각한다. "사실 나는 다른 사람이야."(「방명록」)

5. 1인칭 시선의 탄생

이제 정리를 해야할 것으로 보인다. 신해욱의 시편을 읽으면서 느낀 생경함의 이유는 1인칭 시선의 재배치로부터 비롯된 것이다. 그동안 가시적인 것을 보는 '나'는, 100퍼센트 확고한 부동의 1인칭이었다. 그러나 바깥의 대상을 '나'의 것으로 포괄하던 1인칭은 신해욱의 두 시집을 거치면서 전복된다. 오히려 확고하지 않음으로(−100%)의 1인칭이 탄생했다. 직관적 편의상 숫자로 표현했는데, 100퍼센트와 −100퍼센트 사이의 낙차는 꽤나 큰 거리감을 드러낸다. 그리고 이 사이가 일상에서 교묘히 겹쳐지는 교선의 순간, '나'는 정말이라고 믿었던 것. 또는 믿어왔던 것에 대해서, 정말인지 의문 부호를 붙이게 된다. 매번 시적 주체는 낯설고 생경한 '나'를 경험하게 된다. 이처럼 시선의 역전을 통해 낯섦을 재배치하기 위한 1인칭의 탄생은, 비로소 비가시적인 세계까지 탐침할 수 있게 되었다. 이후 신해욱 시의 여정은 1인칭을 투과하여 더 내밀한 투명의 세계로까지 나아간다. 명명하자면, 그녀는 '무한의 1인칭 세계'를 향해 간다.[12] 세 번째 시

---

12) 『syzygy』(2014), 『무족영원』(2019)

집의 제목인 'syzygy'는 말 그대로 시를 지키는 '시지기'로 볼 수도 있는데, 다른 의미로는 서로 잇닿음, 이어 맞닿게 한다는 뜻의 연접(連接)이 있다. 신해욱은 보이지 않지만 연결되어 있는 1인칭 간의 접속의 느낌을 시를 통해 보여준다. 그리고 종내에는 인간이 닿을 수 없는 미지의 세계까지 나아가고자 한다. 마찬가지로, '무족영원'은 공룡시대 때부터 살아온 원시의 양서류이다. 살아 있는 화석으로 불리는 이 무족영원은 시력이 안 좋기 때문에 눈 이외의 다른 감각기관을 이용하여 먹이를 사냥하며 살아간다. 앞선 2000년대 두 시집에서 시선의 교차와 응시가 이뤄졌다면, 교선을 통해 1인칭의 낯섦이 드러났다면, 신해욱은 syzygy를 통해 가시적 세계와 비가시적 세계가, 염주처럼 보이지 않는 투명한 선으로 연결되어 있음을 감각하고 드러낸다. 그리고 무족영원에 이르러서, 보이지 않는 세계의 감각을 간결한 시적 언어로 길어올려 채록한다.

그러니까, 그림 속 벨라스케스가 보는 풍경이 어떤 것인지, 그의 캔버스에는 어떤 형상이 있는지, 알 수 없지만 우리는 신해욱의 무한의 1인칭을 통해서 '낯섦' 자체를 재배치해 볼 수 있다. 그러니까, 영영 해결할 수 없는 1인칭의 난해함을 매혹의 시선으로 탈바꿈시키는 신해욱은 2000년대 1인칭의 재배치를 실행한 중심임과 동시에, 지금도 역시 1인칭의 맨 앞에 있다고 할 수 있다. 『생물성』의 맨 마지막 시 마지막 연에서 '나'를 부르는 1인칭의 목소리가 여전히 맴돌고 있다. '우리 집에 가자./우리 집에는/이름이 아주 많아.'(「방명록」)

2000년대 시에 나타난 여성적 숭고와
그로테스크 미학
―진은영 시집『일곱 개의 단어로 된 사전』을 중심으로

정애진

1. '엽기적' 세기말 감성, 그로테스크의 태동

20세기의 끝, 1999년도는 그야말로 격변의 시기였다. 이른바 '세기말 감성'[1]으로 지칭되는 분위기는 사회문화 전반에 녹아들어 새로운 감수성과 경향성을 자아내고 있었다. 가요계에서는 전통적인 발라드를 제치고 '여전사', '사이버펑크' 이미지를 필두로 한 가수들이 상당한 인기를 끌었으며, 패션 흐름 또한 '빈티지', '밀리터리', '메탈' 등 개인의 개성을 드러내는 방식으로 다양성을 띠게 되었다. 사회 곳곳에서 변화의 바람이 거세게 불고 있었던 것이다.

---

1) 사전적으로 정확히 정의된 바는 없으나, 주로 '한 세기의 끝에서 다음 세기를 기다리는 사람들의 기대와 불안감', 나아가 '사회의 몰락으로 사상이나 도덕, 질서 따위가 혼란에 빠진, 퇴폐적이고 향락적 분위기'를 뜻하는 용어로 일컬어진다.

당시 한국 사회는 새 시대에 대한 기대감과 동시에 막연한 불안감이 함께 공존하고 있었다. 1997년 외환위기로 인한 국가적 혼란이 채 가시지 않은 상태에서, '밀레니엄 버그'라는 절체절명의 위기 상황을 맞이하게 될지도 모른다는 우려 때문이었다. 컴퓨터가 '2000'이라는 숫자를 문제없이 받아들임으로써 단순 해프닝으로 끝났지만 20세기를 살아온 사람들에게 '21세기'가 가져올 파장은 그만큼 어마어마했다.

21세기가 도래한 후, '글로벌', '디지털', '소통', '참여', '얼짱', '신세대' 등 다양한 키워드가 우리 사회에 새롭게 정착했다. 특히 인터넷망의 보급화로 인한 '정보의 다양화와 편리성'은 가장 큰 변화 중 하나였는데, 이 같은 흐름을 타고 급부상한 이슈가 바로 '엽기'이다. 초등학생부터 10대 청소년들, 나아가 20대에 이르기까지 인터넷 사용이 일상화된 젊은 층들 사이로 '엽기'가 빠르게 유행하기 시작했다. 이상한 것, 괴기한 것, 섬뜩한 것, 자극적이고 폭력적인 것에 열광하는 한편, 정형화된 것, 모범적인 것, 반듯한 것을 거부하는 현상이 급속히 퍼져나갔다.

혹자는 사회가 이 '비정상적이고 괴이한 것에 흥미를 느끼는 취향'에 열광했던 이유를 2000년대라는 시대적 특이성에서 찾는다. 한 번도 맞이해 본 적 없는 새 시대의 충격과 공포를 미리 경험하고, 또 대비하기 위해 잔혹하고 적나라한 '엽기'에 광적으로 집착했다는 것이다. 그러나 유독 젊은이들에게 각광받았다는 점을 미루어 생각해볼 때, 그것은 스스로를 드러내고 의미화하기 위한 하나의 방법에 더 가까워보인다. '엽기'의 형태로서 소비되던 똥, 오줌, 구토 등의 '배설 이미지'가 '새로움을 통한 개성의 표출', '자아실현'의 욕구와 맞닿아 있다고 볼 수 있는 것이다.

이 '기괴하고 이상한 것'에 대한 관심은 2000년대를 거쳐 훨씬 폭발적으로 성장했으며, 나아가 '그로테스크[2]'라는 명칭을 통해 대중적 양상으로 확산되기에 이르렀다. "'엽기문화'라는 이름으로 폭력성과 코미디를 결합"한 웹툰, "음산함과 해방감이 결합"된 펑크 룩, "육체에 관한 잔혹한 묘사"와 "익살스러운 분위기를 결합시"킨 영화에 이르기까지 '그로테스크'는 '엽기'의 또 다른 일면으로서 번지기 시작한 것이다.[3]

이러한 현상은 문학에서 또한 예외가 아니었다. 끔찍한 학대와 폭력이 난무하는 장면, 전염병이 창궐한 도시에 쥐가 들끓고 붉은 선혈이 낭자하는 장면 등 음습하고 스산한 분위기를 형상화하는 소설들이 다수 출간되는가 하면, 기존에는 없던 낯설고 독특한 어법을 통해 그로테스크한 느낌을 자아내는 소위 '미래파' 시인들이 주목받기도 했다. '그로테스크'의 사전적 정의는 '괴기하고 우스꽝스러운 것, 극도로 부자연스럽고 흉측한 것', '인간이나 사물 따위를 괴기스럽게 묘사한 예술미'로 짧게 요약될 수 있다. 즉, '그로테스크'는 현실의 한 장면이나 현실 저 너머의 불쾌한 환상을 지시하는 한편, 그러한 대상을 예술적 표상으로 재현해내는 방식까지 포괄한다. 이런 측면에서 볼 때, 문학 작품 속에서 '그로테스크'가 갖는 진정한 가치는 친숙한 일상을 낯설게 만듦으로써 우리가 외면해온 소외된 세계를 직시할 수 있도록 하는 데 있다고 보아야 할 것이다.

---

2) 그로테스크라는 용어는 15세기 말 로마의 유적지에서 발견된 건물 벽면에서 유래한 것이다. 유적지의 벽과 천장에는 다양한 공상 속 동물과 식물, 인간의 모습이 괴기한 형상으로 결합되어 있었으며, 이를 처음 보는 이들에게 낯선 느낌을 주기에 충분했다(필립 톰슨, 김영무 역, 『그로테스크』, 서울대학교 출판부, 1986.); 18세기 유럽의 미학자들은 그로테스크를 "기이함의 아종이되 조야하고 저급하고 우스꽝스러우며 몰치미하기까지 한 기이함"으로 설명했으며, 이는 무용, 미술 등의 예술이 아니라 장터 연극 등에나 어울릴 법한 개념으로 여겨졌다. 그러나 이후 "그로테스크의 개념을 미학적 범주로 확립하려는 시도"가 일게 되면서 "현실세계가 파괴되며 발밑이 아득해지는 듯한 충격과 섬뜩함, 뭐라 표현할 수 없는 당혹감", "현실세계인 동시에 현실세계가 아'닌 것 등으로 그 의미가 확장되었다.(볼프강 카이저, 이지혜 옮김, 『미술과 문학에 나타난 그로테스크』, 아모르문디, 2011.)

3) 이창우, 『그로테스크 예찬:한국 영화를 통해 본 사회변동의 문화사』, 그린비, 2017, 16쪽.

2. '추(醜)'의 미학을 통한 여성적 숭고의 가능성

줄리아 크리스테바는 '아브젝시옹(abjection)'과 '아브젝트(abject)' 개념을 통해 아름답지 않은 것, 즉 '반미학'으로서의 '그로테스크'를 설명한 바 있다. '아브젝시옹'은 "자신을 위협하는 것에 대항하는 존재의 격렬하고도 어렴풋한 반항"이자 "충동과 혐오의 양극에 놓인 자들을 자신의 바깥으로 몰아"내는 행위 그 자체이다.4) 비참하고 버려진 것들, 말하자면 상한 음식물이나 오물을 보고 느끼는 혐오감과 그로부터 나를 보호하고자 자연스럽게 일어나는 반응들(근육의 경련 혹은 구토)이야말로 가장 기본적인 형태의 아브젝시옹이라고 할 수 있다. 반면 '아브젝트'는 "나에 대항하는 것이라는 가치만을 갖는" 것, "자기 주인에게 도전장을 내"며 "육중하고도 갑작스런 이질성"을 만들어내는 어떤 것으로 정의된다.5) 즉, 친숙하고 익숙했던 무언가(세계, 타자, 나 자신)로부터 반감과 혐오의 감정을 느끼고, '나'로부터 멀어지기 위해 '나'에게 격렬히 대항하려는 시도로 이해할 수 있다. 결과적으로 아브젝시옹'과 '아브젝트'는 모두 '존재의 축' 속에서 끊임없이 요동치고 있으며, 그 속에서 주체는 스스로를 재정의하기 위해 고군분투한다.

때문에 내부에 숨겨진 더럽고 비천한 속성을 드러내는 행위로서의 '아브젝시옹'은 남성 중심의 미학을 비판하고, 이를 뛰어넘어 새로운 미적 쾌의 가능성을 모색하는 '여성적 숭고'를 보다 분명히 드러낼 수 있는 개념으로 일컬어진다. 칸트에 의하면 '숭고'란 "절대적으로 큰 것"으로 정의된다. 유한한 인간이 광활한 대지와 산봉우리, 무한한 우주 공간과 마주할

---

4) 줄리아 크리스테바, 서민원 역, 『공포의 권력』, 동문선, 2001, 21쪽.
5) 위의 책, 22쪽.

때 느끼는 불쾌, 이 '불쾌'를 넘어 '쾌'에 도달하는 순간, 비로소 우리는 '숭고'를 경험한다. 나아가 에드먼드 버크는 미의 하위 범주에 있던 숭고를 독립적인 탐구의 대상으로 삼고, 미와 숭고의 개념을 분리하여 설명하고자 했다. 그에 의하면 "어떤 형태로든 고통이나 위험의 관념을 불러일으킬 수 있는 모든 것은 우리가 느낄 수 있는 가장 강한 감정인 숭고의 원천이다."[6] 숭고는 아름다운 대상을 바라볼 때가 아니라 끔찍한 공포, 절박함에서 기인한 절망과 마주했을 때 느낄 수 있는 것이다. 이러한 고통과 위험에서 가까스로 벗어났을 때 우리는 비로소 '안도감'으로서의 '쾌'를 경험하게 된다.

이렇듯 버크에게 있어 숭고란 폭풍우나 해일, 높은 절벽과 끝을 알 수 없는 동굴처럼 인간에게 공포감을 주는 자연적 대상을 통해 드러날 수 있는 것이었다. 인간을 압도하는 자연 현상을 통해 느끼는 공포와 '그것들이 실제로 우리에게 해를 끼칠 수 없다'는 안도감의 정서, 이 같은 전통적인 숭고는 거대하고 압도적인 것, 즉 남성적인 미학을 향해 있었다. 반면 여성적인 미학은 작고 아름다운 것, 우아하고 세련된 것, 연약하고 불완전한 것을 통해서만 규정될 수 있었다. 이 같은 전통미학의 부조리함을 타파하기 위해 페미니즘 미학자들과 예술가들이 제안한 것이 바로 '여성적 숭고'이다. 그들은 이 여성적 숭고를 통해 기존의 미학 개념을 비판하고, '불쾌'를 넘어선 새로운 '쾌'의 가능성을 모색하고자 했다.

전통적인 가부장적 미학 체제 속에서의 남성적 숭고는 이성적인 주체가 불쾌한 대상을 지배할 때 공포가 쾌로 전환되며 발생한다. 반면 여성적 숭고에서 불쾌는 쾌로 전환되지 않고 불쾌로 남게 된다.[7] 가부장적 이념

---

6) 에드먼드 버크, 김동훈 옮김, 『숭고와 아름다움의 관념의 기원에 대한 철학적 탐구』, 도서출판 마티, 2006, 74쪽.
7) 캐롤린 코스마이어, 신혜경 옮김, 『페미니즘 미학 입문』, 경성대학교 출판부, 2009,

하에 여성 주체는 남성을 비롯한 타자를 압도할 만한 힘이 없기에 여성적 숭고란 실천 불가능한 이론으로 받아들여진다. 그러나 위협하는 타자를 길들이고 억압하는 방식이 아니라 "타자와의 통합을 통해 주체인 자기 자신과 자신이 속한 세계를 변경하는 방향으로 나아간다"는 점에서 남성적 숭고와 구별되는, 여성적 숭고가 가진 진정한 의미를 확인할 수 있다. 이 과정 속에서 아브젝시옹은 '분리', 그리고 '승화'의 두 단계로 구분되는데, '분리'로서의 아브젝시옹'이 "가부장제에 거주하면서 여성의 신체 위에 새겨진 가부장제의 추악함을 더욱 강렬하게 드러내 이에 대한 공포와 불쾌를 극대화한다"면, '승화'로서의 아브젝시옹은 "무질서, 기괴함, 끔찍함, 역겨움 등으로 나타"나는 여성 이미지를 통해 "새로운 정체성과 삶의 가능성을 보여주는 극단의 쾌"로서 작용하게 된다.8) 더 구체적으로 표현하자면 "여성들 스스로가 공포와 혐오를 불러일으키는 전략"을 통해 여성 스스로 "비천한 존재가 되면서 전통적인 이성중심적 가부장 사회의 미적 개념을 조롱하고, 기존의 여성성을 전복"하는 것이다.9)

이렇게 볼 때, '여성적 숭고'와 '아브젝시옹'은 '엽기' 혹은 '그로테스크', 더 나아가 2000년대 시에 나타난 '여성 주체'의 경향성을 살피는 데 탁월한 이론적 토대가 될 수 있을 것이다. 2000년대 시단에 등장한 여성 시인들은 저마다의 방식으로, '여성'이라는 존재론적 틀을 거부하고 '가부장제'라는 거대 담론에 저항하고자 했다. 견딜 수 없이 혐오스러운 존재인 나 자신을 갈기갈기 분해하고, 여성성과 남성성이 혼종하는 '뭐라 설명할 수 없는 주체'를 탄생시키는 등의 파격적인 시도는 밀레니엄 시대의 새로운 성(姓) 담론을 탄생시키기에 충분했다.

260쪽.

8) 김주현, 「숭고」, 『여/성이론』 제27호, 도서출판여이연, 2012.12, 11~12쪽.

9) 유서연, 『공포의 철학』, 동녘, 2017, 207쪽.

이 글에서는 2000년대를 대표하는 여성 시인인 진은영의 첫 시집 『일곱 개의 단어로 된 사전』에 주목하여 '여성적 숭고'와 '그로테스크 미학'이 현현되는 방식을 고찰하고자 한다. 진은영의 시에는 가부장제 질서를 부정하고 그 속에 존재하는 '나'를 또 다른 세계로 끌어내고자 분투하는 시적 주체가 등장한다. '나'는 집, 가족이라는 대상을 통해 느낄 수 있는 친근하고 편안한 정서를 '불쾌한 감정'으로 전환하여 가부장제의 추악함을 전면에 내세운다. 자신의 내면에 존재하는 가부장적 질서와의 대면을 통해 표출되는 기괴함과 공포는 이전에 알던 익숙한 세계와 '분리'되고자 하는 욕망을 더욱 극대화한다. 더불어 '불쾌하고 추한' 대상의 이미지는 남성 권력이 만들어낸 공포와 불안을 단적으로 투사하는데, 이를 통해 경험하게 되는 극단의 '쾌'는 새로운 정체성과 삶의 가능성을 향하고 있다. 이 '그로테스크 미학'은 끔찍함과 역겨움이 가져다주는 묘한 쾌감을 통해 '남성' 위주의 사회적 질서를 전복시키고 발가벗긴다는 점에서 '여성'이라는 억압적 기표를 뛰어넘어 '성'(性)을 해방시키고자 하는 시도로 읽힐 수 있을 것이다.

3. 가부장적 질서에 대한 거부와 존재론적 분리의 욕망

진은영의 시는 자기 부정(否定)으로 점철되어 있다. 『일곱 개의 단어로 된 사전』의 시적 화자는 자신의 "커다란 귀를 잘라 / 바람 소리 요란한 밀밭에 던져버"린 고흐처럼(「고흐」) 자신을 억압하는 상징계적 질서에 순응하면서도, 그 세계 속에 존재하는 '나'를 혐오스러운 눈빛으로 바라보며 스스로를 파괴하고자 하는 대상이다. 또 한편 로미오의 죽음을 기다리기보다 자신이 먼저 "죽음의 수프 그릇"을 잡아드는 줄리엣처럼 주체적이고 능동적인 형상을 그림자 뒤에 몰래 감추고 있는 대상이다. 이 대상을 끊임 없이 옥죄어오는 것, 그가 강렬히 거부하고 벗어나고자 하는 것은 무엇인 가. 시적 화자인 '나'를 괴롭히는 것은 다름 아닌 '가족'이다.

> 밖에선 / 그토록 빛나고 아름다운 것 / 집에만 가져가면 / 꽃들이 / 화분이 / 다 죽었다
>
> ─「가족」 전문

오래 전부터 '가족'이라는 울타리는 사회를 존속하게 하는 가장 이상적 이며 보편적인 공동체의 한 형태로서 여겨져 왔다. 고정된 세계 질서 속에 서 '가족'을 부정하고 해체하려는 시도는 절대적으로 금기시되는 행위, 다 시 말해 정상적인 사회의 일원이 되기를 포기한다는 선언과도 같은 것이 었다. 그러나 시적 화자는 그 위험한 일을 감행하고자 한다. '사회'라는 거 대 기표, '아버지'라는 대타자, '여성'이라는 숙명적인 운명과 태어날 때부 터 복종하기를 강요당해야 했던 가부장적 질서 속에 존재하는 '나'는 '나' 자신이 마땅히 대항해야 할 대상임을 깨달았기 때문이다.

> 아주 어렸을 적, 혼자서 별들의 놀이터에 있을 때였다 / 그는 어디 로부턴가 와서 알 수 없는 곳으로 / 나를 끌고 갔다 / 내가 두려움에 떨며 처음 울음을 터뜨린 곳은 / 어느 낯선 집 차가운 요람 속이다 / 그의 말로 / 그는 세상에서 덧셈을 가장 잘하는 사람이다 / 수만 개 의 돌을 쌓아 도시를 만들었다 / 수만 개의 물방울을 모아 저수지를 만들었다 / 수만 개의 불꽃을 타고 화성에도 다녀왔다 // 유괴범, 그 에게는 덧셈의 가업을 이을 장자가 필요하다 / 유괴범, 그의 이름은 아버지다 / 유괴범, 그는 나를 좁은 철창에 가두었다 …(후략)…
>
> ─「유괴」 부분

'가족'의 일원으로서 속해 있는 '나'는 "드릴처럼 튼튼한 이빨을 가"졌음에도 "세상에서 가장 단단한 집"의 콘크리트 벽을 뚫고 들어가지 못해 더럽고 냄새 나는 수챗구멍을 통해서만 집을 드나들 수 있는 '나약하고 소극적인 쥐'이자(「귀가」), 집 속에서 주무시는 아버지와 손톱 깎는 어머니, 수학 문제를 푸는 동생을 짊어진 채 "집이 아니야 짐이야" 하고 외치며 세상을 향해 한 걸음 한 걸음 내딛는 '피 흘리는 달팽이'이다(「달팽이」). 그런 '나'는 가족들의 눈 속에 "벽을 타고 바닥을 정신없이 기"는 벌레로 비춰지기도 한다(「벌레가 되었습니다」).

친숙하고 익숙한 집이라는 공간과 가족이라는 대상을 혐오스럽고 이질적인 것으로 인식하는 순간부터 주체는 또 다른 세계로 도약하고자 하는 욕망에 사로잡힌다. 그것은 진저리치며 거부하면서도 겁에 질려 불안에 떠는 양가적인 감정이다. 동시에 통제 불가능한 부메랑처럼 원래의 '나'에게로 돌아올 것을 알면서도 '나'를 옥죄어 오는 상징적 질서에 대항하고 밀어내면서 그로부터 '분리'되기를 욕망하는 아브젝시옹 그 자체이다.

이 같은 처절함 속에서 시적 화자는 '아버지'를 "유괴범"으로, '나'를 '유괴당한 아이'로 형상화한다. 권위적이고 위엄 있는 말로 '나'를 꾀어낸 아버지와 그 말에 속아 "어느 낯선 집 차가운 요람"에서 눈을 뜬 '나' 사이에는 "덧셈"이라는 강요된 믿음이 자리하고 있다. "수만 개의 돌을 쌓아 도시를 만들"고, "수만 개의 물방울을 모아 저수지를 만들"고, 심지어 "수만 개의 불꽃을 타고 화성에도 다녀왔다"는 '아버지'는 "덧셈"을 통해 세상에서 가장 거대하고 압도적인 존재론적 지위를 획득한다. 사회의 핵심 주체로서 중요하고 옳은 일을 하는 주체, 누구보다 앞장서서 성장과 발전을 이룩하는 주체가 '여성'이 아닌 '남성'이어야 한다는 남성중심주의적 믿음은 "덧셈의 가업을 이을 장자"를 필요로 하고, "장자"가 될 수 없는 '나'는 두려움에 떨 수밖에 없다. 즉, '나'를 "좁은 철창"에 가둔 것은 아버지이자 발 딛고 살아가는 사회, '남성성'으로 충만한 세계이다. 이 같은 세계에서 압도적인 이질감을 느끼며 가부장적 시스템과의 친밀성을 끊어내려는 순간, 비로소 시적 주체는 자신의 삶과 신체 안에 각인된 모순과 억압을 폭로하는 데 성공하게 된다.

창문 밖 전나무 가지 위에서 까마귀가 운다. 누가 뱉어놓았지? 저녁노을에 모처럼 활짝 잎을 펼친 꽃들은 가래침으로 덮여 있다. 맑은 밤이면 하늘 가득히 누군가 빼놓은 눈알들이 빛난다. 알리바이가 필요할 때를 제외하고, 늘 그는 커튼을 닫는다. 아무도 모르지만 그에게도 아들은 있어. 사귀던 여자는 초콜릿시럽이 잔뜩 발린 거대한 아이스크림을 낳았다. 오! 내 아들 그가 열정적으로 포옹했을 때 녹아버린, 온몸에 찐득거리며 끝도 없이 흘러내리는 것, 침대에 누워 그는 이빨을 부딪치며 명상에 잠긴다. 아들도 아버지도 낳지 말아야 해. (…중략…)// 덜덜거리는 보일러 소리에 그녀는 옛 애인의 비명을 듣지 못한다. 게다가 밀레나는 오늘 하루 너무 피곤하므로. 오전에는 두번째 아이를 지우고 미역국을 맛있게 먹어치웠다. 아직도 그녀는 행복해. 네 번째 애인은 선반공, 손가락이 여덟 개나 남아 있고. 그녀는 배를 깔고 새우깡을 먹다, 따스한 보일러통 옆에서 잠이 든다. 아주 사실적으로 침을 흘리며.

—「카프카의 연인」 부분

작품의 제목과 시적 대상인 '밀레나'의 형상을 통해, 우리가 프란츠 카프카와 그의 세 번째 연인이자 마지막 사랑이었던 밀레나 예젠스카 (Milena Jesenska)를 떠올리는 일은 그리 어렵지 않다. 카프카와 밀레나는' 아버지라는 거대한 질서'를 거부하고, 끊임없이 도망치고자 했던 인물들 중 하나였다. 자수성가한 유대인 상인이었던 카프카의 아버지는 자신의 기대감에 부응하지 못하는 아들에게 걸핏하면 폭언을 일삼았다. 실제로 카프카가 누이동생인 오틀라에게 쓴 편지를 통해 그의 아버지가 얼마나 예민하고 괴팍한 성정을 가지고 있었는지 유추할 수 있다.10) 폭력적인 아버지는 병약하고 여린 아들을 이해하지 못했고, 카프카는 일생동안 아버지라는 세계로부터 벗어나고자 노력해야 했다.11) 예젠스카 또한 가부장적이고 권위적인 아버지의 뜻에 대항하며 전통적인 여성상에서 벗어나고자 노력한 인물이었다. 체코의 한 명문가 집안에서 태어난 그녀는 근엄하고 억압적인 아버지의 뜻을 따라 의학을 공부했으나, 이내 학업을 중단하고 유대인인 에른스트 폴락과 결혼하게 된다. 이는 그녀가 처음으로 아버지의 뜻을 거역한 사건이었다. 이 파격적인 행보의 대가로 그녀는 아버지를 비롯한 가족들과 연을 끊어야 했다.

이 시의 시적 화자인 '그'와 '그녀'의 모습은 기괴하게 끈적거리는 이미지들로 둘러싸여 있다. "가래침"으로 덮여 있는 꽃들과, "온몸에 찐득거리며 끝도 없이 흘러내리는 것", 미끌거리는 "미역국"과 걸쭉한 "침"까지, 이 모든 것들은 아버지의 권위가 상실된 세계를 구성하고 있다. 부성(父性)이

---

10) "어제는 그래도 아버지가 나에게 아주 잘해주셨던 거래. 네 형부의 동생 루들 헤르만(그 편지를 아무데나 두지 마라)이 우리 집에 왔다가 점심 때 우리 집 식구들과 다정하게 헤어졌어. 그는 비리츠로 가는 중이었대. 자연스럽게 우리 집 식구 모두가 참여하는 일종의 바보들의 공연이 열리게 됐어. 그럴 때면 아버지는 늘 가까운 친척들을 비난하고 하지. 이놈은 사기꾼이고 저놈 얼굴엔 침을 뱉어야 해(퉤)라는 둥 험담을 늘어놓으면서 말이야. 루들은 아버지의 비난 앞에서 속수무책이었다. 심지어 자기 아들인 나에게까지 깡패 같은 놈이라고 욕을 했을 정도니까." 프란츠 카프카, 편영수 옮김, 『그리고 네게 편지를 쓴다―카프카의 투쟁의 기록』, 솔, 2016, 53~54쪽.

11) "가끔 저는 이런 생각을 합니다. 세계지도가 펼쳐져 있고 아버지가 팔을 활짝 펴서 온몸으로 그 지도를 덮어 가리는 모습을. 내가 인생에서 활용할 수 있는 것은 당신의 몸이 덮어버리고 남은 부분뿐일지도 모릅니다. 그러나 당신은 너무 거대해서 남은 부분은 극히 얼마 안 됩니다. 기쁨이라고는 없는 가장자리뿐, 거기에 비옥한 토지는 없습니다." 프란츠 카프카, 가시라기 히로키 엮음, 박승애 옮김, 『절망은 나의 힘』, 한스미디어, 2011, 92쪽

부재하는 자리에는 "아들도 아버지도 낳지 말아야 해"라는 외침이 울려 퍼진다. 안정과 행복을 보증하는 결혼이라는 제도 속에서 '남편'과 '아버지'가 끝도 없이 재생산되며, 가정이라는 울타리 속에서 태어난 아들이 언젠가 '아버지'가 되어야만 하는 아이러니한 현실은 부정되어야만 한다. 정상적인 연애와 혼인을 모조리 부정하고, 그 어두운 이면을 폭로하듯 "두번째 아이를 지우고 미역국을 맛있게 먹어치우"는 모습은 생경함을 넘어 기괴하게 느껴진다. 전통적 가부장 사회가 제시하는, 포근하고 온화하며, 희생적인 형상의 모성은 천박하고 비천한 모습으로 묘사되며, 모성의 아름다움은 추락하고 만다. 이 같은 낯섦의 감각은 기존의 여성성을 전복하며, 이를 통해 여성적 주체는 비로소 고정된 세계 질서를 부수고 새롭게 탄생하게 된다.

> 유리창 밖으로 붉은 눈발 날린다 / 커다란 칼을 들고 다정한 눈망울로 바라보는 수소를 힘껏 내리치던 / 때가 있었지, 요즘엔 아무 일도 없다 / 냉기로 달아오르는 난로 옆에서 그녀는 중얼거린다 / 천장에 오래 켜놓은 형광등이 깜박인다, 칼은 녹슬었고 // 오늘 밤에는 들판에 나가야겠다 / 풀 먹인 하얀 앞치마에 가득히 떨어지는 별을 받으러. 장미 성운에서 온 것들이 쇠 다듬는 데 최고라니까 / 그녀는 왼쪽 유방의 부드러운 뚜껑을 열고 / 하얀 재를 한 움큼 쥐어본다 // 유리창 밖 풍경은 거대한 얼음 창고 안에 갇혀 있다 / 눈보라 속 나무들이 공중에 냉동고기처럼 검게 달려 있고 / 유리창에 입김을 불어가며 그녀는 바라본다 / 붉은 눈송이들이 녹아 흐르며 / 피범벅된 송아지 같은, / 제대로 일어서지 못하는 물렁물렁한 세계를. / 미리 갈아놓은 칼로 겨울의 탯줄을 끊어야 한다. / 길고 부드러운 혀로 떨고 있는 어린것을 핥아주는 일. // 여자가 성에 낀 유리창을 활짝 연다 / 눈이 그치고 맑은 하늘에 토막 난 붉은 구름 떠간다
>
> ─「정육점 여주인」 전문

가부장제의 질서를 넘어서는 순간, 남성과 여성이라는 '성적 차이'는 경

계를 잃고 허물어진다. 예로부터 날짐승을 사냥해 고기를 취하고, 그 살덩이를 손질해 음식의 재료로 삼는 일은 남성들의 몫이었다. 그 어떤 두려움이나 연민의 감정 없이 "커다란 칼을" 들 수 있는 육체적 강인함과 "다정한 눈망울로 바라보는 수소를 힘껏 내리"칠 수 있는 담대함. 당연하게도, 이 같은 형상은 '부드러움'과 '연약함', '순수함'으로 점철된 전통적 여성상과는 거리가 멀었다. 우리가 이 시를 읽고 기괴함과 불쾌함을 느끼는 것은 이러한 고정적 관념에서 기인한다. 우리 세대에서 너무나 익숙하고 당연한 것으로 여겨졌던, 강인함과 담대함이라는 남성적 형상이 "그녀"라는 이름에 덧씌워지는 순간, 경험하지 못했던 그로테스크한 감각이 온몸을 지배하게 되는 것이다. 그러나 이 '불쾌'의 감각은 곧 '쾌'의 전율로 변화하게 되는데, 그 지점은 바로 시적 주체가 '정육점 여주인'의 형상을 통해 가부장적 질서의 "탯줄"을 끊어내고 독립적인 주체로 현현하는 순간이다. 시적 주체인 "여자"의 모습은 단순히 남성적인 형상에 덧씌워져 있는 것이 아닌, 날카로운 도구로 생명을 죽이는 남성성의 이미지에서 죽은 것들로부터 생명을 창조하는 여성성의 이미지로 탈바꿈한다는 데 그 의미가 있다. "커다란 칼을 들고 다정한 눈망울로 바라보는 수소를 힘껏 내리치던" 날은 사라진지 오래이다. 이제 그 자리에는 "미리 갈아놓은 칼로 겨울의 탯줄을 끊"는 여자가 있으며, 그녀의 행위를 통해 "피범벅된 송아지 같은" 세계가 탄생하게 된다. 이 "떨고 있는 어린 것을 핥아주는 일"은 누가 맡아야 하는가. "여자"가 "성에 낀 유리창"을 여는 장면은 남성이라는 '안'과 여성이라는 '밖'을 구분하는 이분법적 경계를 지워버리는 순간이다. 사회가 요구하는 이상적인 여성의 초상을 과감히 지워버리고, '추'와 '미'의 구분을 전복시켜 새로운 여성적 미학을 도출해내고자 하는 시도는 낯설지만 반가운 '쾌감'이 될 것이다.

루저(loser)들의 대혼돈
메타―멀티버스(Meta―Multiverse)
: 황병승의 첫 시집『여장남자 시코쿠』가 꾸는 미완의 꿈

차성환

황병승은 1970년생으로 2003년 문학계간지『파라21』가을호(통권 3호)에「주치의h」외 5편이 신인작품상에 당선되면서 등단하였다. 2005년『여장남자 시코쿠』, 2007년『트랙과 들판의 별』, 2013년『육체쇼와 전집』을 출간하였고 2010년 박인환문학상과 2013년 미당문학상을 통해 작품성을 인정받았다. 2019년 7월 24일 고독사에 이르기까지 '미래파의 기수'(권혁웅), '한국시의 뇌관'(이광호)이라는 칭호를 얻으며 한국 문단의 중심에서 작품 활동을 하였다. 2005년에 출간된 첫 시집『여장남자 시코쿠』는 당대 미래파 논쟁의 중심에서 그 작품 세계에 대한 엇갈리는 평가로 격한 찬반양론이 촉발될 정도의 큰 반향을 불러일으키기도 했지만 2000년대 한국 현대시의 새로운 장을 열었다는 평가는 공통적이다. 소위 미래파의 대장주에 해당하는 황병승의 첫 시집이었고 그의 시를 둘러싼 옹호와 거부는 가히 '황병승 현상'이라고 불릴 만한 것이었다.『여장남자 시코쿠』는

미래파를 대표하는 상징이자 중심 표적이었다. 또한 이와 함께 기억해야 할 것은 『여장남자 시코쿠』가 출간된 이듬해인 2006년에 일본 문학평론가인 가라타니 고진의 『근대 문학의 종언』이 조영일에 의해 한국에 번역되어 출간된 사실이다. 대한해협을 건너온 '문학의 종언'이라는 선언은 2000년대에 기존 문학 관념을 뒤흔드는 지각변동이 일어나고 있음을 분명히 인식시켰다. 『여장남자 시코쿠』는 그 한복판에서 당대 문학론의 지형을 들끓게 한 일대 사건이라고 보아도 무방하다.

가라타니 고진이 말한 '근대 문학의 종언'에서 이 '근대 문학'은 사르트르의 참여문학론에 기대어 있는 전통적인 리얼리즘 문학관에서의 그것이라고 할 수 있다. 고진이 보았을 때 지금 시대의 문학은 현실과 사회를 바꾸고 선도할 수 있어야한다는 당위를 잃어버린 것이다. 이러한 현상은 전통적인 문학관의 지지자들에게는 불행한 일이겠지만 또 다른 이들은 지난 시대의 문학을 넘어서 새로운 시대의 '문학'을 받아들일 수 있는 기회로 보았다. 후자의 예로, 힐리스 밀러는 고진과 마찬가지로 문학종언론을 명시했지만 "문학 작품은 많은 사람들이 가정할 수 있는 이미 존재하는 현실에 관한 언어들의 모방이 아니다. 그것은 대조적으로 새롭고 보충적인 세상, 메타 세계, 하이퍼―리얼리티의 창조이다"[1]라면서 문학 이후의 새로운 문학의 가능성을 열어놓는다. 문학은 고정불변의 진리가 아니라 변화하고 움직이는 어떤 것이다. 시 또한 인간의 문화가 발전하면서 일정 시대의 가치관이 투영되어 만들어진 개념적 구성물이다. 시는 어떠해야한다는 가정에 의해서만 쓰고 읽히고 유통된다면 새로운 시는 불가능할 것이다. 시는 인간이 추구해야할 본질적 가치들을 수호하는 측면에서 분명 의미를 가질 수 있지만 반대로 이러한 가치들의 위선과 허위를 고발하고 배반하는 식으로도 존재할 수 있다. 황병승의 첫 시집이 논쟁적일 수밖에

---

1) J.힐리스 밀러, 최은주 옮김, 『문학에 대하여』, 동문선, 2004, 30쪽.

없었던 것은 시/문학에 대한 태도의 차이에서 비롯된다. 새로운 시를 기존의 시를 읽는 방식으로 대할 때는 으레 불편함과 불가해함이 생기기 마련이다. 이를 일방적으로 난해성과 소통 불가로 치부하는 것은 너무 손쉬운 일이다. 새 술은 새 부대에 담아야한다. 기존의 익숙한 문학 개념(환상성, 혼종성)으로 황병승의 시를 읽어내기보다 새로운 관점에서 그의 시를 독해하는 작업이 필요하다.

우선, 『파라21』은 투고 작품평에서 황병승의 등단작에 대해 "질환적 몽환의 세계를 앓는 시적 존재의 모습을 오롯하게 드러낸다. 시에 드러난 몽환의 세계는 직선적이고, 비가역적인 운명적으로 주어진 시·공간을 가역적이고, 전치 가능한 공간으로 낯설게 하는 시적 화자의 시선에 의해서 획득"[2])하고 있다면서 '시적 화자의 시선'에 의해 펼쳐지는 '질환적 몽환의 세계'에 주목했다. 『여장남자 시코쿠』의 해설을 쓴 이장욱은 황병승 시집이 가진 '퀴어 미학'을 다음과 같이 평한다. "이 '미학'은 섹슈얼리티의 혼종성을 넘어서서 세계에 대한 감각의 혼종성으로 무한히 확장된다. 이제 안정된 시간과 공간, 고정된 가치와 위계 인과적인 서사와 언어 질서는 흔들린다. 이 시집은 파편적 서정성, 이질적 화법, 혼종적 이미지들로 미만해 있는데, 이는 저 '퀴어 미학'의 필연적인 원인이자 결과이다. 당신과 나와 문명이 이루어놓은 모든 경계/위계/질서는 이 발화의 '내용'에 의해 부정되기 이전에, 발화의 '존재 방식' 자체 안에서 부정되는 것이다." 이장욱이 지적한대로 "이 시집의 전복과 전도에는 일정한 대안적 가치 체계를 모색하려는 초월적인 시선이 '은닉'되어 있지 않다. 정신적 외상이 '치료'되

---

2) 「시 부문 황병승 씨 당선, 질환적 몽환의 세계」, 『파라para21』 통권3호, 2003, 362쪽. 당시 편집주간은 최윤, 편집위원은 김혜순, 박일형, 심진경이다. 이후 당선작 6편 「주치의h」, 「쓰리 아웃 체인지」, 「커밍 아웃」, 「원 볼 낫싱」, 「검은 바지의 밤」, 「니노셋 게르미타바샤 제르니고코티카」은 모두 첫 시집 『여장남자 시코쿠』에 수록된다.

어야 한다고 생각하는 성찰의 시선이 없는 것이다. 아마도 이 초월적 시선의 부재와 성찰의 거부야말로 21세기 시들의 '증상'일 것이지만, 이 '증상'은 결여나 일탈이 아니다. 그것은 시적 에로스의 근원이기도 하며, 규율과 관습으로 미만한 세계를 돌파하는 에너지 자체이기도 하다." 이어서 "이 밤의 이야기들 안에서 상징들은 고정된 의미론으로 환원되거나 종속되기를 거부하고 이야기 안에서 스스로 생명력을 얻는다"[3]고 말하면서 의미를 중심으로 하는 기존의 시 읽기 방식으로는 접근할 수 없다는 것을 말하고 있다.

박시현·이승하는 황병승이 시에 등장하는 다양한 화자들에게 자신의 자의식을 분배하고 있다는 것을 언급하면서 "현실에 대한 끊임없는 파괴와 교란은 시 형식을 해체하고, '내 안의 타자들'을 자아의 검열 없이 드러냄으로써 자아동일성으로부터 벗어나는 시적 실험을 보여주었다"고 본다. 특히 "시적 주체의 다중성", 즉 "서사적 중력의 중심에서 하나의 자아를 대신할 다양한 혼성 주체들의 출몰은 서정과 서사의 혼종 교배가 일어나고, 그 혼성 주체들의 이야기가 '사건화'된다"[4]고 분석한다. 이재훈은 2000년대 이후 가속화된 디지털의 발달이 당대 문학의 형질 변화를 야기했으며 이는 현대시의 환상성에 큰 영향을 끼친 것으로 본다. 그는 로지 잭슨의 이론을 적용시켜, 황병승의 시는 대상의 죽음을 통해 새로운 주체의 탄생으로 나아가는데 그것은 "쾌락원칙의 가장 극단적인 형식, 즉 모든 긴장이 소멸되는 열반에 대한 갈망"인 '엔트로피' 상태를 지향하고 있다고 주장한다.[5] 단편적인 논평에 머물러 있지만 2000년대 디지털 멀티미디어

---

3) 이장욱, 작품해설 「체셔 캣의 붉은 웃음과 함께하는 무한 전쟁(無限戰爭) 연대기」, 황병승, 『여장남자 시코쿠』, 문예중앙, 2005, 173−191쪽.
4) 박시현·이승하, 「황병승 시에 나타난 자의식 연구―화자의 특징을 중심으로」, 『비평문학』 제79호, 한국비평문학회, 2021.3, 124~125쪽.
5) 이재훈, 디지털 시대에 나타난 현대시의 환상성 연구, 돈암어문학 제29집, 돈암어문학회, 2016.6, 7~36쪽.

콘텐츠의 영향 속에서 황병승의 시 세계에 '변신과 엔트로피'라는 환상적 특성으로 드러난다는 중요한 지점을 밝히고 있다.

황병승은 주로 미래파 논쟁의 중심에서 언급되었으며 이와 관련되어 짚고 넘어가야할 논의가 있다. 엄경희는 2000년대를 두고 "하나의 중심에 자신의 존재 근거를 뿌리내릴 수 있었던 총체성으로서의 시대가 와해됨으로써 세계는 미시화(파편화)되고 사적인 영역은 확대되었다"면서 이에 대한 미래파의 시적 응전을 '환상적 실험시'로 명명하고 있다. 그는 "많은 시인들이 그려내고 있는 가상의 악몽들, 그 악몽 속에서 자행되고 있는 살해와 자해, 폭력, 그리고 불쾌와 혐오로 얼룩진 인간의 몸. 시인들은 이것이 우리의 현실이라고 말하고 있는 것인가? (...중략..) 이들이 만들어낸 악몽이 현실보다는 공포영화나 잔혹한 게임의 복제에 더 가까운 것은 아닌가"라며 의문을 드러내면서 "한 시인의 상상력과 시적 언어를 생성해내는 근본동인은 세계관이며 세계관을 형성하는 것은 체험의 절실함"(54쪽)이라며 미래파에 대해 비판적 논조를 드러낸다.[6] 여기서 '이들이 만들어낸 악몽이 현실보다는 공포영화나 잔혹한 게임의 복제에 더 가깝다'라는 표현은 부정적인 가치 판단이기는 하지만 황병승의 시세계가 가진 특징을 정확하게 잡아내고 있다.

이를 종합하면, 『여장남자 시코쿠』는 '근대 문학의 종언'(가라타니 고진)을 고하고 현실에 대한 재현에 충실한 기존 시에서 벗어나 '새롭고 보충적인 세상, 메타 세계, 하이퍼—리얼리티의 창조'(힐리스 밀러)라고 할 만한 것을 담고 있다는 것을 알 수 있다. 이 시집의 핵심은 고정된 1인칭 서정적 주체의 발화에서 과감하게 벗어났다는 것이다. 생물학적 시인(발화 주체)과 시속의 '나'(발화 내용의 주체)를 동일시 여기는 전통적인 서정

---

6) 엄경희, 「환상적 실험시에 대한 몇 가지 질문」, 『시작』 제16호, 천년의시작, 2006.2, 41~55쪽.

시의 독법에서 벗어나 다른 '나'를 넘어서 무수한 '나'가 가능하다는 것을 보여준다.

황병승은 『여장남자 시코쿠』을 낸 직후 김행숙과의 인터뷰에서 다음과 같은 말을 남겼다. "언젠가 준비가 되면, 내가 만들어낸 캐릭터들이 하나의 시적 공간 안에 모두 등장하는 그런 시를 써보고 싶어. 서로 뒤섞이고 떠밀고 욕하고 사랑하고 죽이고 괴로워하는, 혼돈으로 들끓는 세계를 그려보고 싶어"7). 이러한 기획은 실제로 이루어지지 않고 미완으로 남았지만 『여장남자 시코쿠』를 읽은 독자의 머릿속에는 이러한 '혼돈으로 들끓는' 메타―멀티버스가 지금도 팽창하고 있다. 실제 현실의 우주와는 별개로 시 속의 아바타들이 실제로 고통 받으며 완전한 삶을 살아가는 각각의 우주가 있으며, 그 아바타들을 한데 모아놓는 시공간은 어떤 모습을 하고 있을까. '나'는 단일한 '나'가 아니라 메타―멀티버스 속에서 무수한 '나'가 될 수 있다. 황병승에게 시는 메타버스(가상현실)이고 그 속의 '나'는 현실보다 더 리얼한 시적 아바타로 거주한다. 다양한 시적 아바타가 태어나고 죽고 확장하고 수축한다. 마블영화사의 시네마틱 유니버스 속에서 닥터 스트레인지와 앤트맨, 스파이더맨, 아이언맨, 데드풀, 블랙 팬서 등등의 히어로들이 한데 모여서 모험을 벌이는 것처럼 시코쿠와 앨리스, 체셔 고양이, 다카하시 미츠, 아끼꼬, 고양이 짐보, 리타 등등이 누가 더 고통스러운 진짜 삶을 사는지, 같은 시공간에서 겨루는 것을 기획했다는 점만 보더라도 선구적이다. 이 시집 속에 등장하는 인물들은 모두 부끄러운 감정으로 '점점 더 똥마려운 익스페리멘틀'에 사로잡힌 루저들이다.

우리는 똥이 막 나오려고 하는 순간의 감정, 이 세상에서 가장 부

---

7) 김행숙, 「천 개의 서랍」, 『마주침의 발명』, 케포이북스, 2009.

끄러운 감정으로 음악을 만들었네 사라지려는 힘과 드러내려는 힘
의 긴장 속에서 악기를 연주하고 노래를 불렀지 우리가 생각하는,
우리들만의 익스페리멘틀(experimental)이라고, 라고나 할까(...중
략...)다른 밴드들 역시 우리와 같은 순간의 낭패감을 경험했을 것이
고 그들은 갑자기 너무 어른스러워지거나 터무니없이 유식해지거
나…… 더 이상 음악이라고 할 수 없는, 도무지 엉터리 라라라에 남
은 열정을 허비하고 있어, 밍따오들//우리는 잠깐의 혼동 속에 있고
그 혼동을 위장하려고 애쓰지만 않는다면 말이지" "우리는 얼마간
서로를 위로해야겠지 금세 마흔이 되고 오십이 될 테지만 점점 더
똥마려운 익스페리멘틀에 사로잡히고 점점 더 기울어져서(「밍따오
익스프레스C코스 밴드의 변」)

　　미란다의 소설 속에는 많은 인물들이 등장하지만 그것은 한 사람
의 이야기/ 이것은 손이고 저것은 벽에 반사된 손 그림자 결국 그것은
여러 벌의 가죽 재킷을 가진 미치광이의 이야기(...중략...)……프랑스
이모 쟝 치타 씨 그의 부하들 미란다 문학 선생님 그리고 마리오와 녀
석들/ 모두 그럴듯한 가죽 재킷 하나 없는(...중략...)끝없이 새로운 도
형들이 태어나고 자라고 사라지고 다시 태어나고 이름도 나이도 성
별도 세계관도 종교도 자존심도 어디론가 흩어져버리고 마리오는 단
지 도형만을 바라보며/ 마리오는 보여지고 있다 마리오가 새롭게 태
어나고 자라고 사라지고 다시 태어나는 모습을/ 도형만이 이해하고
있다//그러나 결정적으로, 마리오는 너무 많이 태어나고 자라고 사라
지는 게 아닐까?(...중략...)이 모든 이야기 이 모든 픽션 이 모든 판타
지가 순식간에 정지하고/ 너무나도 허망하게 각각의 등장인물들을
어딘가의 행간에 처박고,(...중략...)너무 많은 인물들이 등장하는 한
미치광이의 이야기는 정지하는 것이다.(「소녀미란다좌절공작기」)

　주체의 죽음 이후에는 '밍따오들'의 시간이다. "여러 벌의 가죽 재킷을 가진
미치광이의 이야기" 속에서 '밍따오들'은 너무 많이 태어나고 자라고 사라진
다. 진실과 거짓, 실제와 연기, 진짜와 가짜, 현실과 가상의 구분은 파괴된다.

어쩔 텐가 진짜 장면은 어디에도 존재하지 않는 걸(「니노셋게르
미타바샤 제르니고코티카」)

진실을 말하려고 할수록 나의 거짓은 점점 더 강렬해지고(「여장
남자 시코쿠」)

나의 연기는 점점 무르익어갔고,(...중략...)나는 나도 모르게 연기
를 하는 거예요(「리타의 습관」)

*나는 서랍을 많이 가지고 있다(...중략...)나는 서랍의 수만큼 거짓
말을 늘어놓으면 되는 것이다(「서랍」)*

나는 사방에서 자꾸만 태어났습니다(...중략...)여기는 잡탕찌개야
온갖 것들이 끓는군(「사성장군협주곡四星將軍協奏曲」)

황병승의 세계를 즐기기 위해서 서정적 주체의 자아 동일성과 거기에
서 비롯되는 진정성을 읽어내려고 했던 답답한 돋보기를 벗어던지고 새
로운 필터 렌즈로 바꿔 낄 것을 요청한다. 시인은 일종의 게임 주체(게이
머)가 되어 가상현실(시) 속에 다양한 아바타를 만들고 플레이(사건, 서사)
를 시도한다. 그리고 이 게임의 주체는 그가 만들어 낸 아바타들에 의해
살해당한다. 혹은 질식당한다. 마스킹 효과(masking effect)는 크고 강한
소리에 의해서 다른 소리가 잘 들리지 않게 되는 현상을 뜻한다. 다양한
캐릭터들의 거센 발화들은 현실 속 유저의 목소리를 집어 삼킨다. 자아 동
일성이란 족쇄에서 벗어나야지만 가상현실 속 캐릭터들은 독자적으로 다
양한 사건과 잡음을 만들어낼 수 있다. 이 혼란 속에서도 어딘가 근원과
주체가 있을 거라는 믿음을 철저하게 지우기 위해 아바타들은 부단히 움
직이고 울고 쓰고 소리 지른다. 게임 바깥의 유저가 사라진 후 가상현실
속에 남아있는 아바타들의 세계는 어떠할까. 그들끼리 증식하고 팽창하

고 부풀어 오르는 또 다른 세계를 꿈꾸고 있다.

황병승의 첫 시집『여장남자 시코쿠』는 2000년대 파르마콘(Pharmakon)
이다. 그리스어로 파르마콘은 플라톤이 글/문자의 기능에 대해 언급한 용
어로, 글은 말(음성언어)과 다르게 시간의 제약을 벗어나 반복될 수 있는
효용성을 가진 동시에 저자의 의도와는 다르게 독자에게 오인될 위험성
도 있다는 의미에서 사용되었다. 이 시집은 2000년대 한국 현대시의 지형
을 바꾼 약이면서 독이자 축복이면서 저주로서의 파르마콘이라고 할 수
있다. 이 독배를 마시지 않으면 '근대문학의 종언' 이전을 살게 될 것이고
기꺼이 마시게 된다면 이후의 세계에 눈을 뜨게 될 것이다. 이 시집은 1인
칭 서정적 주체의 잔혹 살해극이자 무의식에서 쏟아져 나오는 무수한 아
바타들의 난리법석 도주극이다. 시의 가상성을 극단적으로 실험한 메타
―멀티버스의 세계를 지향한다. 소통 불능의 시라는 오명도 있지만 그것
은 전통적인 시의 독법에 머물러 있기 때문이다. 황병승이 최초로 선보인
루저들의 대혼돈 메타―멀티버스를 즐기기 위해서는 시코쿠 표 VRG
BOX(Virtual Reality Glasses: 가상현실 고글입체안경 헤드셋)를 장착해야
한다. 분명한 것은 이 시집을 플레이하지 않는다면 2000년대 시를 논할
수 없다는 사실이다. 그리고 그는 지금도 시의 영광을 누리며 그가 만든
세계 속에서 영원히 피 흘리고 있다.

> 죽은 남자들의 시체가
> 작은 다락에서 조용히 썩어갈 뿐
> 내가 마지막 장을 덮는 노트의 주인이었을 때
> 나는 내가 만든 세계 속에서 피를 흘렸고
> 그것은 팥빛이었다
>
> ―「자수정」 중에서,
> 『육체쇼와 전집』, 문학과지성사, 2013.

저자 약력

유성호

문학평론가, 한양대학교 교수. 대산문학상 등을 수상했다. 저서로 평론집『서정의 건축술』,『정격과 역진의 정형 미학』 등이 있다.

권준형

한양대학교 박사. 주요 논문으로「김춘수 시의 지평 연구」가 있다.

김재홍

시인, 문학평론가, 서울미디어대학원대학교 특임교수. 박두진문학상, 젊은시인상 등을 수상했다. 저서로 시집『주름, 펼치는』,『돼지촌의 당당한 돼지가 되어』, 에세이집『너를 생각하고 사랑하고』 등이 있다.

서은송

한양대학교 박사과정. 주요논문으로「기형도 시에 나타난 식물 이미지 연구」가 있다.

신동옥

시인, 한양대학교 조교수. 노작문학상, 김현문학패 등을 수상했다. 저서로 시집『앙코르』 등이 있다.

양진호

영화평론가, 한양대학교 강사. 주요논문으로 「이창동 연구 : '이야기'와 '쁠랑(plan)' 개념을 중심으로」가 있다.

이은실

시인, 한양대학교 겸임교수. 김춘수문학상, 현대시학작품상을 수상했다. 저서로 시집 『오래 속삭여도 좋을 이야기』, 『무해한 복숭아』 등이 있다.

전철희

문학평론가, 대진대학교 강사. 주요논문으로 「1970년대 민족문학론의 문제의식 구현 양상에 관한 연구」가 있다.

정보영

한양대학교 박사과정 수료. 주요논문으로 「백석 시 연구」가 있다.

정애진

한양대학교 강사. 주요논문으로 「박인환 시 연구」가 있다.

차성환

시인, 한양대학교 겸임교수. 시작문학상을 수상했다. 저서로 시집 『오늘은 오른손을 잃었다』, 연구서 『멜랑콜리와 애도의 시학』이 있다.

2000년대 시 읽기

초판 1쇄 인쇄일	2024년 8월 22일
초판 1쇄 발행일	2024년 8월 31일
지은이	유성호 외
펴낸이	한선희
편집/디자인	정구형 이보은 박재원
마케팅	정찬용 정진이
영업관리	한선희 이정주 이민영
책임편집	정구형
인쇄처	으뜸사
펴낸곳	국학자료원 새미(주)
	등록일 2005 03 15 제25100 · 2005 · 000008호
	경기도 고양시 덕양구 권율대로656 클래시아더퍼스트 1519호
	Tel 02-442 · 4623 Fax 6499 · 3082
	www.kookhak.co.kr
	kookhak2010@hanmail.net
ISBN	979-11-6797-173-9 *93810
가격	17,000원